기묘한
이야기들

Opowiadania
bizarne

기묘한
이야기들

Olga Tokarczuk
올가 토카르추크
최성은 옮김

민음사

차례

일러두기

1 원문에서 이탤릭체로 강조된 부분은 본문에서 고딕으로 구분했다.
2 괄호 안에 표시한 원주 외의 모든 각주는 옮긴이주이다.

승객

바다를 가로질러 장거리 밤 비행을 하는 동안, 내 옆자리 승객이 어린 시절 밤마다 극도의 두려움에 시달렸던 얘기를 내게 풀어놓았다. 그 남자는 똑같은 악몽을 반복해서 꾸었고, 공포에 짓눌려 비명을 지르며 부모님을 부르곤 했다.

길고도 지루한 밤이 되면, 어김없이 공포가 그를 찾아왔다. 텔레비전 화면이 멈추고 음침하게 조명이 밝혀진 고요한 밤(기껏해야 라디오의 소음이나 아버지가 읽는 신문의 바스락거림이 전부였다.), 온갖 괴상한 생각이 피어오르기에 딱 좋은 시각이었다. 부모님이 이런저런 말로 그를 다독였지만, 오후 간식 시간 무렵부터 이미 두려움이 밀려오기 시작했노라고 남자는 당시를 회상했다.

그때 남자의 나이는 서너 살쯤이었다. 그의 가족은 마을 변두리에 있는 어두침침한 주택에서 살았다. 초등학교 교장이었던 아버지는 엄격하기 짝이 없는 원칙주의자였다. 어머니는 약국에서 일했는데, 그래서인지 어머니 주변에서는 늘 소독약 냄새가 풍겼다. 남자에겐 누나도 한 명 있었는데, 부모님과는 달리 동생을 도울 마음이 아예 없었다. 아니, 오히려 반대였다. 누나는 도저히 이해할 수 없는 희열감에 들떠, 이미 정오 무렵부터 밤이 코앞에 다가왔음을 그에게 상기시키곤 했다. 그러고는 주위에 어른들이 없을 때면, 뱀파이어나 무덤에서 튀어나온 시체, 온갖 종류의 무시무시한 괴물에 관한 이야기를 쉴 새 없이 그에게 주입시켰다. 하지만 이상하게도 누나가 지껄이는 내용은 조금도 무섭지 않았다. 남자는 일반적으로 끔찍하다고 여겨지는 대상들을 두려워하는 법을 제대로 알지 못했다. 마치 자신의 몸속에 공포를 감지하는 부위가 따로 있는데, 다른 뭔가가 그곳을 차지하는 바람에 무서움을 느끼는 모든 가능성을 소진해 버리기라도 한 듯했다. 누나가 극적인 속삭임으로 자기를 겁주려 할 때마다 남자는 누나의 흥분한 목소리에 가만히 귀 기울이곤 했다. 그러고는 무덤덤하게 받아들였다. 왜냐하면 누나의 이야기는 자기가 매일 밤 침대에 누워서 마주하는 그 인물에 비하면 아무것도 아니라는 사실을 알고 있었기 때문이었다. 어른이 되고 나서야 남자는 비로소 누나에게 감사한 마음이 들었다. 누나가 들려준 온갖 괴담들은 세상의 모든 통상적인 두려움에 맞설 수 있는 저항력을 길러 주었고, 어떤 의미에선 그를 두려움 없는 남자로 성장할 수 있게 해 주었기 때문이다.

공포의 원인은 딱히 말로 표현할 수 없었다. 부모님이 그의 방에 들러서 무슨 일이 있는지, 또는 무슨 꿈을 꾸는지 물을 때마다 그는 '그 남자' 또는 '누군가', 아니면 '그것'이라는 말만 되풀이했다. 그럴 때면 경험론에 입각한 증거의 절대적 힘을 신봉하는 아버지는 불을 켜고 옷장 뒤편이나 방문 옆 구석을 가리켰다.

"이것 봐, 여긴 아무것도 없어. 아무것도 없다고."

어머니의 반응은 달랐다. 남자를 꼭 끌어안고 약국의 소독약 냄새로 그를 에워싸면서 속삭였다.

"네 곁에는 엄마가 있어. 그러니까 험악한 일은 절대 안 일어날 거야."

그러나 악을 무서워하기에는 당시 남자의 나이가 너무 어렸다. 선과 악이 무엇인지조차 잘 몰랐고, 목숨을 아까워하기에도 너무 어린 나이였다. 사실 늑대 인간에 의해 갈기갈기 찢기거나 뱀파이어에게 피를 빨리는 것, 혹은 죽음을 맞는 것보다 더욱 나쁜 일이 있다. 바로 죽음 자체가 재생되어 계속해서 되풀이되는 것. 이 문제에 대해서는 누구보다 아이들이 잘 알고 있다. 최악의 경우란, 반복적이고 리드미컬하며, 불변의 상태인 데다, 예측 가능하고 불가피하면서 무기력한 것, 다시 말해 우리가 그 어떤 영향도 끼칠 수 없는 것, 갈고리로 우리를 낚아채서 어쩔 수 없이 끌려가게 만드는 것을 말한다.

아이가 본 것은 자신의 방, 옷장과 창문 사이 어디쯤 서 있는 한 사내의 어두운 형체였다. 사내는 그곳에서 움직이지 않았다. 얼굴임에 분명한, 어두운 실루엣 속에서 담배의 끝자락이 작은 붉은 반점으로 반짝였다. 이따금 담뱃불이 밝게 빛날 때면, 그의 이목구비가 어둠 속에서 슬그머니 모습을 드러내기도 했다. 피로에 찌든 창백한 눈동자가 약간의 원망을 머금은 채 아이를 뚫어지게 응시했다. 희끗희끗 센 덥수룩한 잿빛 수염, 주름이 깊게 팬 볼, 연기를 흡입하는 데 최적화된 얇은 입술. 사내는 겁에 질려 창백해진 아이가 다급하게 자신을 지키기 위한 의식을 수행하는 동안 꿈쩍도 안 하고 서 있었다. 이불 속으로 머리를 집어넣고, 침대 철제 난간을 양손으로 움켜쥐고는 할머니가 가르쳐 준, 수호천사를 부르는 기도문을 소리 내어 읊조리기. 그것이 아이의 수호 의식이었다. 하지만 아무런 도움도 되지 못했다. 기도는 곧 비명으로 바뀌었고, 부모님이 아이를 돕기 위해 방으로 달려왔다.

이 같은 일이 오래 지속되면서 아이는 밤을 불신하게 되었다. 하지만 밤이 지나고 나면 어김없이 낮이 찾아왔고, 어둠의 산물들이 저지른 온갖 죄악을 너그럽게 용서해 주었다. 아이는 성장했고, 밤중의 공포를 조금씩 잊었다. 갈수록 강렬해지는 낮의 위력이 아이에게 더 많은 신기함을 선사했다. 부모는 안도의 한숨을 내쉬었고, 그러다 결국 아들이 어린 시절에 겪었던 두려움에 대해 까맣게 잊어버렸다. 그렇게 부모님은 매년 봄이 돌아올 때마다 집 안의 먼지를 털고 대청소를 하면서 평탄하게 늙어 갔다. 그 사이 아이는 남자가 되었고, 언제부터인가 어린 시절과 관련된 모든 것에 더 이상 신경 쓸 필요가 없다고 확신하게 되었다. 그의 기억 속에서 아침과 한낮이 황혼 녘과 밤을 지워 버렸다.

진실을 알게 된 건 최근에 와서라고 남자는 내게 말했다. 자기도 의식하지 못하는 사이 어느덧 평화롭게 육십 줄에 접어든 남자가 어느 날 저녁, 지친 몸으로 집에 돌아왔다. 문득 자기 전에 담배를 한 대 태우고 싶어서 바깥의 어둠이 근시(近視) 거울로 변한 창가에 섰다. 순간 성냥불의 섬광이 어둠의 장막을 꿰뚫었고, 잠시 후 담뱃불이 누군가의 얼굴을 비췄다. 그러자 어둠 속에서 예전의 바로 그 사내가 모습을 드러냈다. 우뚝 솟은 창백한 이마, 눈 밑의 거무스름한 그림자, 일자로 그어진 입매, 희끗희끗한 잿빛 수염. 남자는 사내를 즉시 알아보았다. 어린 시절과 하나도 변한 게 없이 그대로였다. 순간 어릴 때의 해묵은 습관이 곧바로 튀어나왔다. 남자는 비명을 내지르기 위해 깊게 숨을 들이마셨지만 그의 곁에는 불러낼 사람이 없었다. 부모님은 이미 오래전에 돌아가셨기에 그는 혼자였다. 어린 시절의 수호 의식은 효력을 잃은 지 오래였고, 이미 수호천사의 존재를 믿지 않던 터였다. 바로 그 순간 남자는 자신이 한때 그토록 두려워하던 존재가 누구였는지 깨닫게 되었고, 비로소 진정한 안도감을 맛보았다. 바깥세상은 안전하다고 부모님은 늘 말했었다. 어떤 면에서는 부모님이 옳았다.

"지금 당신의 눈에 보이는 사람은 당신이 보고 있어서 존재하는 것이 아니라, 그가 당신을 보고 있기에 존재한다."

이 괴상한 이야기를 끝마치며 남자가 내게 이렇게 말했다. 그러고 나서 우리는 베이스의 음역에서 윙윙거리는 엔진 소리를 자장가 삼아 스르르 잠들었다.

녹색 아이들

즉

얀 카지미에시 국왕 폐하의

주치의 윌리엄 데이비슨이 쓴

볼히니아[1]의 괴상한 사건들에 대한 기록

이것은 1656년 봄부터 여름까지, 그러니까 내가 폴란드에서 지낸 지 이미 몇 년째 되는 해에 일어난 사건이다. 수년 전 나는 폴란드의 얀 카지미에시 국왕의 왕비인 마리아 루드비카 곤자가의 초청으로 왕실 정원 관리자 겸 왕의 주치의 직책을 맡게 되었다. 나는 이 제안을 거절할 수 없었다. 내게 손을 내민 사람들의 지체 높은 신분 때문이기도 했고, 여기에 굳이 언급할 필요 없는 몇 가지 개인적인 이유 때문이기도 했다. 처음 폴란드에 왔을 땐, 내가 알던 세상으로부터 너무나 멀리 떨어진 이 나라에 대해 아무것도 몰랐기에 어딘지 모르게 불편했고, 나 자신이 일반적인 개념의 주류에서 벗어난 일종의 괴짜처럼 느껴지기도 했다. 낮

---

1   우크라이나 서부에 위치한 지역. 동쪽 프리피야티강과 서쪽 남부크강 사이에 위치하며, 북쪽에 있는 갈리치아, 포돌리아와 접한다.

선 풍습이나 북동쪽에 사는 민족의 과격한 성향 등이 두렵기도 했지만, 무엇보다 이 지역의 예측하기 힘든 독특한 기운, 그리고 냉기와 습기가 무서웠다.

몇 년 전 스웨덴 여왕의 초청으로 머나먼 스톡홀름에 있는 북쪽의 멋진 궁전에 머물다가 감기에 걸려 두뇌 활동이 왕성한 한창 나이에 생을 마감한 내 친구 르네 데카르트[2]의 운명을 나는 늘 기억하고 있었다. 그의 죽음은 여러 분야의 학문에서 얼마나 큰 손실이었던가! 혹시 그와 비슷한 운명을 맞게 될 것이 두려워 프랑스에서 가장 품질이 좋다고 알려진 모피코트 몇 벌을 가져왔지만, 첫 번째 겨울을 나면서 이미 이곳의 추위를 견디려면 턱없이 부실하다는 걸 실감했다. 만난 지 얼마 안 되어 나와 진심 어린 친구 사이가 된 국왕이 발목까지 내려오는 늑대 모피코트를 선물해 준 덕분에 나는 10월부터 4월까지 내내 이 모피를 걸치고 다녔다. 또한 내가 여기에 기록하는 문제의 여행을 떠났을 당시에도 3월이었으므로 그 코트를 입고 있었다. 독자들이여, 기억하라. 폴란드의 겨울은 여느 북부 지방과 마찬가지로 혹독하다는 사실을. 얼음이 떠다니는 마레 발티쿰[3]을 건너 스웨덴으로 여행을 떠난다고 상상해 보라. 그곳에서는 얼어붙은 수많은 강

2 René Descartes(1596~1650). '나는 생각한다. 고로 나는 존재한다.' 라는 명제를 자신의 철학적 기초로 삼았던 프랑스의 수학자, 철학자. 근대 철학의 아버지라 불리며, 해석 기하학의 창시자이기도 하다.
3 '발트해'를 뜻하는 라틴어. 유럽 대륙과 스칸디나비아반도 사이의 바다로 스웨덴, 덴마크, 독일, 폴란드, 러시아, 핀란드 등에 둘러싸여 있다.

과 연못에서 카니발 축제가 열린다. 여기 폴란드도 마찬가지다. 일 년 중 가장 긴 계절이 겨울이므로 식물들은 대부분 눈 밑에서 숨죽여 지낸다. 솔직히 말해 이곳의 식물학자들은 연구할 시간이 별로 없다. 그래서 나는 원하든 원치 않든 어쩔 수 없이 사람들을 돌봐야 했다.

내 이름은 윌리엄 데이비슨이고 에든버러 출신의 스코틀랜드인이다. 하지만 나는 프랑스에서 많은 세월을 보냈다. 그곳에서 왕실 정원을 관리하는 식물학자로서 내 이력의 정점을 찍었고 연구 저서들도 여러 권 출판했다. 폴란드에는 아는 사람이 거의 없었지만, 프랑스에서 온 사람들이 나를 무조건 높이 평가해 준 덕택에 이곳에서의 내 평판은 꽤 좋은 편이었다.

데카르트의 발자취를 따라 유럽 끝자락까지 가게 된 동기는 무엇인가? 이러한 질문에 간단명료하게 대답하기도 쉽지 않은 일이거니와 사실상 그런 이야기는 나라는 인물과는 큰 관련이 없고, 나는 그저 목격자에 불과하므로 굳이 대답하지 않으련다. 독자들은 이야기의 어쭙잖은 전달자보다는 이야기 자체에 더 끌릴 것이라고 믿기 때문이다.

폴란드 왕을 보살피는 나의 임무는 이 나라에서 최악의 사건들이 한꺼번에 터진 시기에 시작되었다. 마치 모든 사악한 세력이 폴란드 왕국을 공격하기 위해 공모라도 한 듯했다. 국토는 전쟁으로 유린되었고, 스웨덴 군대에 의해 황폐해졌으며, 동쪽에서는 모스크바의 공격에 시달렸다. 나아가 루테니아⁴에서는 가난한 처지에 불만을 품은 농민들의 봉기가 한창이었다. 불가사의한 우연의 일치로 이 불행한 나라의 왕은 외세 침략에 시달리던 자신의 조국처럼, 갖가지 질병으로 고통을 겪었다. 우울증이 자신을 공격할 때마다 그는 주로 와인과 여성을 가까이하며 극복하곤 했다. 여행이란 번거롭기 짝이 없는 일이며, 사랑하는 아내 마리아 루드비카가 기다리고 있는 바르샤바가 그립다고 입버릇처럼 말하면서도, 모순된 본성이 그를 끊임없이 여행길로 이끌었다.

우리 일행은 마침 국가의 상황을 점검하고, 지방의 실세들과 연합을 다지기 위해 국왕과 함께 북쪽 지방을 탐방한 뒤 이동 중이었다. 이미 모스크바 군대가 출몰하여 폴란드 공화국에 침략을 시도했고, 서쪽 지방에서 활개를 치고 다니는 스웨덴 군대까지 고려하면, 암흑의 모든 세력이 결탁하여 폴란드 땅을 잔인한 전쟁터로 선택한 듯 여겨질 정도였다. 이번 여정이 내게는 변방 야생 구역으로의 첫 여행이었는데 바르샤바 교외를 벗어나자마자 나는 바로 후회하기 시작했다. 철학자이자 식물학자로서의 호기심이 나를 이 낯선 곳까지 이끌었지만, 한편으로는 (이제 와서 숨길 게 뭐가 있겠는가.) 왕의 영지를 하사받을지도 모른다는 기대감도 있었다. 그게 아니었다면 아마도 바르샤바의 집에 머

---

4   동유럽의 역사적 지역이다. 현재의 우크라이나 북부, 벨라루스, 러시아 서부, 슬로바키아 북동부 일부 지역, 폴란드 동부 일부 지역에 걸쳐 있다. 원래는 키이우 공국의 지배를 받았던 영토를 가리키는 용어로 사용되었지만 나중에 루테니아인이 거주하던 땅을 가리키는 용어로 사용되었다.

물며 조용히 연구에 전념했을 것이다.

하지만 열악한 상황 속에서도 나는 학문에 집중했다. 이 나라에 도착한 이후, 나는 세계적으로 제법 알려져 있긴 하지만 특히 이곳에서 널리 유행하고 있는 지역적 현상에 관심을 갖게 되었다. 바르샤바의 빈민가를 지나가기만 해도 군중의 머리에서 확인할 수 있는 그 현상을 가리켜 이곳에서는 '플리차 폴로니차' 또는 '양꼬리 털'이라고 불렀는데, 매듭처럼 꼬거나 땋아 갖가지 형태로 뭉치거나 포개어 놓은 괴상한 형태의 부스스한 머리 모양을 의미했다. 그것은 마치 말고삐나 똬리, 비버의 꼬리를 연상시켰다. 이곳 사람들은 그 머리카락 뭉치 속에 선과 악의 힘이 가득 들어차 있다고 믿었기에, 매듭을 제거하느니 차라리 죽음을 택한다고 알려져 있다. 스케치에 익숙한 나는 이미 이 기이한 현상에 대한 다양한 그림과 함께 부연 설명을 기록했고, 프랑스로 돌아가면 이에 관한 책을 낼 계획이었다. 이 독특한 사례는 이미 유럽 전역에서 다양한 이름으로 알려져 있었다. 그나마 제일 드물게 발견되는 곳이 프랑스인데, 왜냐하면 사람들이 외모에 관심이 많고, 머리 모양을 끊임없이 다듬기 때문이다. 독일에서는 '플리차 폴로니차'가 '마렌로케'나 '알프초프' 또는 '드루텐초프'로 알려져 있다. 덴마크에서는 '마렌로크'라고 하고, 웨일스와 잉글랜드에서는 '엘프 매듭'이라 불린다. 한번은 독일 북부의 니더작센 지방을 지나는데, 그곳 사람들이 이 머리 모양을 '젤켄슈테에르트'라고 부르는 걸 들었다. 스코틀랜드에서는 유럽에 거주하던 고대 이교도, 특히 드루이드 부족의 머리 모양으로 전해진다. 또 13세기에 레셰크 2세가 통치하던 폴란드를 타타르족이 침공하면서 플리차 폴로니차가 유럽에 최초로 전해졌다는 학설도 읽은 적이 있다. 멀리 인도에서 유행하기 시작해서 유럽으로 전파되었다는 추측도 있으며, 심지어 머리카락을 매듭처럼 길고 부스스하게 꼬는 관습을 처음 도입한 것은 히브리인이라는 주장을 접한 적도 있다. 하느님의 영광을 위해 절대 머리카락을 자르지 않겠다고 맹세한 거룩한 사람, 나제르에 대한 이야기도 떠돌았다. 이렇게 모순되는 이론이 넘쳐나는 광활한 설원에서 처음에는 정신적 무기력증에 빠졌던 나는 마침내 창조의 영감에 들떠 지나는 마을마다 플리차 폴로니차에 대해 조사하기에 이르렀다.

이런저런 작업을 수행하는 과정에서 나는 젊고 유능한 청년인 리치볼스키의 도움을 받았다. 그는 나의 비서이자 통역사였을 뿐 아니라 연구를 진행하는 데도 적지 않은 보탬이 되었다. 게다가 낯선 환경에서 나를 정신적으로도 각별히 지지해 주었다.

우리 일행은 말을 타고 여행했다. 3월의 날씨는 겨울을 연상케 하는 초봄이었고, 도로의 진흙이 얼었다 녹았다를 반복하며, 거의 늪과 같은 끔찍한 진창으로 변해 버려서 수하물을 잔뜩 실은 마차의 바퀴가 자꾸만 그 속으로 빠지곤 했다. 살갗을 파고드는 매서운 추위를 피하기 위해 모피로 몸을 꽁꽁 감싸는 바람에 우리의 모습은 마치 털이 무성한 들짐승 무리 같았다.

거칠고 황량한 늪지대, 숲이 우거진 영토에서는 통상 사람들의 주거지가 띄엄띄엄 떨어져 있었다. 그래서 우리는 퀴퀴한 곰팡내 나는 허름한 저택에서 밤을 나기도 하고, 심지어는 폭설로 행군 속도가 느려진 탓에 여관에서 하룻밤을 보낸 적도 있었다. 그럴 때면 폐하는 신분을 숨기고 평범한 귀족인 척했다. 중간 기착지마다 폐하에게 약을 투여하기 위해 나는 궁중의 약상자를 거의 통째로 챙겨 갔다. 때로는 폐하를 눕힐 침대를 급하게 조립하다 다쳐서 피를 흘리기도 했고, 여건이 허락될 때마다 소금물로 폐하의 몸을 씻기기도 했다.

왕실의 모든 질병 중에서 가장 해로운 것은 폐하가 이탈리아나 프랑스에서 옮은 것으로 추정되는 원인 모를 질병인 듯했다. 육안으로는 증상이 잘 안 보이므로 (적어도 초기에는) 발견하기가 쉽지 않기에 각별히 신경 쓰지 않으면 매우 위험하고 치명적일 수 있었다. 인간의 뇌를 침범하여 감각을 혼미하게 만들 수 있음이 입증되었기 때문이다. 그래서 나는 폐하의 궁정에 갈 때마다 수은 치료를 고집했고, 삼 주간 일요일마다 치료를 시행하기도 했다. 하지만 폐하에게는 편안하고 여유롭게 수은을 복용할 시간이 없었다. 그러니 여행 중에도 치료가 별다른 효과를 발휘하지 못했다. 왕실의 여러 질병 중에서 통풍은 그래도 예방하기 쉬운 편에 속했지만, 과식과 음주로 인해 발생하는 질병이기에 언제나 걱정스러웠다. 통풍은 금식만으로도 충분히 예방할 수 있었지만, 여행 중에는 규칙적인 금식이 힘들기 때문에 내가 폐하를 위해 할 수 있는 일은 별로 없었다.

왕은 리비우로 가는 길에 현지 귀족들을 만나 지원을 요청하면서 그들을 자신의 신민이라 부르며 훈계했다. 지방 귀족들이 공화국의 이익을 우선시하지 않고 늘 자신의 이익을 추구하니 그들의 충성심이 매우 의심스럽다며 경고하기도 했다. 우리 일행은 겉보기에는 품위 있고 호화로우며 융숭한 영접을 받았지만, 이따금 일부 귀족들은 왕을 탄원자로 여기는 듯했다. 통치자인 왕을 귀족들의 투표로 선출하는 이곳을 왕국이라 할 수 있겠는가! 과연 이런 왕국을 본 사람이 있을까?

전쟁은 끔찍하고 지옥 같은 현상이다. 전투로 인해 마을이 직접적인 피해를 입지 않더라도 쓰러져 가는 오두막, 굶주림과 질병, 만연한 공포 속에서 전쟁은 도처로 확산된다. 그러면서 사람들의 심장이 점차 식어 가고, 매사에 무관심해지며, 사고방식이 완전히 바뀐다. 모두 자신의 이익에만 신경을 쓰고 생존에만 골몰하면서 타인의 고통에 둔감해지고, 점점 잔인하게 변모해 간다. 북부에서 리비우로 향하는 여정에서 나는 인간이 초래한 악, 그들이 저지른 폭력과 강간, 살인, 믿을 수 없는 야만성을 수없이 목격했다. 마을 전체가 불타고, 들판이 황폐해져 휴경지로 변하고, 목수의 유일한 업무가 살인 도구를 만드는 것인 양 사방에 교수대가 세워졌다. 매장되지 못한 인간의 시체가 늑대와 여우에 의해 갈기갈기 찢겨 사방에 널려 있었다. 이곳에서 필요한 도구는 오로지 불과 검뿐. 모든 걸 잊고 싶지만, 고국에 돌아와 이 글을 쓰고 있는 지금도 끔찍한 이미지들이 여전히 내 눈앞에 생생히 출몰하고 있으며, 나는 그것들을 결코 지울 수 없다.

우리에게는 갈수록 좋지 못한 소식들이 전해졌고, 2월에 고웬비에서 벌어진 스웨덴과의 전투에서 차르니에츠키 장군이 이끄는 연합군의 패배는 왕의 건강에 큰 타격을 주었다. 왕이 신경 안정을 위해 에게르 온천수로 목욕하고, 달인 약물을 천천히 마시는 동안, 우리는 이틀 동안 행군을 멈추고 그의 곁을 지켜야 했다. 마치 공화국의 모든 질병이 신비한 고리로 엮여 왕의 몸에서 고스란히 발현되는 것만 같았다. 전투에서 패배했다는 비보가 도착하기도 전에 왕은 통풍으로 인한 발작을 겪었고, 열과 통증이 너무 심해 우리 중 누구도 그를 감당할 수 없는 지경에 이르렀다.

우츠크에 도착하기 이틀 전, 우리는 타타르족이 이 년 전에 불태운 울창하고 음습한 숲을 지나갔다. 그때 나는 지구상에 이보다 더 끔찍한 땅은 없다는 사실을 깨달았고, 이번 여행에 동행하기로 한 결정을 후회했다. 집으로 영영 돌아가지 못할 것만 같은 불안감이 엄습했다. 사방이 온통 늪과 축축한 덤불로 그득했고, 낮게 깔린 하늘 아래, 살얼음이 덮인 웅덩이들이 곳곳에 패여 있었는데, 그것은 마치 땅 위에 고꾸라져 있는 거인의 몸에 난 상처를 연상케 했다. 이러한 광경 앞에서는 부자든 가난한 사람이든, 왕이든 영주든, 군인이든 농민이든 모두가 보잘것없는 존재임을 실감할 수밖에 없었다. 야만적인 타타르인들이 마을 사람들을 가두고 산 채로 불태워 버린 교회의 벽과 교수대, 검게 그을린 인간과 동물의 사체로 뒤덮인 울창한 숲이 눈앞에 펼쳐졌다. 그제야 나는 공화국이 외세에 짓밟히고 있는 이 위기의 순간에 리비우로 가서 이 나라에서 가장 존경받고 추앙받는 성모 마리아의 보살핌을 청하고, 그녀에게 하느님의 중재와 자비를 간구하려는 왕의 의도를 이해할 수 있었다. 처음에는 성모를 향한 지향이 내게는 생소하게 느껴졌다. 나는 종종 이곳 사람들이 이교도의 여신을 숭배하는 듯한 인상을 받았는데, (행여라도 신성 모독으로 해석되지 않기를) 종교 행렬에서 늘 선두에 있는 건, 화려한 리본으로 장식한 성모 마리아의 초상이었고, 그리스도나 신의 상징물은 그 뒤에 배치하기 때문이었다.

이곳에서 모든 성당은 마리아에게 봉헌되어 있었고, 차츰 그녀의 이미지에 익숙해진 나는 모두가 추위와 배고픔에 시달리던 어느 비참한 밤, 침대에 누워 그녀를 향해 기도를 올리기 시작했다. 내 조국을 통치하는 건 예수 그리스도이지만, 이 나라의 주인은 성모 마리아라는 생각이 들었기 때문이다. 위기의 순간에는 더 높은 권능에 의지하는 것 말고는 딱히 할 수 있는 일이 없었다.

왕의 통풍이 도지던 날, 우리는 우츠크 지방 출신의 시종인 하이다모비츠 씨의 사유지에 들렀다. 늪 사이의 마른 곳에 지은 목조 저택은 벌목꾼과 농민, 그리고 하인들이 사는 오두막에 둘러싸여 있었다. 폐하는 저녁도 거르고 바로 잠자리에 들었으나 잠을 이루지 못해 내가 몰약을 먹여 재워 드려야 했다.

아침이 되자 날씨가 유난히 화창했다. 여행길에 나서기 전, 시간을 단축하기 위해 동이 트기 무섭게 왕실 호위대의 남자 몇 명이 무장을 한 채 사냥감을 찾아 덤불 속으로 황급히 들어갔다. 우리는 온순한 사슴이나 꿩을 잡아 오리라고 기대했는데, 사냥꾼들은 특이한 사냥감을 대령했다. 모두 놀란 나머지 말문을 잃었고, 막 잠에서 깨어나 졸음을 떨치지 못한 왕도 즉시 정신을 차렸다.

예기치 않은 사냥감은 작고 깡마른 두 아이였다. 남루하다는 표현도 아까울 만큼 아무렇게나 대충 엮은 아마포 천으로 만든 옷을 걸치고 있었는데, 낡고 해진 데다 진흙까지 잔뜩 묻어 있었다. 부스스하게 엉겨 붙은 아이들의 머리카락은 여러 개의 다발로 나뉘어 낡은 천으로 묶여 있었는데, 플리차 폴로니카의 완벽한 예였으므로 생생하게 기억난다. 아이들은 노루처럼 결박당한 채 안장에 묶여 있었는데, 가느다란 발목이 부러지거나 연약한 뼈가 다치지나 않았을까 걱정스러웠다. 무장한 사내들은 아이들이 물어뜯고 발로 차는 바람에 결박할 수밖에 없었다고 설명했다.

폐하가 조찬을 마치고, 기력 회복에 도움이 되는 약초를 복용하자마자 나는 아이들에게로 달려갔다. 얼굴을 씻긴 뒤, 그들이 나를 물지 않도록 조심하며 자세히 살펴보았다. 키로 짐작해 보면 각각 네 살, 여섯 살쯤 되었을 것 같은데, 이빨을 들여다보니 덩치에 비해 나이는 좀 더 많은 것 같다는 결론을 내렸다. 여자아이가 몸집이 더 크고 힘이 센 반면, 남자아이는 가냘프고 수척했지만 활기차고 명랑했다. 하지만 무엇보다 나를 사로잡은 것은 그들의 피부였다. 내가 이전에 본 적 없는 이상한 색조를 띠고 있었던 것이다. 햇완두콩이나 이탈리안 올리브 빛깔과는 또 다른, 기묘한 초록빛이었다. 얼굴을 뒤덮은 부스스한 머리카락 다발은 밝게 빛났지만, 마치 이끼 낀 돌처럼 녹색으로 코팅된 것 같았다. 우리는 곧바로 그들을 '녹색 아이들'이라고 부르기 시작했는데, 청년 리치볼스키는 이 초록빛 아이들이 로물루스와 레무스의 신화[5]를 통해 알려진 것처럼 숲에서 자연이 주는 영양분으로 연명한 전쟁 희생자일 것이라고 말했다. 자연의 활동 범위는 보잘것없는 인간의 영역보다 훨씬 광활한 법이니까.

하루는 우리 일행이 지평선 너머 불타 버린 마을에서 여전히 연기가 피어오르고, 울창한 숲으로 둘러싸인 마힐료프에서 대초원을 통과하여 이동하고 있을 때, 왕이 내게 물었다.

"자연이란 무엇인가?"

자연이란 인간, 즉 우리 자신과 우리의 창조물을 제외하고 우리를 둘러싼 모든 것이라고 생각한다고 내가 답변했다. 그러자 왕은 마치 시력 검사라도 하듯 눈을 껌뻑거렸다. 과연 무엇을 보았는지 알 수는 없었지만, 그가 덧붙였다.

"그건 거대한 무(無), 아무것도 아닌 것이라네."

나는 이것이 베네치아산 직물의 소용돌이치는 문양, 터키산 카펫의 정교한 짜임새, 그리고 직소 퍼즐과 모자이크를 보는 데 익숙한 궁정에서 자란 사람들의 눈이 세상을 보는 방식이라고 생각한다. 그들의 시선이 자연의 복잡성에 노출되면 그저 혼돈

---

5 트로이의 영웅 아이네아스의 후손인 누미토르 왕의 딸 레아 실비아와 전쟁의 신 마르스의 쌍둥이 아들. 왕위를 탐내는 누미토르의 동생 아물리우스에 의해 강에 버려졌지만, 늑대의 젖을 먹으며 기적적으로 살아남았다. 늑대 루푸스는 두 아기를 돌보고 키웠고, 목동 파우스톨루스와 그의 아내 아크카는 늑대에게서 아기들을 데려와 직접 양육했다.

과 거대한 무(無)만 보일 것이다.

화마가 휩쓸고 갈 때마다 자연은 인간이 빼앗아 간 것을 되찾으려 하고, 또한 대담하게 인간에게 직접 다가가 인간을 자연의 상태로 되돌리려고 시도하곤 한다. 그런데 이 아이들을 보면 자연 속에 과연 천국이 존재하는지, 오히려 지옥이 있는 건 아닌지 의심스러울 정도로 야생 그 자체에 초췌하기 이를 데 없었다. 폐하는 녹색 아이들에게 상당히 관심이 많았다. 아이들을 우리 일행과 함께 리비우로 데려가서 그곳에서 철저히 조사받도록 하기 위해 화물칸에 아이들을 실을 자리를 마련하라고 명령했지만, 결국 상황이 갑자기 바뀌는 바람에 계획을 포기할 수밖에 없었다. 왕의 엄지발가락이 너무 심하게 부은 탓에 신발을 신을 수 없었고, 통증도 심했기 때문이다. 나는 왕의 얼굴에 땀방울이 맺히는 것을 보았다. 한 나라를 다스리는 통치자가 신음하며 오열하는 소리를 들으며 나는 등골이 서늘해졌다. 도저히 여정을 지속할 수 없었다. 나는 폐하를 화덕 옆에 눕혀 놓고 찜질을 준비한 뒤, 폐하의 병과 관련하여 불필요한 목격자를 최대한 줄이기 위해 일행을 모두 방에서 내보내도록 했다. 그런데 숲에서 붙잡혀 온 불운한 아이들이 양처럼 묶여 끌려가던 중, 여자아이가 하인들에게서 가까스로 빠져나와 고통받는 왕의 발 앞에 몸을 던졌다. 아이는 자신의 헝클어진 곱슬머리 매듭으로 왕의 발가락을 비비기 시작했다. 통치자는 순간 당황했지만, 아이의 행동을 허락하는 손짓을 했다. 잠시 후 폐하가 놀라움을 금치 못하며 발이 훨씬 덜 아프다고 말했다. 그렇게 치료를 받고 난 뒤, 왕은 아이들을 잘 먹이고 사람처럼 옷을 갖추어 입히라고 명했다.

이후 짐을 꾸리던 나는 순진하게도 소녀에게 손을 내밀어 어느 나라에서나 어른이 아이에게 하듯이 머리를 쓰다듬었다. 그런데 아이가 갑자기 내 손목을 세게 물어뜯었고, 내 팔에서는 피가 뚝뚝 흘러내리기 시작했다. 광견병이 염려된 나는 근처 개울로 상처를 씻으러 갔다. 그러다 물가 진흙투성이 둑에서 그만 미끄러져 넘어지면서 나무로 만든 다리에 온몸을 부딪쳤고, 그 순간 근처에 쌓아 두었던 목재 더미가 순식간에 내게 떨어졌다. 나는 다리에 끔찍한 통증을 느꼈고, 짐승처럼 울부짖었다. 상황이 매우 심각하게 흘러간다는 것을 알아차린 순간, 나는 그대로 기절하고 말았다.

내가 막 정신을 차렸을 때 청년 리치볼스키가 내 뺨을 두드리고 있었다. 내 위로 저택의 천장이 보였고, 폐하를 비롯하여 근심 가득한 얼굴들이 나를 에워싼 채 내려다보고 있었는데, 그들의 모습이 옆으로 늘어나고 흔들리고 흐릿하게 보였다. 그제야 나는 오랫동안 의식을 잃었고, 지금 열이 꽤 심하다는 것을 깨달았다.

"맙소사, 데이비슨, 이게 대체 무슨 일이오?"

폐하가 나를 향해 몸을 숙이며 걱정을 담아 말했다. 순간, 그가 여행할 때 쓰는 가발의 곱슬머리가 내 가슴팍에 닿았는데 그 부드러운 감촉만으로도 찌릿한 통증이 느껴졌다. 그러나 고통의 순간에도 나는 폐하의 안색이 전보다 밝아졌고, 이마에서 땀방울이 사라졌으며, 신발을 신은 채 내 앞에 서 있다는 사실을 놓치지 않았다.

"우리는 떠나야 합니다, 데이비슨."

왕이 걱정스러운 어조로 말했다.

"저를 여기에 두고요?"

나는 낯선 땅에 혼자 남겨진다는 두려움과 통증에 몸을 떨며 신음했다.

"곧 리비우 최고의 의사가 여기로 올 거요."

육체적 고통보다 절망 탓에 더욱 눈물이 났다.

나는 행렬과 함께 길을 떠나는 폐하에게 눈물을 흘리며 작별을 고했다. 이곳에 나를 두고 가다니! 청년 리치볼스키가 동반자로 남겨져 내 고통의 일부를 조금이나마 진정시켜 주었다. 시종 하이다모비츠에게도 우리를 돌보라는 임무가 주어졌다. 또한 아마도 우리를 위로하기 위해서인 듯 녹색 아이들도 저택에 남겨졌다. 구조대가 올 때까지 내게 업무를 부여하기 위해서였을 것이다.

알고 보니 내 다리는 두 군데나 부러졌는데 상황이 매우 복잡했다. 한 곳에서는 뼈가 피부를 뚫고 나와 다시 결합하려면 정교한 수술이 필요했다. 스스로 다리를 절단했다는 사람들에 대해 들어 본 적은 있지만, 곧바로 의식을 잃는 바람에 나는 아무것도 할 수 없었다. 출발하기 전 왕은 이미 리비우에서 최고의 의사를 황급히 대령하라는 명령을 내렸지만, 의사가 도착하려면 적어도 두 주는 걸릴 것 같았다. 하지만 내 다리는 가능한 한 빨리 접합해야 하는 위급한 상황이었다. 이 습하고 끈적거리는 기후에서 상처에 괴사라도 생긴다면, 그토록 고대하던 프랑스 궁전, 지금과 같은 위기의 순간에도 내게는 꿈속의 가장 아름다운 파라다이스요, 현실 세계에서도 세상의 중심인 그곳에 영원히 가지 못할 것이기 때문이다. 또한 스코틀랜드의 언덕도 다시는 보지 못하리라…….

며칠 동안 나는 통풍 치료를 위해 왕에게 처방한 것과 같은 진통제를 복용했다. 마침내 리비우에서 전령이 도착했지만, 도중에 의사가 타타르 도적 떼에 의해 살해당하는 바람에 함께 오지 못했다며 곧 다른 의료진이 도착할 거라고 우리를 안심시켰다. 그는 또한 리비우에 무사히 도착한 왕이 리비우 대성당에서 폴란드 공화국을 성모님의 보호에 의탁하고, 스웨덴과 모스크바, 그리고 절름발이 사슴을 공격하는 무자비한 늑대처럼 폴란드를 침략한 우크라이나의 흐미엘니츠키 장군을 비롯한 모든 악의 세력으로부터 국가를 지켜 달라고 청원했다는 소식을 가져왔다. 나는 폐하의 상황이 좋지 못하다는 사실을 알고 있었기에 전령이 왕의 하사품으로 가져온 보드카와 라인강의 백포도주 몇 병, 모피 모자, 그리고 제일 만족스러운 선물이었던 프랑스 비누를 받고 가슴이 뭉클했다.

나는 세상이 한 곳을 중심에 놓은 채 여러 개의 원으로 이루어져 있다고 생각한다. 그리고 세상의 중심이라고 불리는 장소는 시간이 지남에 따라 변한다는 것도 알고 있다. 예전에는 그리스와 로마, 예루살렘이 중심이었지만, 지금은 의심할 여지 없이 프랑스, 그중에서도 파리가 중심이다. 그리고 콤파스의 도움으로 그 주위에 원을 그릴 수 있다. 원리는 간단하다. 중심에 가까울수록 모든 것이 현실적이고 실체적으로 보이고, 멀어질수록 마치 습기에 손상된 캔버스처럼 세상이 뭉개지고 흐려져 보인다. 또한 세상의 중심은 다소 높이 들어 올려 있어서 아이디어나 유행, 발명품 등 모든 것이 중심에서 측면으로 흐르고 있다. 우선 가장 가까운 곳에 있는 원을 빨아들이고, 이어서 차례로 나머지 원에 다다르지만, 멀어질수록 그 힘이 약해져 나중에는 본질의 일부만 도달하게 된다. 나는 마치 토미의 유배자 오비디우스처럼 세상의 중심으로부터 멀리 떨어진 습지 어디엔가, 어쩌면 제일 마지막 원일 수도 있는 하이다모비츠 가문의 저택에 홀로 누워 이러한 사실을 깨달았다. 그리고 단테의 『신곡』과 비슷하지만, 저승이 아닌 이승, 그중에서도 유럽의 원에 관한 위대한 작품을 쓸 수 있을 것만 같은 열망에 불타올랐다. 각각의 원들은 서로 다른 죄와 잘못으로 인해 고군분투하면서 그에 따른 형벌도 각기 다르게 받을 것이다. 이 작품은 아마도 은밀한 게임과 깨진 동맹에 관한 위대한 코미디, 극이 진행되는 동안 계속해서 역할이 바뀌고, 마지막까지도 주는 자와 받는 자의 관계가 명확하지 않은 그런 코미디가 될 것이다. 위대함을 향한 누군가의 열정, 그리고 다른 누군가의 무관심과 이기심에 관한 이야기이며, 얼핏 소수인 듯하지만 어쩌면 생각보다 많은 이들의 용기와 희생에 관한 이야기가 탄생하리라. 유럽이라는 무대에서 연기하는 주인공들은 종교로 인해 단합하기보다 분열하는 경향이 있으므로 일부가 염원하듯 종교를 구심점으로 단결하지는 못할 것이다. 이는 오늘날 벌어지는 전쟁에서 종교 때문에 목숨을 잃는 사람들의 숫자를 따져 보면 수긍할 수밖에 없다. 하지만 이 코미디의 피날레는 성공적인 해피엔드로 마감해야 하므로 다른 무언가, 즉 논리와 이성에 대한 신뢰를 통해 하나로 뭉치게 될 것이다. 신은 우리에게 감각과 이성을 주셨고, 그것을 통해 세상을 탐구하고 지식을 고양하게 하셨다. 바로 여기에 이성이 작동하는 유럽이 있다.

이런저런 생각들이 조금이라도 의식이 명료해진 순간마다 내 머릿속을 맴돌았다. 하지만 나는 이후 대부분의 시간을 정신이 혼미한 상태로 보냈다. 리비우에서 여전히 의사가 도착하지 않았으므로 집주인은 내 보호자 역할을 맡은 청년 리치볼스키의 동의를 받아 늪지대에서 한 여성을 데려왔다. 그녀는 벙어리 조수를 데리고 나타나서 내 다리에 술 한 병을 부은 뒤, 다리뼈를 세우고는 부러진 뼈들을 맞추었다. 정신을 잃은 나는 당시의 일이 하나도 기억나지 않았지만, 훗날 내 젊은 동반자가 감격스러워하며 시시콜콜 전해 준 덕분에 모든 걸 알게 되었다.

수술이 끝난 뒤 내가 의식을 되찾았을 때 이미 날이 훤히 밝은 뒤였다. 부활절을 앞두고 한 신부가 인근 성당에서 미사를 집전하기 위해 하이다모비츠의 저택에 왔고, 그때 녹색 아이들에게 세례를 베풀었다. 내 동반자이자 벗인 리치볼스키는 이 생명체들이 내게 주문을 걸어 불운을 초래했다는 소문이 돌고 있다는 내용을 흥분하며 보고했다. 나는 그런 말도 안 되는 이야기를 믿지 않았고, 그에게 더 이상 그런 말을 하지 말라고 일렀다.

어느 날 저녁 리치볼스키가 녹색 소녀를 내게 데려왔는데, 아이는 그날따라 말쑥하고 단정한 차림새에 매우 차분했다. 나는 아이에게 내가 허락할 테니 왕에게 한 것처럼 내 아픈 다리를 자신의 머리카락 다발로 문지르라고 명했다. 머리카락이 다리에 닿는 것조차 아팠지만, 서서히 통증이 줄어들고 부기가 어느 정도 가라앉을 때까지 나는 이를 악물고 견뎌 냈다. 녹색 소녀는 그렇게 세 번 더 내 다리를 문질렀다.

며칠 후 봄날답게 기온이 포근해지자 나는 자리에서 일어나 보았다. 이곳에서 맞춘 목발이 꽤 편하게 잘 맞아서 나는 현관까지 걸어 나갔고, 그곳에서 그토록 그리웠던 신선한 공기와 햇볕을 만끽하며 오후를 보냈다. 거기서 나는 시종의 낡은 집을 꼼꼼히 살펴보았다. 저택은 넓고 제법 호화로웠지만, 마구간이나 헛간을 보면 문명이 열악한 지역에 와 있다는 느낌을 지울 수 없었다. 나는 별수 없이 이곳에 꽤 오랫동안 갇혀 있어야만 한다는 사실과 함께 이 유배지에서 살아남기 위해서는 뭔가에 몰두할 수 있는 일거리가 필요하다는 걸 깨달았다. 그래야만 이 습한 늪지대에서 우울감을 극복하고, 자비로우신 주님께서 언젠가 나를 프랑스로 돌아가게 해 주실 거라는 희망의 끈을 놓지 않을 수 있을 것 같았다.

리치볼스키는 하이다모비츠 저택 인근에서 발견한 야생 아이들을 이 황량한 곳에서, 그것도 전쟁 통에 어떻게 해야 할지 난감해하며, 아이들을 내 앞에 데려왔다. 그는 폐하가 아이들을 데려갈지도 모른다고 기대했다. 아이들은 쓸 만한 물건과 버릴 물건들이 뒤섞여 있는 곡물 창고 1층에 갇혀 있었다. 창고는 자물쇠로 잠겨 있었는데, 벽이 널빤지로 만들어져서 그 틈새로 아이들의 눈길이 집안 식구들을 따라다녔다. 아이들은 집 앞에 쪼그리고 앉아 용변을 봤고, 두 손으로 탐욕스럽게 음식을 먹었지만, 고기는 먹지 않고 뱉어 버렸다. 침대가 뭔지, 물그릇이 뭔지도 몰랐다. 겁에 질린 아이들은 바닥에 몸을 던지고 네 발로 기어다니며 자꾸만 뭔가를 물어뜯으려고 했고, 꾸중을 들으면 몸을 웅크리고 오랫동안 꼼짝하지 않았다. 그들은 으르렁거리는 소리를 내며 서로 소통했고, 태양이 떠오르기가 무섭게 옷을 벗어 던진 채 따뜻한 햇볕에 몸을 노출했다.

청년 리치볼스키는 아이들이 내게 흥미와 소일거리가 되어 주리라고 확신했다. 내가 과학자로서 아이들을 연구하고 그들의 실체를 규명하고 싶어 한다는 것을 알고 있었기에, 아이들에게 몰두하다 보면 부러진 다리를 걱정하며 전전긍긍하는 걸 멈출 수 있을 거라고 기대했던 것이다.

그리고 그가 옳았다. 물린 상처 때문에 팔에 붕대를 감고 부목에 다리가 고정된 내 모습에 작고 기묘한 생명체들이 일종의 양심의 가책을 느낀 것 같았다. 소녀는 시간이 지나면서 나를 신뢰하게 되었고, 한번은 자신을 자세히 살펴보는 걸 허락했다. 우리는 곡물 창고의 따뜻한 나무 벽에 등을 기댄 채 햇볕을 쬐며 앉아 있었다. 자연에 싱그러운 생기가 돌고, 사방에 떠돌던 습한 기운이 누그러들었다. 나는 조심스럽게 소녀의 얼굴을 햇빛 쪽으

로 돌리고는 소녀의 머리카락 몇 가닥을 만져 보았다. 양털로 만
든 것처럼 포근한 감촉이었는데, 냄새를 맡아 보니 이끼 냄새가
났다. 마치 머리카락 안에 이끼가 낀 것 같았다. 가까이에서 살펴
보니 아이의 피부에는 작고 짙은 녹색 점들이 가득했는데, 전에
는 그저 얼룩이 묻은 것이라고 생각했었다. 리치볼스키와 나는
이 사실을 매우 의아하게 생각했고, 아이에게 식물성 성분이 함
유되어 있음을 알게 되었다. 우리는 이 아이들이 다른 식물과 마
찬가지로 햇빛을 필요로 하고, 피부를 통해 햇빛을 섭취하기에
음식을 많이 먹을 필요가 없고, 빵부스러기만으로도 충분할 것
이라고 추측했다. 우리는 아이를 '오시로트카'라고 불렀는데, 발
음하기는 어렵지만 듣기 좋은 어감을 가진 이름이었다. '빵의 부
드러운 가운데'라는 뜻으로, 식빵 덩어리에서 바깥쪽 껍질은 먹
지 않고 가운데 부분만 떼어내어 먹는 사람을 의미하기도 했다.

녹색 아이들에게 점점 더 매료된 리치볼스키는 어느 날 소
녀가 노래하는 것을 들었다고 말했다. 사실 그의 설명에 따르면,
갸르릉거리는 소리에 가까웠지만, 그것은 그들의 목이 정상이
며, 말을 못 하는 것은 다른 문제임을 뜻하는 증거였다. 나는 또
한 아이들의 체격이 또래 아이들과 별반 다르지 않다는 걸 알게
되었다.

"폴란드 엘프를 붙잡은 건 아닐까?"

한번은 이런 농담을 한 적도 있었다. 하지만 청년 리치볼스
키는 내가 자기를 야만인 취급했다며 투덜거렸다. 그는 이런 유
의 이야기를 믿지 않았다.

저택에 사는 사람들은 아이들의 플리차 폴로니카, 그러니까 머리카락 매듭을 다루는 방법에 대해 서로 다른 의견을 가지고 있었다. 게다가 매듭이 녹색이라니! 보통 이러한 매듭은 생명체가 인체 내부의 질병을 바깥쪽으로 발현시키면서 나타나는 증상으로 해석되었다. 그래서 매듭을 잘라내면 질병이 다시 몸으로 들어와서 주인을 죽인다고 믿었다. 하지만 시종 하이다모비츠를 포함하여 스스로를 종교가 없는 세속적인 인간으로 여기는 또 다른 사람들은 이러한 매듭이야말로 이나 벼룩과 같은 해충의 서식지이므로 신속하게 잘라 내야 한다고 주장했다.

시종은 심지어 양털 깎는 사람을 데려와서 아이들의 초록색 머리카락 매듭을 모두 자르라고 명령했다. 겁에 질린 어린 소년은 누나 뒤에 숨었지만 (나는 두 아이가 남매라고 추측했다.) 소녀는 당당했고 심지어 오만해 보이기까지 했다. 소녀는 앞으로 나아가 하이다모비츠에게 눈길을 고정하고는 그가 당황하여 피할 때까지 눈길을 거두지 않았다. 동시에 아이의 목구멍에서 야생 동물처럼 으르렁대는 소리가 났고, 벌어진 입술 사이로 날카로운 이빨이 드러났다. 소녀의 시선에는 일종의 부조화가 깃들어 있었는데, 마치 인간의 질서를 모른 채 동물적 시선으로 우리를 바라보고 있는 듯했다. 다른 한편으로는 우리가 미처 예상치 못했던 성숙한 자신감이 우러나왔기에 잠깐이지만 나는 소녀에게서 아이가 아니라 몸이 쪼그라든 노파의 모습을 보았다. 우리의 등줄기에 전율이 스쳤고, 결국 시종은 가위질을 멈추라고 명령했다.

그러다 불행하게도, 닭장을 연상시키는 목조 교회에서 세례를 받은 지 얼마 안 되어 소년이 한밤중에 갑자기 앓아눕더니 졸지에 죽음을 맞았다. 놀랍고도 공포스러운 일이 아닐 수 없었다. 하인들은 모두 이것을 악마의 표징으로 받아들였다. 악마가 아니라면 과연 누구길래 성수(聖水)를 바르고는 죽음에 이르렀겠는가? 그런데 왜 세례받은 즉시 죽지 않은 걸까? 글쎄, 악이 살아남으려고 발버둥 친 게 아닐까? 요약하자면, 녹색 아이들의 사건에는 보다 지엄한 세력이 연루된 것으로 결론 내려졌다.

바로 그날 저택 주변의 습지에서 장례식의 오케스트라 연주처럼 새도, 개구리도 아닌 이상한 소리가 들려오기 시작했다. 우리는 아이의 가냘픈 시신을 씻기고 옷을 입혀 관 위에 눕힌 뒤, 주변에는 양초를 놓았다. 의사인 나는 이 과정에서 시신을 다시금 살펴볼 수 있었는데, 조그맣고 가냘픈 체구에 잠시 가슴이 먹먹해졌다. 벌거벗은 몸속에는 괴물이 아닌 보통 아이가 잠들어 있었고, 모든 생명체와 마찬가지로 이 아이에게도 엄마와 아빠가 있으리라는 생각이 들었다. 지금 그들은 어디에 있을까? 아이를 그리워하고 있을까? 걱정하며 불안해하고 있을까?

높은 학력의 의사에게는 어울리지 않는 이런 생각들을 재빨리 떨쳐 버린 나는 신중한 검진 끝에 개울의 얼음물에 너무 일찍 목욕하는 바람에 아이가 병에 걸렸고, 결국 죽음에 이르게 되었다는 결론을 내렸다. 또한 피부색을 제외하고는 아이에게 이상한 점이 하나도 없다는 사실에 주목하면서, 피부의 변화 또한 깊은 숲속, 자연의 에너지 속에 너무 오랫동안 머물렀기 때문에 생긴 현상으로 판단했다. 마치 새의 날개가 나무껍질과 비슷해지고 메뚜기가 풀과 비슷한 색깔을 띠는 것처럼 아이의 피부가 주변 환경과 비슷하게 변한 것이라고 생각했다. 자연에는 이런 식의 대응 관계가 무궁무진하다. 또한 모든 질병과 증상에는 자연적인 치료법이 존재하기 마련이었다. 내가 귀감으로 삼고 있는 위대한 스승 파라셀수스[6]가 이에 관한 글을 썼고, 이제 나는 청년 리치볼스키에게 똑같은 이론을 전수했다.

소년이 죽은 다음 날 밤, 시체가 사라졌다. 소년의 곁을 지키던 여성들이 향의 연기에 취한 채 자정이 넘어 잠들었다가 새벽에 일어나 보니 시신이 흔적도 없이 사라진 것이다. 모두가 잠에서 깨어났고, 마을 전체에 불이 켜졌으며, 공포와 불안이 사방으로 전파되었다. 하인들은 곧바로 작은 녹색 악마가 마법의 힘으로 죽음을 가장했다는 소식을 전했고, 아무도 없을 때 살아나서 숲속 자신의 자리로 돌아갔다는 소문을 퍼뜨렸다. 다른 사람들은 아이가 포로로 잡혀 온 것에 대해 앙심을 품고 복수를 할지도 모른다고 걱정하며 문을 걸어 잠그기 시작했다. 마치 타타르족의 침략 위협이라도 받은 것처럼 거대한 불안이 감돌았다. 우리는 이상하리만치 무관심한 태도를 보이는 오시로트카를 방에 가두었다. 찢어진 옷에 몸 여기저기에 지저분한 얼룩이 묻어 있어서 의심하지 않을 수 없었다. 청년 리치볼스키와 나는 모든 흔적·

---

6   Philippus Aureolus Paracelsus(1493~1541). 스위스의 화학자, 의학
      자로서 금속 화합물을 처음으로 의약품 제조에 응용했다.

을 면밀하게 조사했다. 하지만 방에 남은 단서라고는 어딘가로 시체를 끌고 간 듯 바닥에 그어진 몇 개의 얼룩뿐이었다. 반면에 밖에는 공포가 만연했고, 모든 흔적이 짓밟혀 있어서 아무것도 식별할 수가 없었다. 장례식은 취소되었고, 상여도 치워졌다. 양초는 다음 기회를 위해 짐꾸러미에 보관했다. 물론 그런 기회가 빨리 오지 않기를 바랄 뿐이지만! 며칠 동안 우리는 마치 포위당한 것처럼 저택에 틀어박혀 지냈다. 하지만 이번에는 투르크인이나 모스크바인 때문이 아니라 진흙과 이끼 냄새가 감도는, 잎이 무성한 초록빛의 괴상한 공포가 우리를 두려움에 떨게 했다. 끈적끈적하고 말 없는 불안이 우리의 생각을 자극하여 양치식물에게로, 그리고 바닥이 보이지 않는 늪으로 이끌었다. 곤충들이 어디선가 우리를 지켜보는 것만 같았다. 우리는 숲에서 들려오는 은밀한 소리를 부르짖음과 한탄으로 받아들였다. 그리고 우리 모두, 귀족들과 하인들이 이곳에서 '응접실'로 일컫는 가장 큰 방에 모여 식욕을 잃은 채 간소하게 저녁 식사를 하고, 아쿠아비트[7]를 마셨다. 기쁨이 아니라 두려움과 걱정 탓에 술에 의지할 수밖에 없었다.

봄은 주변 숲으로부터 점점 더 힘차게 다가와 습지로 퍼져 나갔고, 줄기가 굵은 꽃들, 특이한 모양과 빛깔을 뽐내는 수련, 식물학자로서 부끄럽게도 이름을 알 수 없는, 큰 잎사귀가 달린

---

7 스칸디나비아 반도 일대에서 생산되는 향이 나는 증류주로 40퍼센트의 알코올을 함유하여 도수가 높다. 라틴어로 '생명의 물'을 의미하는 aqua vitae에서 그 명칭이 유래했다.

부유식물들이 늪의 수면을 알록달록 물들였다. 청년 리치볼스키는 내게 소일거리를 선사하기 위해 최선을 다했지만, 이 척박한 환경에서 우리가 해 볼 수 있는 게 뭐가 있겠는가? 이곳에는 책도 없었고, 종이와 잉크가 부족했기에 간신히 식물의 스케치 정도만 할 수 있었다. 그러다 보니 나의 시선은 혈육을 잃고 홀로 남겨진 오시로트카에게로 쏠릴 수밖에 없었고, 남동생을 잃은 소녀는 우리에게 집착하기 시작했다. 아이는 특히 청년 리치볼스키에게 애착을 보이며 그를 졸졸 따라다녔다. 문득 내가 아이의 나이를 잘못 판단한 것이 아닌가 하는 의구심이 들어 소녀에게서 여성으로서의 초기 징후를 찾으려고 노력해 봤지만, 아이의 몸은 곡선이 전혀 없이 빼빼 마른, 어린아이의 몸매였다. 하이다모비츠 부부가 예쁜 옷과 신발을 선물했지만, 소녀는 집 밖으로 나올 때면 조심스럽게 벗어서 벽 아래에 개켜 놓았다. 며칠 후 우리는 오시로트카에게 말하기와 쓰기를 가르치기 시작했다. 동물을 그려서 보여 주면서 아이가 소리 내기를 바랐다. 아이는 그림을 주의 깊게 바라보긴 했지만, 그의 시선은 내용을 건드리지 않고 종이의 표면에서 미끄러지는 듯했다. 숯을 손에 쥐고 종이에 원을 그리는 방법을 익혔지만 금방 지루해했다.

이쯤에서 청년 리치볼스키에 대해 몇 마디 적어야 할 듯하다. 그의 이름은 펠릭스인데, 이 이름은 그에게 벌어진 모든 난관에도 불구하고 항상 좋은 기분과 의도를 잃지 않고, 어떤 상황에서도 낙관적으로 살아온 리치볼스키에게 잘 어울렸다. 모스크바인들이 그의 가족을 모두 학살하고 아버지의 배를 찢고 그의 누이와 어머니를 잔인하게 강간했지만, 그는 울지 않았고 우울감에도 굴복하지 않았다. 나는 그가 어떻게 이처럼 강건한 정신으로 살아남았는지 놀라움을 금할 수 없었다. 그는 이미 내게서 많은 것을 배웠기에 그에게 좋은 스승(내 입으로 자신에 대해 이렇게 말하기가 쑥스럽지만)을 배정하려 한 폐하의 의도는 헛된 일이 아니었다고 자부한다. 작고 가벼운 몸집에 민첩하고 밝은 푸른 빛 눈동자를 가진 이 젊은이는 내가 지금부터 언급하게 될 일련의 사건이 아니었다면, 지금보다 탁월한 경력을 쌓을 기회를 얼마든지 누렸을 것이다. 기름진 폴란드 음식 탓에 몸이 무거워져서 마당으로 걸어 나가는 게 힘들어진 나보다 오히려 청년 리치볼스키가 이곳 하이다모비츠 저택에서 오시로트카와 관련된 플리차 폴로니카 현상에 훨씬 더 많은 관심을 기울였다.

7월의 무더운 여름, 우리는 서신을 통해 바르샤바가 스웨덴의 손아귀에서 탈환되었다는 소식을 들었다. 나는 이제 모든 게 예전의 질서로 돌아가고, 내 몸 상태 또한 폐하와 함께 폴란드로 돌아갈 수 있을 만큼 건강해질 것이라고 확신했다. 하지만 폐하의 건강을 내가 아닌 다른 의사가 돌보고 있다는 게 마음에 걸렸다. 내가 폐하에게 시도했던 수은 치료법은 아직 널리 알려지지 않은 상태였다. 폴란드의 의술과 치료 관행은 정확성이 부족했고, 의사들은 해부학이나 약학의 최근 동향에 무지하며, 연구 결과보다는 민속의 지혜에 가까운 오래된 민간요법에 의존하고 있었다. 하지만 웅장하고 화려한 루이 왕정의 궁궐에서조차 허위로 조작된 연구 결과를 인용하는 의사들이 있었고, 그들을 가리켜 허풍선이 아니라고 우긴다면, 그 또한 정직하지 못한 발언일 것이다.

애석하게도 내 다리는 쉬 낫지 않았고 여전히 걷기가 힘들었다. 이곳에서 '속삭 할멈'이라 불리는 노파가 와서 악취가 폴폴 나는 갈색 액체를 내 처진 근육에 문질러 주곤 했다. 그 무렵 우리는 스웨덴군이 또다시 바르샤바를 점령하고 무자비하게 약탈하고 있다는 슬픈 소식을 들었다. 그래서 나는 내 운명에 대해 새삼 돌이켜보게 되었고, 내가 이 늪지대에서 회복해야 할 이유가 분명하다는 것, 그리고 신이 폭력과 전쟁, 인간의 광기로부터 나를 안전하게 지키기 위해 이 모든 것을 예정하셨다는 사실을 실감했다.

한편 이곳 습지에서 크리스토퍼 성인 대축일을 엄숙하게 기념한 지(아기 예수를 물 건너 육지로 옮긴 성인이므로 그를 기리는 건 당연한 일이다.) 약 이 주 후, 우리는 처음으로 오시로트카의 목소리를 들었다. 소녀가 청년 리치볼스키에게 처음으로 말을 걸었는데, 그가 놀라서 왜 지금껏 말을 안 했느냐고 묻자, 소녀는 아무도 자신에게 묻지 않았기 때문이라고 대답했다. 우리는 모두 오시로트카가 말을 하지 못한다고 생각했으므로 어떤 면에서는 사실이었다. 나는 폴란드어에 대한 지식이 빈약하다는 게 정말 후회스러웠다. 폴란드어를 알면 아이에게 이것저것 궁금한 내용을 바로 물어볼 수 있을 텐데. 하지만 소녀가 루테니안 방언을 구사했으므로 리치볼스키조차 아이의 말을 이해하는 데 어려움을 겪었다. 소녀는 마치 언어의 힘을 시험하거나 우리에게 확인을 요구하기라도 하는 것처럼 단어를 하나씩 끊어서 내뱉거나 짧은 문장을 말하고는 시선을 멈추고 우리를 빤히 바라보았다. 오시로트카는 마치 남성처럼 낮은 음역대의, 자신에게 어울리지 않는 목소리를 갖고 있었다. 그것은 결코 어린 계집아이의 목소리가 아니었다. 그녀가 손가락으로 무언가를 가리키며 "나무", "하늘", "물"이라고 말할 때, 이 간단하고 명확한 요소를 의미하는 단어가 마치 세상 저편, 어딘가 먼 곳에서 흘러나오는 것처럼 들렸기 때문에 어쩐지 불편했다.

여름이 한창이었으므로 늪지대가 점점 마르고 있었지만 아무도 기뻐하지 않았다. 이제는 모두가 지나다닐 수 있게 되었으므로 하이다모비츠 저택은 계속되는 전쟁에 분노한 도적 떼와 불량배들의 끊임없는 공격에 노출되었고, 누가 누구 편인지 알기 어려울 지경이었다. 한번은 모스크바인들이 우리를 공격했고, 하이다모비츠가 그들과 협상해서 몸값을 지불했다. 탈영병 출신 강도들의 공격을 물리친 적도 있었다. 청년 리치볼스키가 총을 들고 그들 중 몇 명을 쏴 죽였는데, 덕분에 그는 영웅 대접을 받았다.

나는 폐하께서 나를 데려가 주기를 바라며 왕의 전령이 도착하기를 애타게 기다렸지만, 전쟁이 계속되면서 왕은 외국인 의사를 잊은 채 용감하게 군대를 따라 진격했기 때문에 아무런 일도 일어나지 않았다. 왕의 소환장 없이도 길을 떠날 수는 있지만 내가 직접 말을 탈 수 없는 상황이니 어쩔 도리가 없었다. 우울한 생각에 사로잡힌 나는 벤치에 앉아서 오시로트카 주위로 저택의 젊은 하인들과 농부의 아이들, 때로는 하이다모비츠 가문의 어린 자녀들이 나무 밑으로 계속 모여드는 광경을 지켜보았다. 모두가 소녀의 수다에 귀를 기울였다.

"무슨 얘기를 나누는 거지? 대체 무슨 말을 하는 거야?"

처음에는 대화를 엿듣다가 나중에는 공개적으로 그 이상한 무리에 합류한 리치볼스키에게 물어보았다. 그는 내가 잠자리에 드는 것을 도우며 가느다란 손가락으로 '속삭 할멈'으로부터 받은, 냄새는 고약하지만 내 치료에는 제법 도움이 되는 연고를 내 상처에 발라 주면서 자신이 보고 들은 모든 이야기를 전해 주었다.

"그녀는 늪지대 너머 숲속에 우리의 태양보다 더 밝은 광채를 지니고, 낮에도 해와 동등한 빛을 내뿜는 달이 뜨는 곳이 있다고 말했습니다."

그의 손가락이 내 허벅지 피부를 부드럽게 쓰다듬으며 혈액 순환이 잘되도록 주물러 주었다.

"그곳에서 사람들은 나무 위에서 살며 땅에 구멍을 파고 그 속에서 잠을 잡니다. 달이 뜨는 낮에는 나무 꼭대기까지 올라가 알몸을 달빛에 노출시켜 피부를 초록색으로 변하게 합니다. 이 빛 덕분에 그들은 많이 먹을 필요가 없고, 숲의 열매나 버섯, 호두 따위로 양분을 섭취합니다. 농사를 짓기 위해 땅을 경작하거나 집을 지을 필요가 없으므로 모든 일은 그저 즐기기 위해 수행합니다. 거기에는 통치자나 영주, 농민이나 사제도 없습니다. 어떤 일을 처리해야만 할 때는 나무 주위에 모여 서로에게 조언을 구하고 거기서 결정한 대로 실행합니다. 만약 누군가가 무리와 함께하기를 원치 않으면 그저 내버려둡니다. 어쨌든 다시 돌아올 테니까요. 누군가를 좋아하게 되면 얼마 동안 둘이 함께 지내다가 감정이 사라지면 다른 사람을 찾아 떠납니다. 그렇게 아이들이 만들어집니다. 아이가 탄생하면 모두가 부모가 되고, 모두가 그 아이를 돌보는 것을 기쁘게 생각합니다. 이따금 그들은 가장 높은 나무에 올라가서 저 멀리, 우리가 사는 세상을 보고, 화염에 휩싸인 마을에서 피어오르는 연기를 보고, 불에 탄 시체의 악취를 맡습니다. 그러한 광경으로 눈을 상하게 하거나 악취로 코를 망가뜨리고 싶지 않으면 재빨리 나뭇잎 아래로 피합니다. 우리가 사는 세상의 휘황찬란함을 그들은 혐오하고 멀리합니다. 타타르족이나 모스크바인들이 그들을 침략한 적이 없기에 그들은 우리를 신기루라고 여깁니다. 그들에게 우리는 비현실적인 존재, 나쁜 꿈입니다."

언젠가 리치볼스키가 오시로트카에게 그들이 신을 믿는지 물었다.

"신이 뭔가요?"

그녀는 질문으로 대답했다.

신의 존재를 아예 의식조차 하지 않는 이러한 삶이 낯설고 이상해 보였지만, 한편으로는 매력적으로 느껴졌다. 보다 단순해질 수 있었고, 스스로에게 다음과 같은 성가신 질문을 할 필요가 없었기 때문이다. 신이 선하고 자비로우며 전능하다면, 왜 모든 피조물이 이처럼 많은 고통을 겪도록 내버려두는 걸까?

언젠가 나는 리치볼스키에게 이 녹색 인간들이 겨울을 어떻게 나는지 물어보라고 한 적이 있다. 그날 저녁, 리치볼스키는 내허약한 허벅지를 주무르며 답변을 전해 주었다. 첫 추위가 오자마자 가장 큰 나무의 가장 큰 구멍에 모여, 거기서 쥐처럼 서로를 껴안고 잠들기 때문에 그들은 겨울이 왔음을 전혀 알아차리지 못한다는 것이다. 두껍고 빽빽한 이끼가 서서히 그들을 덮어 추위를 막아 주고, 커다란 버섯들이 구멍 입구에 무성하게 자라서 밖에서는 아무것도 보이지 않게 된다. 그들의 꿈은 서로 공유되는 속성을 갖고 있는데, 누군가가 무언가를 꿈꾸면 다른 사람이 머릿속에서 그것을 '보는' 형식이었다. 덕분에 그들은 한시도 지루할 틈이 없다. 겨울에는 살이 많이 빠지기 때문에 따뜻한 봄날이 되면, 모두가 나무 꼭대기로 올라가서 피부가 건강한 초록빛으로 변할 때까지 온종일 창백한 몸을 달빛에 노출시킨다. 또한 동물들과도 소통하는 그들만의 방법이 있는데, 고기를 먹지 않고 사냥도 하지 않으므로 동물들이 그들과 친구가 되어 도움을 준다. 심지어 동물들이 자신의 이야기를 들려주기도 한다니 그들은 자연을 잘 아는 지혜로운 자들임이 틀림없었다.

이 모든 것이 내게는 민담처럼 들렸고, 리치볼스키가 꾸며낸 것이 아닌지 궁금했다. 그래서 나는 어느 날 하인의 도움을 받아 몰래 마당으로 나가서 오시로트카의 이야기를 엿들었다. 소녀는 꽤 유창하고도 대담한 어조로 이야기를 풀어놓았고, 모두가 숨죽인 채 그녀의 말에 귀를 기울였다. 나는 리치볼스키가 소녀의 이야기를 과장하고 각색하는지 확인하려고 했지만 실패했다.

하루는 죽음에 대해 오시로트카에게 물어보라고 리치볼스키에게 명했다. 그러자 리치볼스키는 이렇게 대답했다.

"그들은 스스로를 과일이라고 생각합니다. 인간은 과일이고 동물이 인간을 잡아먹을 것이라고 말합니다. 그래서 그들은 누군가가 숨을 거두면, 그의 시체를 나뭇가지에 묶어 두고, 새와 숲 속의 동물이 먹어 치우기를 기다립니다."

8월 중순, 습지가 바짝 마르고 도로가 단단해지자 내가 그토록 기다리던 왕의 전령이 마침내 하이다모비츠 저택에 나타났다. 무장한 병사 몇 명과 함께 온 그는 안락한 마차를 준비하고, 왕의 편지와 선물, 즉 새 옷과 값비싼 술을 가져왔다. 나는 왕실의 관대함에 감동한 나머지 눈시울이 붉어졌다. 이제 며칠 후면 다시 세상 속으로 돌아갈 수 있기에 이루 말할 수 없을 만큼 기뻤다. 나는 절뚝이면서도 껑충거리며 뛰어올라 리치볼스키에게 몇 번이고 입을 맞추었다. 숲과 늪지 사이에 있는 이 낡은 저택, 썩은 낙엽들, 파리와 거미, 풍뎅이와 온갖 종류의 해충, 개구리, 그리고 사방에 떠도는 퀴퀴한 습기와 진흙 내음, 정신을 혼미하게 만드는 녹지의 악취에 나는 지쳐 있었고, 매사에 신물이 난 상태였다. 플리차 폴로니카에 관한 소고(小考)도 이제 막 완성했는데 기존에 알려진 것과는 다른, 새로운 내용임을 확신한다. 또한 이곳에서만 서식하는 몇몇 식물에 관해서도 기록을 남겼다. 이것 말고 내가 할 수 있는 일이 또 뭐가 있겠는가?

청년 리치볼스키는 출발이 임박하자 나만큼 기뻐하지 않았다. 그는 안절부절못하면서 어딘가로 자꾸만 사라졌고, 저녁에는 자신이 수행하는 연구 때문에 보리수나무 아래로 가서 오시로트카와 이야기를 나눠야 한다고 말했다. 그때 이미 알아차렸어야 했는데, 곧 떠난다는 생각에 정신이 팔린 나는 아무것도 예상하지 못했다.

9월 초순 며칠간 보름달이 훤히 떴다. 나는 보름달이 뜨면 늘 잠을 설쳤다. 달이 숲과 늪지대 위로 너무나 커다랗게 떠올라서 무섭기까지 했다. 우리가 떠나기 전 마지막 날 밤, 종일 식물 표본을 챙기느라 피곤한 상태였는데도 나는 잠을 이루지 못하고 이리저리 뒤척였다. 그런데 저택 어딘가에서 속삭임과 작은 발소리, 바스락거림, 문 경첩이 삐걱대는 소음이 들려오는 것 같았다. 일종의 환청이라고 생각했지만, 아침에 일어나 보니 그게 아니었다. 시종의 자녀인 여자아이 네 명과 남자아이 한 명을 포함하여 아이들과 젊은이들이 모두 감쪽같이 사라졌다. 다 합하면 서른네 명, 엄마 품에 안긴 갓난쟁이들을 제외하고는 이 마을의 후손 전체가 자취를 감춘 것이다. 프랑스의 왕궁에서도 내 곁에 있을 것만 같았던 잘생긴 청년 리치볼스키도 사라졌다.

하이다모비츠 가문의 심판의 날, 여인들의 탄식이 하늘까지 울려 퍼졌다. 널리 알려진 것처럼 아이들을 노예로 잡아가곤 하는 타타르족의 짓이 아닐까 하는 생각은 금방 설득력을 잃었다. 모든 일이 너무 조용히 벌어졌기 때문이다. 그보다는 어떤 불길한 힘이 작용하고 있다는 주장이 설득력 있었다. 남자들은 낮과 호미, 칼 등 자신들이 갖고 있던 모든 무기를 날카롭게 갈고, 가족에게 작별 인사를 한 뒤, 정오에 삼삼오오 모여들어 실종자를 찾으러 떠났다. 하지만 아무것도 찾지 못했다. 저녁 무렵, 농장의 일꾼들은 저택 근처의 숲속에서 나무에 높이 매달린 아이의 시신을 발견했다. 그 피투성이의 시신이 올봄에 죽은 녹색 소년임을 알아차리자 다들 끔찍한 비명을 질렀다. 새들이 이미 제 역할을 다했기에 소년의 살점은 얼마 남지 않은 상태였다.

마을에서 어리고 싱싱한 존재가 모두 사라졌고, 미래도 사라졌다. 마치 지구상에서 가장 강력한 왕국의 군대처럼 하이다 모비츠 저택을 벽처럼 둘러싼 숲에서 전령들이 후퇴를 명하는 것처럼 보였다. 어디로 갈까? 어디로? 세상의 끝에 있는 무한한 원 속으로, 잎사귀의 그림자 너머로, 빛의 조각 너머로, 영원한 그림자 속으로.

그로부터 사흘간 나는 청년 리치볼스키가 돌아오기를 기다리다가 결국 그에게 메모를 남겼다. "내가 어디에 있든 다시 돌아오면, 꼭 내게로 오세요."라는 내용이었다. 사흘의 기다림 끝에 우리는 이제 다시는 젊은이들을 찾을 수 없다는 것을, 그들이 달빛 가득한 세상으로 떠나 버렸다는 사실을 이해하게 되었다. 왕실의 마차가 출발하자 갑자기 울음이 터졌다. 여전히 아프고 쓰린 다리 때문이 아니라 알 수 없는 심오한 감정 때문에 눈물이 났다. 그렇게 나는 세상의 마지막 원, 축축하고 역겨운 변방, 어디에도 기록되지 않은 고통, 그 너머에 아무것도 없는 흐릿하고 불확실한 지평선을 떠났다. 이제 나는 모든 것이 즉시 이해되고 일관된 전체를 형성하는 중심을 향하는 중이다. 나는 변방에서 본 것들을 정직하게, 아무것도 더하거나 빼지 않고 그대로 적을 것이다. 그때 그곳에서 일어났던 모든 일과 내가 도저히 받아들이지 못했던 일들을 납득할 수 있도록 부디 독자들께서 도움을 주시길. 세상의 주변부는 우리에게 늘 불가사의한 무력함을 안겨주므로.

병조림

그녀가 죽은 후 그는 그녀를 위해 적절한 장례를 치렀다. 그녀의 친구들이 모두 참석했다. 베레모를 쓴 괴팍한 외양의 노파들이 나프탈렌 냄새를 풀풀 풍기며, 큼지막한 옷깃이 달린 누트리아[8] 모피코트 위로 거대하고 창백한 혹을 연상시키는 머리통을 내밀고 있었다. 비에 젖은 밧줄로 묶인 관이 구덩이 속으로 내려가자, 노파들은 재치 있게 일제히 흐느꼈다. 그런 다음 접이식 우산 아래 삼삼오오 모여 반구형의 지붕을 연상시키는 괴상한 패턴을 만들며 버스 정류장으로 향했다.

바로 그날 저녁, 그는 그녀가 서류를 보관하던 조그만 캐비닛을 열고, 그 안을 뒤지기 시작했다…… 자신도 무엇을 찾고 있

8　카프로미스과의 포유류. 몸의 윗부분은 다갈색, 아래쪽은 황토색이다. 쥐와 비슷한데 뒤 발가락 사이에 물갈퀴가 있다. 모피는 옷감으로 쓰고 고기는 식용한다.

는지 알지 못한 채로. 돈. 주식. 채권. 낙엽 지는 가을 풍경을 배경으로 티브이에서 늘 광고하는, 안정된 퇴직 생활을 위해 꼭 필요한 보험 증권 중 하나.

결국 그가 발견한 것이라고는 1960년대와 1970년대에 발행한 낡은 저축 통장들, 그리고 공산주의야말로 형이상학적이고 영원한 질서라고 확신하며, 여든한 살의 나이에 행복하게 세상을 떠난 아버지가 남긴 당원 카드뿐이었다. 고무줄이 부착된 골판지 파일 속에 깔끔하게 담긴, 그가 유치원에서 그린 그림들도 있었다. 울컥한 마음이 들었다. 살면서 그가 단 한 번도 떠올리지 않았던 그림들을 그녀는 내내 보관하고 있었던 것이다. 피클이나 양념장, 잼 등을 비롯한 저장 식품과 관련한 레시피가 빽빽하게 적힌 공책도 있었다. 각각의 레시피는 별도의 페이지에 적혀 있었는데, 요리명만큼 화려한 장식이 가미된, 섬세한 필기체로 기재되어 있었다. 주방의 어휘에도 아름다움은 필요한 법이니까. "흰색 겨자를 넣은 피클", "절인 단호박 알라 다이아나(à la Diana)", "아비뇽 샐러드", "크리올식 그물 버섯". 때로는 소박한 사치를 엿볼 수 있는 희귀한 요리도 등장했다. 예를 들면 "사과 껍질 젤리" 혹은 "설탕에 절인 창포"9와 같은 것들.

그러다 문득 지하실로 내려가 봐야겠다는 생각이 들었다. 지난 여러 해 동안 그는 한 번도 거기에 간 적이 없었다. 하지만

9 천남성과의 여러해살이풀로 강한 향을 품고 있다. 뿌리줄기는 통통하고 마디가 많으며, 잎은 뿌리줄기에서 뭉쳐나고 가는 선 모양이다. 뿌리와 줄기는 약용하고 관상용으로도 재배한다.

그녀, 그러니까 그의 어머니는 지하실에 머무는 것을 좋아했다. 어째서일까. 지금까지 그는 한 번도 궁금한 적이 없었다. 그가 축구 중계를 보면서 점점 티브이의 볼륨을 높일 때마다, 혹은 그녀의 잔소리가 점점 하찮아져서 급기야 별다른 효과를 발휘하지 못할 때마다 열쇠가 딸깍 소리를 내며 열렸고, 잠시 후 문이 쾅 닫히면서 그녀는 어디론가 자취를 감춰 버리곤 했다. 덕분에 그에게는 제법 오랫동안 축복받은 시간이 주어졌다. 아무런 방해도 받지 않고서 자신이 제일 좋아하는 일에 몰두할 수 있는 시간. 그때마다 그는 맥주 캔을 연달아 비우면서, 알록달록한 유니폼을 입은 두 팀의 남자들이 공을 쫓아 경기장 절반에서 다른 절반으로 왔다 갔다 하는 모습을 골똘히 응시하곤 했다.

지하실은 놀랍도록 깔끔했다. 바닥에는 낡아빠진 양탄자가 깔려 있었다. 아, 그렇군! 어릴 때 그 작은 양탄자를 본 기억이 떠올랐다. 그 위에는 플러시 천[10]을 씌운 안락의자가 놓여 있었고, 격자무늬 손뜨개 담요가 단정하게 접힌 채 의자의 팔걸이에 걸쳐져 있었다. 소형 탁자가 부착된 스탠딩 램프, 평소 자주 읽었던 몇 권의 책들도 눈에 띄었다. 하지만 지하실에서 그에게 무엇보다 섬뜩한 충격을 준 건 벽 쪽에 세워진 찬장이었는데, 선반마다 저장 식품이 담긴 반짝이는 유리병들로 그득했다. 각각의 병에는 접착식 라벨이 붙어 있었는데, 좀 전에 레시피 노트에서 본 요리명들이 거기에 적혀 있었다. "스타시 부인의 레시피로 소금물

10 실크나 면직물을 우단보다 털이 좀 더 길게 두툼히 짠 것이다.

에 절인 미니 오이피클, 1999년", "술안주용 절인 피망, 2003년",
"조시아 부인의 라드."¹¹ 개중에는 "살균 밀폐 요법으로 저장한
풋강낭콩"처럼 생소한 명칭도 있었다. "살균 밀폐 요법"이 대체
무슨 뜻일까, 전혀 짐작할 수가 없었다. 유리병의 액체 속에 으깨
진 상태로 담긴 창백한 버섯들과 형형색색의 채소, 핏빛 피망들
을 보니 갑자기 삶의 의욕이 솟구쳤다. 그래서 또다시 필사적으
로 선반을 뒤졌지만, 유리병들 뒤에서 숨겨진 유가 증권이나 현
금을 찾아내지는 못했다. 그녀는 그에게 아무것도 남기지 않은
게 분명했다.

그는 자신의 생활 공간을 그녀의 방으로 확장했다. 거기에
지저분한 옷가지들을 아무렇게나 던져 놓고, 맥주 상자를 쌓아
두기 시작했다. 그러고는 이따금 지하실로 내려가서 병조림들을
상자에 담아와서는 차례차례 뚜껑을 따고, 포크를 찔러 넣어 안
에 뭐가 있는지 살펴보곤 했다. 맥주에 땅콩이나 솔트 스틱을 곁
들이거나 피망 절임, 또는 아기처럼 작고 섬세한 미니 오이피클
과 함께 먹으니 그 맛이 일품이었다. 그는 티브이 앞에 앉아서 자
신이 처한 새로운 상황, 그리고 이제 막 주어진 자유에 대해 생각
했다. 고등학교를 갓 졸업한 청춘처럼 모든 가능성이 그의 앞에
갑자기 활짝 열린 듯한 느낌이 들었다. 이제부터 보다 나은, 새로
운 삶이 펼쳐지는 게 아닐까. 작년에 쉰 살을 넘기면서 어느덧 지

11　돼지비계를 정제하여 하얗게 굳힌 것. 버터처럼 빵에 발라 먹기도 하
　　고, 요리에도 사용한다.

굿한 나이가 되었지만, 고등학교 졸업생 시절로 되돌아간 것만 같았다.

죽은 어머니의 마지막 연금이 서서히 바닥나고 있었지만, 적절한 판단을 내릴 시간이 아직은 충분하다고 그는 믿었다. 그녀가 유산으로 남긴 병조림을 천천히 먹으면 되리라. 필요하면 빵과 버터 정도만 사면 되겠지. 물론 맥주도 사야 한다. 그러다 때가 되면 일자리를 물색할 것이다. 지난 이십여 년 동안 목에 가시처럼 줄기차게 그를 괴롭혀 온 바로 그 취직 문제를 해결하기 위해서 말이다. 아마도 그는 취업 중개인을 찾아갈 테고, 그 중개인이 오십 줄에 접어든 고등학교 졸업생에게 딱 맞는 일자리를 찾아주리라. 어쩌면 그는 어머니가 반듯하게 다려서 옷장에 걸어 놓은 깔끔한 정장에 파란색 셔츠를 받쳐 입고 시내로 향할 것이다. 텔레비전에서 축구 경기 중계가 없는 한 말이다.

그는 자유로웠다. 하지만 어머니의 슬리퍼 끄는 소리가 들리지 않아 어쩐지 허전하기도 했다. 그 단조로운 소음 뒤에는 언제나 어머니의 조용한 음성이 이어지곤 했다.

"이제 텔레비전은 작작 보고, 나가서 사람들을 좀 만나렴. 여자친구도 사귀고. 평생을 이렇게 지낼 작정이니? 아파트를 구해서 독립할 생각은 없어? 여긴 두 사람이 살기에는 너무 좁잖니. 남들은 결혼해서 아이도 낳고, 휴가철에는 캠핑도 가고, 가족과 바비큐도 해 먹곤 하는데 너는 뭐니? 늙고 병든 어미에게 얹혀사는 게 부끄럽지도 않아? 처음엔 네 아버지가 그러더니만, 지금은 너까지 대체 무슨 짓이야? 나는 너랑 아버지를 위해 평생 빨래하고 다림질하고 장을 봐야만 했다고. 텔레비전 소리가 어찌나 시끄러운지 도저히 잠을 잘 수가 없어. 근데 너는 아침까지 그 앞에 죽치고 있구나. 도대체 밤새도록 뭘 보는 거야? 지겹지도 않니?"

어머니는 그렇게 몇 시간이고 한탄과 불만을 늘어놓았다. 그래서 그는 헤드폰을 구입했다. 그것은 일종의 해결책이었다. 그녀는 티브이 소리를 더는 듣지 않게 되었고, 그 또한 그녀의 목소리를 듣지 않을 수 있었다.

하지만 지금은 어쩐지 너무 조용했다. 한때 유리 장식장과 장식용 덮개들로 잘 꾸며 놓았던 그녀의 방에는 이제 빈 병과 빈 상자, 더러운 옷가지가 수북이 쌓였고, 찌든 시트와 곰팡이가 피기 시작한 석고벽, 환기를 전혀 안 해서 썩기 시작한 밀폐된 공간에서는 퀴퀴하고 역한 냄새가 풍겼다.

하루는 쓸 만한 멀끔한 수건을 찾다가 옷장 바닥에서 또 다른 병조림 소대를 발견했다. 그것들은 마치 게릴라 저항군이자 병조림 군단의 다섯 번째 기둥처럼 시트 더미 아래, 양모 털실 뭉치 속에서 은밀히 웅크리고 있었다. 유리병들을 유심히 살펴보니 지하실에 보관된 것들과 연식이 달랐다. 라벨의 글씨가 좀 더 흐렸고, 대부분은 1991년과 1992년에 만들어진 것이었다. 하지만 간혹 1983년산도 있었고, 1978년에 만들어진 병조림도 하나 발견되었다. 이것이 바로 불쾌한 냄새의 주된 원인이었다. 금속 뚜껑이 녹슬어 공기가 안으로 유입되면서 그 안에서 지독한 악취가 풍겼다. 유리병 안에 대체 무엇이 들어 있는지는 알 수 없지만, 어쨌든 지금은 갈색의 둥그런 실타래로 변해 있었다. 그는 혐오감을 느끼며 그 안에 든 내용물들을 전부 쏟아 버렸다. 새로 발견된 병들의 라벨에는 "건포도 퓌레에 든 단호박" 또는 "단호박 퓌레에 든 건포도"와 같이 비슷비슷한 명칭들이 반복적으로 적혀 있었다. 완전히 잿빛으로 부식된 미니 오이피클도 발견되었다. 정중하고도 친절하게 내용물의 정체를 알려 주는 라벨이 없었더라면 많은 유리병 속에 무엇이 담겨 있는지 절대 알지 못했을 것이다. 절인 버섯은 정체를 알 수 없는 시커먼 젤리로 팽창해 병 속을 꽉 채웠고, 잼은 검은 혈전처럼 엉겨 붙었으며, 파테[12]는 쭈글쭈글 말라서 조그만 주먹처럼 뭉쳐 있었다.

또 다른 병조림들은 신발장과 욕조 밑의 후미진 곳에서 발견되었다. 어머니의 침대 옆에 놓인 나이트 테이블 안에도 병조림들이 숨겨져 있었다. 그녀의 병조림 컬렉션에 그는 경악을 금치 못했다. 어머니는 아들 몰래 식량을 감춰 놓고 있었던 걸까? 아니면 언젠가는 아들이 독립해서 집을 나갈 것이라고 믿으며, 자신을 위해 식량을 비축해 놓은 것일까? 어쩌면 자기가 아들보다 먼저 세상을 떠날 것이라고 확신하면서 아들을 위해 음식물을 남겨 놓은 것인지도 모른다. 자연의 법칙에 따르면, 어머니의 남은 생은 아들보다 짧은 법이니까……. 그는 새 병조림이 발견될 때마다 감동과 혐오가 뒤섞인 복잡한 심경으로 그것들을 들여다보았다. 그러던 어느 날, 부엌 싱크대 밑에서 "식초에 절인

---

12 고기나 생선을 곱게 다지고 양념하여 차게 해서 상에 내는 것으로 빵 등에 펴 발라 먹는다.

신발 끈, 2004년"이라는 라벨이 붙어 있는 병을 발견했다. 그는 소스라치게 놀라며, 탁한 액체 속에 실타래처럼 감긴 채 둥둥 떠 있는 갈색의 신발 끈과 그 사이에서 헤엄치고 있는 검은 올스파이스[13] 덩어리들을 응시했다. 뭔가 불편한 마음이 들었지만, 그뿐이었다.

귀에서 헤드폰을 빼고 화장실에 가던 중 문득 어머니가 자기에게 말을 걸기 위해 다가오던 그날이 떠올랐다. 그때 그녀는 황급히 부엌에서 나와 그의 앞을 가로막았다.

"아기 새들도 모두 때가 되면 둥지를 떠난다. 이게 순리야. 부모도 좀 쉬어야지. 이건 모든 자연에 적용되는 불변의 법칙이야. 대체 왜 이렇게 날 괴롭히니? 넌 벌써 오래전에 집을 떠나서 자신의 삶을 꾸렸어야 해."

어머니의 목소리는 신음처럼 들렸다. 그가 조심스럽게 그녀를 피해서 지나가려고 하자, 그녀는 그의 소맷자락을 붙잡았다. 어머니의 목소리가 높아지면서 날카롭게 갈라졌다.

"난 노년을 평화롭게 보낼 권리가 있어. 제발 날 좀 편히 살게 해 주렴. 나도 그만 쉬고 싶단다."

그러자 그는 재빨리 화장실로 들어가서 문을 걸어 잠그고는 공상에 잠겼다. 얼마 후 그가 방으로 돌아오자 그녀는 다시 한번

---

13 서인도제도에서 자라는 올스파이스 나무의 열매를 성숙하기 전에 따서 건조시킨 향신료. 후추와 시나몬, 정향을 섞어 놓은 것 같은 독특한 향이 난다.

그를 붙들려고 했지만, 아까보다는 완강함이 한결 덜했다. 그녀는 조용히 자신의 방으로 돌아갔고, 또다시 집 안에서 그녀의 흔적은 사라졌다. 이튿날 아침, 그를 잠에서 깨우려고 일부러 냄비를 세게 두드릴 때까지.

하지만 누구나 알고 있듯이 어머니는 자식을 사랑한다. 자식을 사랑하고 용서하는 것. 그것이 어머니의 존재 이유다.

그래서 그는 신발 끈에 대해 더 이상 신경 쓰지 않았다. 그러다 얼마 뒤 그는 지하실에서 토마토소스에 담긴 스펀지를 발견했다……. 유리병에 부착된 라벨에는 친절하게도 "토마토소스에 절인 스펀지, 2001년"이라고 적혀 있었다. 그는 라벨에 적힌 내용의 진위를 확인하기 위해 뚜껑을 열어 보고는 그 안에 담긴 내용물을 모조리 쓰레기통에 버렸다. 이 괴상한 유품들이 먼 훗날 아들을 놀라게 하려고 어머니가 꾸민 악의적인 장난이라고는 생각하지 않았다. 얼마 안 가 정말로 진귀하고 맛난 병조림을 발견했기 때문이다. 지하실 선반 맨 위 칸에 놓여 있던 마지막 유리병들 가운데 하나가 바로 먹음직스러운 돼지 족발이었던 것이다. 안방 커튼 뒤에서 발견한 매콤한 비트 절임도 계속 군침을 흘리게 만들었다. 불과 이틀 만에 그는 몇 병의 병조림을 해치웠다. 디저트로는 모과 절임을 골랐는데, 포크도 사용하지 않고 병에 손가락을 넣어 허겁지겁 집어 먹었다.

폴란드와 잉글랜드의 축구 시합을 보기 위해 그는 만반의 준비를 했다. 먼저 지하실로 내려가 상자에 병조림을 잔뜩 담아

왔고, 상자를 빙 둘러가며 캔맥주를 늘어놓았다. 그러고는 티브이 중계를 보면서 상자에 손을 뻗어 무작위로 병조림을 꺼냈다. 그는 자신이 먹는 게 무엇인지 곁눈으로 힐끗거리며 게걸스럽게 먹고 마셔 댔다. 그 와중에 유리병 하나가 주의를 끌었는데, 이유는 어머니가 "소금에 절인 버섯, 2005년"이라고 철자를 잘못 적는 우스꽝스러운 실수를 저질렀기 때문이었다. 그가 보드랍고 새하얀 버섯의 갓을 포크로 찔러 입 안에 쑤셔 넣자 그것들은 마치 살아 있는 생물처럼 유연하게 그의 목구멍을 타고 배 속으로 미끄러져 들어갔다. 순간 한 골이 들어갔고, 연속해서 또 다른 골이 들어갔다. 자기가 언제 병조림을 다 먹어 치웠는지 자신도 알지 못했다.

한밤중에 그는 화장실로 달려갔고, 구토를 하느라 줄곧 변기에 매달려 있어야 했다. 그녀가 화장실 귀퉁이에 서서 날카롭게 갈라진 목소리로 그에게 잔소리를 퍼붓는 것만 같았다. 하지만 그는 그녀가 이미 죽었다는 사실을 의식적으로 떠올렸다. 아침까지 내내 구토를 했지만 별로 도움이 되지 못했다. 마지막 힘을 다해 간신히 구급차를 불렀다. 병원에서는 간 이식이 필요하다고 판단했지만 기증자가 없었고, 의식을 회복하지 못한 채 그는 며칠 만에 숨을 거두었다.

영안실에서 그의 시신을 수거하고 장례를 치를 사람이 아무도 없었기 때문에 골치 아픈 상황이 발생했다. 경찰의 요청으로 간신히 어머니의 친구들, 그러니까 우스꽝스러운 베레모를 쓴 괴팍한 외양의 할머니들이 그의 시체를 수거해 갔다. 노파들은 무덤가에서 우산을 펼쳐 괴상하기 짝이 없는 패턴을 만들며 자신들의 자비로운 장례 의식을 치렀다.

솔기

이 모든 것은 어느 날 아침 B씨가 둘둘 말고 있던 이불에서 빠져나와 여느 때처럼 화장실로 터벅터벅 걸어 들어가면서 시작되었다. 그는 최근 들어 줄곧 잠을 설쳤다. 그저께 서랍에서 발견한 죽은 아내의 오래된 구슬 목걸이처럼 밤은 자꾸만 알알이 사방으로 흩뿌려졌다. 목걸이를 손에 집어 드는 순간, 녹슨 줄이 끊어지면서 빛바랜 구슬들이 바닥으로 와르르 떨어졌고, 그는 결국 꽤 많은 구슬을 찾지 못했다. 그날 이후로 잠 못 드는 밤이면, 그 구슬들이 과연 어디에서 무념무상의 둥그런 삶을 살고 있는지, 어떤 먼지 덩이 속에 정착했으며, 바닥의 틈새 어디쯤 둥지를 틀었는지 종종 궁금한 마음이 들곤 했다.

아침이 되어 변기에 앉아 있던 B씨는 문득 자신이 신고 있는 양쪽 양말 한가운데에 똑같이 세로로 길게 나 있는 솔기를 발견했다. 발가락에서부터 발목 밴드까지 양말 전체를 가로지르는 그 솔기는 기계로 마감되어 매끈했다.

사소하기 짝이 없는 일이지만, 그는 강한 흥미를 느꼈다. 평소 별생각 없이 양말을 신으면서 발가락에서부터 발등을 거쳐 발목 밴드에 이르기까지 이처럼 기다랗게 솔기가 나 있다는 사실을 알아차리지 못했던 것이다. B씨는 욕실에서 볼일을 마치자마자 곧장 옷장으로 향했다. 그의 양말들은 검은색과 회색의 빽빽한 묶음을 이루며 맨 아래 서랍에 들어 있었다. 그는 거기서 아무거나 한 짝을 손에 집히는 대로 꺼내어 눈높이까지 들어 올렸다. 하지만 그 양말이 하필 검은색인 데다 방 안이 어두워서 솔기는 거의 보이지 않았다. 침실에 가서 돋보기를 가져오고 나서야 비로소 그 검은색 양말에도 똑같이 솔기가 있다는 걸 확인할 수 있었다. 그때부터 B씨는 양말들을 모조리 꺼내어 짝을 맞추기 시작했다. 확인해 보니 하나같이 발가락에서 발목 밴드까지 솔기가 나 있었다. 마치 이러한 솔기가 양말의 타고난 본성이면서, 양말의 개념에서 도저히 빠져서는 안 되는 핵심 사항인 것만 같았다.

처음에 B씨는 화가 났다. 그러한 분노가 자기 자신을 향한 것인지, 아니면 양말 탓인지는 알 수 없었다. 양말 전체에 이토록 길게 솔기가 나 있는데 전에는 알아차리지 못했다니. 그가 아는 것이라고는 발가락이 시작되는 지점에 좌우를 가로지르는 이음새가 있는데, 그 부분을 제외한 양말의 나머지 부분은 상당히 매끄럽다는 사실뿐이었다. 그렇다! 매끄러웠다! B씨는 제일 처음에 집어 들었던 그 검정 양말 한 짝을 신어 보았다. 하지만 뭔가 이상해 보였다. 그는 역겨움을 느끼며 양말을 벗어 던졌다. 그러고는 숨이 가빠질 정도로 진이 빠질 때까지 계속해서 이것저것 다른 양말들을 신어 보았다. 예전에는 양말에 이런 솔기가 있다는 사실을 까맣게 몰랐다. 대체 어떻게 이런 일이 가능하단 말인가?

그는 양말에 관한 문제를 아예 생각조차 하지 않기로 작정했다. 자신의 한계를 넘어서는 일들은 기억의 다락방에 조심스레 감춰 놓고, 그것들을 더는 꺼내 보지 않는 것. 그가 최근 들어 자주 써먹는 방법이었다. 그는 아침에 마실 차를 정성껏 우려내는 복잡한 의식을 시작했다. 찻잎에 전립선에 도움이 되는 허브를 추가하고, 차 거름망을 통해 끓인 찻물을 두 번 부었다. 찻물이 걸러진 뒤 빵을 썰었고, 두 개의 빵조각에 버터를 발랐다. 그런데 직접 만든 딸기 잼이 상해 있었다. 곰팡이의 청회색 눈동자가 유리 단지 속에서 도발적이면서 무례하게 그를 응시하고 있었다. 어쩔 수 없이 버터만 바른 채 빵을 먹어야 했다.

양말의 솔기가 그 후에도 몇 번이나 그의 신경을 건드렸지만 그때마다 B씨는 그것을 필요악으로 간주했다. 수도꼭지에서 물방울이 떨어지거나 찬장 손잡이가 망가지는 것, 혹은 재킷의 지퍼가 고장 나는 상황과 비슷하다고 여겼다. 그러한 상황을 예측하는 것은 어디까지나 그의 역량을 벗어난 일이니까. 아침 식사를 마치기가 무섭게 그는 주간지에 끼워 오는 티브이 프로그램 편성표를 집어 들고, 그날 시청할 프로그램을 표시했다. 그는 자신의 일과를 어떻게든 빽빽하게 채우려고 노력했고, 점심상을 차리거나 가게에 장 보러 나갈 시간 정도만 남겨 두었다. 하지만 티브이 프로그램의 조직적인 스케줄에 적응하는 건 쉬운 일이 아니었다. 안락의자에서 깜빡 잠들었다가 몇 시쯤인지도 모른 채 잠에서 깨어나서는 방영 중인 프로그램을 통해 자신이 지금 하루 중 어디쯤 와 있는지 알아내려고 안간힘을 쓰는 나날이 반복되었다.

B씨가 장을 보는 길모퉁이의 단골 식료품 가게에는 '점장'이라는 직책의 판매원이 있었다. 유난히 창백한 안색과 실처럼 가느다란 눈썹을 가진, 키가 크고 건장한 여성이었다. 그가 파테 깡통과 호밀빵을 장바구니에 담고 있는데, 뭔가가 자꾸만 그의 뒷덜미를 끌어당기며 장을 보는 김에 양말도 사라고 부추기는 것만 같았다.

점장이 다가와서 셀로판지에 깔끔하게 싸인 갈색 양말 한 켤레를 그에게 건네며 조언했다.

"발목이 조이지 않는 것을 사세요."

B씨는 포장지에 든 내용물을 살펴보기 위해 서툰 손짓으로 포장지를 비틀기 시작했다. 점장이 그에게서 포장된 양말을 다시 건네받고는 셀로판지를 말끔히 벗겨 냈다. 그러고는 화려한 인조 네일로 예쁘게 손질된 한 손에 양말 한 짝을 씌우고는 옆으로 쫙 늘리면서 B씨의 눈앞에 갖다 댔다.

"자, 보세요, 발목에 아예 밴드가 없는 양말이랍니다. 그래서 발목을 전혀 조이지 않고, 피도 잘 통해요. 선생님 연세에는……."

점장이 말꼬리를 흐렸다. 나이에 대해 언급하는 게 적절치 않다고 생각한 듯했다.

B씨는 그녀의 손에 입을 맞추기라도 하려는 듯 몸을 가까이 숙였다. 양말 한가운데 선명하게 나 있는 솔기가 보였다.

"혹시 솔기가 아예 없는 양말은 없을까요?"

B씨가 물건값을 치르면서 무심한 척 물었다.

"어떻게 솔기가 없을 수 있어요?"

점장이 깜짝 놀라며 되물었다.

"그러니까…… 촉감이 완전히 매끄러워지도록 말이죠."

"그게 무슨 말씀이죠? 그런 양말은 불가능해요. 솔기 없이 어떻게 모양이 유지될 수 있겠어요?"

결국 B씨는 이 문제를 전적으로 자신에게 돌리기로 했다. 나이가 들면 많은 것을 놓치게 된다. 세상이 급속도로 발전하면서 사람들은 끊임없이 새로운 것을 발명하고, 여러 편리한 기능을 고안해 낸다. 그는 양말 모양이 대체 언제부터 이렇게 달라졌는지 깨닫지 못했다. 아마 꽤 오래전부터 그래 왔을 것이다. B씨는 집으로 돌아가면서 사람이 모든 걸 다 알 수는 없는 거라고 스스로를 위로했다. 그의 뒤에서 장바구니 캐리어가 유쾌하게 덜그럭거렸고, 머리 위에서는 태양이 밝게 빛났다. 아랫집에 사는 부인이 발코니 창문을 열심히 닦고 있었다. 안 그래도 저 부인에게 유리창을 닦아 줄 인부를 추천해 달라고 부탁하려던 참이었다. 밖에서 보니 아랫집 창문은 뿌연 잿빛이었고, 커튼도 마찬가지였다. 마치 오래전에 집주인이 사망한 빈집의 창문 같았다. B 씨는 이런저런 부질없는 생각들을 머릿속에서 떨쳐 내려고 애쓰며, 아랫집 부인과 잡담을 나누었다.

이웃이 봄맞이 대청소를 하는 모습을 보고 나니 갑자기 자기도 뭔가를 해야만 한다는 초조함이 싹텄다. B씨는 장 봐온 식료품들을 부엌에 내려놓기가 무섭게 예전에는 아내의 방이었지만 지금은 자신이 침실로 쓰는 방으로 향했다. 본래 자기 방은 해묵은 티브이 프로그램 편성표와 빈 상자들, 빈 요구르트 컵들과 그 밖에 쓸 만한 다른 물건들을 보관하는 장소로 사용 중이었다.

그는 여전히 여성스러우면서 깔끔한 인테리어를 보면서 아내가 쓰던 방의 모든 것이 잘 정돈되어 있다고 생각했다. 가지런히 드리워진 커튼, 어스름한 석양빛. 반듯하게 개켜진 침대 시트는 한쪽 모서리만 절반으로 접혀 있었는데, 평소 그가 미동도 없이 늘 같은 자리에서 자기 때문이었다. 고광택 처리된 찬장에는 금빛과 코발트 빛의 테두리가 인상적인 찻잔들과 크리스털 술잔들, 그리고 바닷가에서 산 기압계가 진열되어 있었다. 크리니차 모르스카[14]라고 선명하게 박혀 있는 문구가 이 물건의 출처를 드러내 주었다. 침대 옆 작은 탁자에는 그가 평소 사용하는 혈압계가 놓여 있었다. 침대 맞은편, 벽을 등지고 서 있는 커다란 옷장이 벌써 몇 달 동안 B씨를 자극했지만, 아내가 세상을 떠난 후 그

14 폴란드 북부, 발틱해 연안에 위치한 작은 해안 도시다.

가 옷장 안을 들여다보는 일은 거의 없었다. 아내의 옷가지들은 여전히 거기에 걸려 있었고, 그것들을 정리하겠다고 수차례나 다짐했지만 여태껏 지켜지지 않았다. 그런데 갑자기 그의 머릿속에 대담한 아이디어가 떠올랐다. 아래층에 사는 부인에게 아내의 옷가지들을 선물하면 어떨까. 그 참에 그녀에게 발코니 창문 청소에 대해 물어보면 되겠군.

B씨는 점심으로 봉지에 든 인스턴트 아스파라거스 수프를 먹었다. 맛이 꽤 좋았다. 주요리로는 어제 먹다 남은 햇감자에 케피어[15]를 곁들였다. 점심 식사 후 자연스러운 일과인 낮잠을 자고 난 뒤, B씨는 자기 방으로 갔다. 그러고는 두 시간에 걸쳐 분주하게 움직이며, 주말마다 부록으로 연간 쉰여 차례 이상 배달되는 티브이 프로그램 편성표들을 정리했다. 먼지가 뽀얗게 앉은, 높이가 제각각인 몇 개의 더미로 나뉜 채 400여 장이 넘는 편성표들이 쌓여 있었다. 그것들을 내다 버린다는 것 자체가 상징적인 청소를 의미했다. B씨는 목욕 재계와 마찬가지로 뭔가를 깨끗하게 만드는 행위를 통해 올해가 새롭게 시작되기를 바랐다. 진정한 새해란 달력의 날짜가 아닌, 봄과 함께 시작되기 때문이다. 그는 해묵은 과거의 흔적들을 전부 모아 아파트 쓰레기장으로 가져가 '종이'라는 문구가 적힌 노란색 수거함에 던져 넣었다. 그러자 갑자기 공황 상태에 빠지고 말았다. 이렇게 한순간에 인생의 일부를 없애고, 나의 시간과 과거를 도려내 버려도 되는 걸

15 우유나 양젖을 묽게 발효시켜 만든 유산균 음료다.

까. 그래서 그는 자신이 버린 편성표들을 되찾기 위해 발끝을 들고 수거함 안을 필사적으로 들여다보았다. 하지만 그것들은 이미 어두운 심연으로 사라져 버린 뒤였다. 현관을 지나 자신의 집이 있는 층으로 향하는 계단을 오르며, 부끄럽게도 아주 잠시 흐느껴 울었다. 그러자 컨디션이 갑자기 저하되었다. 혈압이 급상승한 게 틀림없었다.

이튿날 아침 식사를 마친 뒤, 평소처럼 소파에 앉아 볼 만한 티브이 프로그램에 밑줄을 긋고 있는데 문득 볼펜이 그의 짜증을 돋웠다. 종이에 그려진 자국이 보기 싫은 갈색이었기 때문이다. 처음에는 종이의 질에 문제가 있는 줄 알고, 다른 편성표를 집어 들고 여백에다 신경질적으로 볼펜을 끄적여 봤다. 하지만 아까와 똑같은 바로 그 갈색이었다. 그는 볼펜의 잉크가 오래되었거나 아니면 어떤 다른 이유로 잉크색이 변질되었다고 판단했다. 다른 필기도구를 찾기 위해 평소 좋아하는 의식, 그러니까 보고 싶은 티브이 프로그램에 표시하는 일과를 중단해야만 한다는 사실에 못내 짜증이 난 그는 아내와 함께 평생 모은 볼펜들을 보관하는 고광택 찬장 서랍을 향해 터벅터벅 걸어갔다. 거기에는 수많은 볼펜이 있었는데, 그중 상당수는 잉크가 말라 카트리지의 구멍이 막히는 통에 사용할 수 없는 상태였다. B씨는 꽤 오랜 시간 동안 이 풍요로운 선택지를 샅샅이 뒤져 양손에 한 줌씩 볼펜을 움켜쥐고는 편성표와 잡지들이 쌓여 있는 방으로 되돌아왔다. 이 많은 볼펜 중 적어도 하나쯤은 자신이 원하는 대로 쓰일 거라고 확신하면서. 하지만 푸른색이나 검정색은 고사하고, 붉은색이나 녹색도 찾아볼 수 없었다. 모든 볼펜이 썩은 나뭇잎이나 마루 광택제, 축축한 녹(綠)이 뒤섞인 듯한, 끔찍한 황톳빛 흔적을 남기며 구토를 유발했다. 노쇠한 B씨는 오랫동안 망연히 앉아 있었다. 단지 손만 약간 떨릴 뿐이었다. 그러다 갑자기 자리에서 벌떡 일어나 문서를 보관하는, 오래된 붙박이 캐비닛을 열었다. 그러고는 앞쪽 가장자리에 놓여 있던 서류 하나를 집어 들어 펼쳐 보았다. 이 서류를 비롯하여 청구서나 경고장, 명세서와 같은 다른 서류들도 하나같이 컴퓨터로 작성된 것들이었다. 그러다 금고 바닥 쪽에서 간신히 손글씨로 적힌 봉투를 발견했다. 하지만 글씨의 잉크 색깔이 역시 갈색인 것을 보고는 더 이상 뒤지지 않기로 했다.

B씨는 평소 자신이 가장 선호하는 티브이 관람용 안락의자에 앉아 다리를 앞으로 쭉 뻗었다. 그러고는 미동도 없이 조용히 숨만 내쉬며 새하얀 천장을 무심히 올려다보았다. 그제야 머릿속에서 어지럽게 맴돌다가 끝을 맺지 못했던 이런저런 생각들이 다시 밀려왔다.

— 볼펜의 잉크에는 시간이 지남에 따라 본래 색감을 잃고 갈색으로 변하는 물질이 함유되어 있다.

— 잉크색을 지금까지와는 다른 색조로 변질시키는 일종의 독소가 공기 속에 출현한 것일 수도 있다.

그리고 마지막으로,

— 망막의 황반이 변했거나 백내장에 걸리는 바람에 색깔이

다르게 보일 수도 있다.

하지만 그의 눈에 비친 천장은 여전히 흰색이다. 노쇠한 B씨는 의자에서 일어나 계속해서 티브이 프로그램에 표시를 했다. 볼펜 글씨가 어떤 색이든 무슨 상관이랴. 오늘은 플래닛 채널에서 「2차 세계 대전의 비밀」과 꿀벌에 관한 영화가 방영될 예정이다. 한때 그는 벌집을 갖고 싶어 했었다.

다음 차례는 우표였다. 어느 날 B씨는 우편함에 든 편지들을 꺼내다가 그만 그 자리에 얼어붙고 말았다. 봉투에 부착된 우표 모양이 모두 동그라미였던 것이다. 가장자리가 톱니 모양으로 처리된, 동전 크기의 알록달록한 우표들. 갑자기 온몸이 달아올랐다. 무릎 통증 따위는 아랑곳하지 않고 서둘러 계단을 오른 B씨는 현관문을 열자마자 신발도 벗지 않은 채 방으로 달려갔다. 그러고는 편지를 보관하고 있던 캐비닛을 열었다. 옛날에 받은 편지들을 포함하여 그가 보관하고 있는 모든 봉투에 동그란 우표가 붙어 있었다. 갑자기 현기증이 났다.

B씨는 안락의자에 앉아 과거의 기억을 더듬으며 우표의 올바른 이미지를 떠올리려고 안간힘을 썼다. 분명 자신이 미친 게 아닌데, 어째서 이 둥근 우표가 터무니없게 느껴지는 것일까? 어쩌면 예전에는 우표를 제대로 눈여겨본 적이 없었는지도 모른다. 혓바닥, 달콤한 풀의 향기, 집게손가락으로 집어 조심스레 봉투에 붙이곤 했던 조그만 종잇조각…… 그때는 편지들이 지금보

다 훨씬 두툼하고 부피도 컸지. 봉투는 푸른색이었고, 접착제 자국 위에 혀를 갖다 대고 침을 묻힌 다음, 손가락으로 잘 눌러서 봉투의 위와 아래를 서로 이어 붙이곤 했었다. 자, 봉투를 뒤집어 보자…… 그래, 우표는 사각형이었다! 확실하다! 그런데 지금은 이렇게 동그란 모양이라니. 이게 어떻게 가능한 걸까? 그는 양손으로 얼굴을 가린 채 두 눈을 감고 밀려드는 허탈함에 잠시 몸을 맡겼다. 그러고는 장바구니를 풀고 식료품들을 정리하기 위해 부엌으로 갔다.

아랫집 여자는 선물을 조심스럽게 받아 들었다. 처음에 그녀는 상자에 정성스레 담긴 실크 블라우스와 스웨터를 경계의 눈빛으로 바라보았다. 하지만 모피를 쳐다보는 그녀의 눈동자에 깃든 욕망의 기색은 감춰지지 않았다. B씨는 옷걸이째 들고 온 모피코트를 방문에 걸어 두었다.

테이블을 사이에 두고 마주 앉아 함께 차를 마시며 조각 케이크를 먹다가 B씨는 마침내 용기를 냈다.

"스타시 부인!"

그가 일부러 극적으로 목소리를 낮춰 말을 꺼냈다.

여자는 흥미롭다는 눈빛으로 그를 쳐다보았다. 주름의 소용돌이 속에서 그녀의 갈색 눈동자가 생기 있게 빛났다.

"스타시 부인, 뭔가가 잘못된 것 같습니다. 혹시 말씀해 주실 수 있습니까? 원래부터 양말에는 늘 세로로 길게 솔기가 나 있었나요?"

그녀는 B씨의 질문에 깜짝 놀라며, 몸을 슬쩍 뒤로 빼면서 의자에 등을 기댔다.

"지금 무슨 말씀하시는 거예요? 양말에 솔기가 있느냐고요? 당연히 그렇죠."

"항상 그랬나요?"

"'항상'이라니 그게 무슨 뜻인가요? 물론 항상 그랬죠."

여자는 다소 신경질적인 몸짓으로 테이블에 떨어진 케이크 부스러기를 털고는 식탁보 주름을 잡아당겨 폈다.

"스타시 부인, 볼펜의 잉크는 무슨 색이죠?"

그가 다시 물었다. 그러고는 그녀가 미처 대답할 사이도 없이 조급하게 덧붙였다.

"파란색이죠, 안 그렇습니까? 볼펜은 발명되는 순간부터 파란색으로 쓰이게 되어 있었잖아요?"

주름진 여자의 얼굴에서 미소가 서서히 사라졌다.

"너무 과민하게 생각지 마세요. 빨강이나 초록색 볼펜도 있는걸요."

"네, 하지만 보통은 파란색이죠, 안 그런가요?"

"좀 더 강한 차를 드릴까요? 아니면 가벼운 리큐어[16] 한 잔?"

B씨는 건강상 술을 마셔서는 안 되기에 거절하고 싶었다. 하지만 어쩔 수 없는 상황이라고 판단했기 때문에 고개를 끄덕

---

16 달고 과일 향이 나기도 하는 독한 술. 보통 식후에 아주 작은 잔으로 마시며, 집에서 직접 담그는 경우도 많다.

였다.

여자는 붙박이장으로 몸을 돌려 작은 술병을 꺼내고는 두 개의 술잔에 조심스럽게 리큐어를 따랐다. 그녀의 손이 살짝 떨리고 있었다. 그 방에 있는 모든 것이 흰색과 파란색이었다. 파란색 줄무늬 벽지, 흰색 테이블보, 소파에 놓인 파란색 쿠션들. 테이블에는 파란색과 흰색의 조화(造花)를 엮어 만든 꽃다발이 놓여 있었다. 리큐어가 그들의 입에 달콤함을 선사하는 바람에 튀어나오려던 위험한 발언이 잠시 몸속으로 물러섰다.

"그러니까 말입니다……."

B씨가 조심스럽게 다시 말을 꺼냈다.

"세상이 변한 것 같지 않나요? 마치……."

적절한 어휘를 찾으려고 그가 잠시 말을 멈췄다.

"우리가 따라잡을 수 없게 말입니다."

여자가 안심했다는 듯 다시 미소를 지어 보였다.

"물론 그렇죠. 선생님 말씀이 전적으로 옳습니다. 시간이 너무 빨리 흘러가서 그런 거예요. 제 말은, 그러니까 시간이 스스로 속력을 낸다는 게 아니라, 우리의 정신이 노쇠해지는 바람에 옛날처럼 그것을 쫓아가지 못한다는 겁니다."

B씨가 이해할 수 없다는 듯 고개를 가로저었다.

"지금 우리의 처지가 마치 오래된 모래시계 같지 않나요? 언젠가 책에서 읽은 적이 있어요. 모래시계를 오래 사용하다 보면 모래알이 마모되면서 더 빨리 흘러내리게 된대요. 그래서 오래된 모래시계는 점점 빨라지게 마련이죠. 선생님은 이런 사실을

알고 계셨나요? 우리의 신경망도 모래시계처럼 닳고 닳아 지쳐
버린 거예요. 구멍이 숭숭 뚫린 거름망처럼 모든 자극이 신경망
을 술술 통과해 버려서 시간이 더 빨리 흐르는 듯한 느낌을 받는
거죠."

"그러면 다른 것들은요?"

"다른 것들이라니요?"

"흠, 그러니까……."

그는 뭔가 돌려서 말할 방법이 없나 망설였지만, 좀처럼 떠
오르지 않아 대놓고 묻기로 했다.

"혹시 직사각형 우표라고 들어 보셨나요?"

"흥미롭네요."

그녀가 두 개의 잔에 또다시 리큐어를 따르면서 대답했다.

"아뇨, 한 번도 안 들어 봤는데요."

"그러면…… 오목한 주둥이가 달린 술잔은요? 오, 여기 이
술잔처럼 생긴 것들 말입니다. 예전엔 절대……."

"그렇지만요……."

그녀가 뭔가를 말하려고 했지만 그가 가로막았다.

"……또는 왼쪽으로 돌려서 뚜껑을 여는 유리 단지라든지,
아니면 손목시계에서 12시가 있어야 할 자리에 지금은 0이 있다
는 사실, 아, 그리고 또……."

그는 화가 치밀어올라 말을 끝마치지 못했다.

그녀는 무릎에 양손을 가지런히 포갠 채 그의 맞은편에 앉
아 있었다. 모든 걸 단념하고 활기를 잃은 사람처럼 정중하고 예

의 바른 자세였다. 살짝 찡그린 이마 주름이 그녀가 이 자세를 꽤 불편해하고 있음을 나타내고 있었다. 그녀는 긴장과 실망이 뒤섞인 감정으로 늙은 이웃을 바라보았다.

저녁이 되자 B씨는 여느 때처럼 장례식이 끝난 뒤부터 사용하는 그녀의 침대에 누웠다. 이불을 코끝까지 끌어당기고 어둠을 응시하면서 자신의 심장이 뛰는 소리에 귀를 기울였다. 잠이 통 오지 않아 옷장에 있는 아내의 분홍색 잠옷을 꺼내기 위해 침대에서 일어났다. 그는 아내의 잠옷을 가슴팍에 꼭 끌어안았다. 그러자 목구멍에서 한 번의 흐느낌이 짧게 터져 나왔다. 아내의 잠옷은 분명 도움이 되었다. 잠이 찾아와 모든 걸 부질없게 만들어 주었으니까.

방문

"이제 나를 꺼 줘."

그녀가 말했다.

"피곤해."

그녀는 무릎에 낡은 책을 올려놓은 채 침대에 앉아 있었지만 책을 읽지 않는 게 뻔히 보였다. 나는 그녀가 안쓰럽게 느껴져서 옆에 다가가 앉았다. 견갑골이 도드라진, 날씬하면서 살짝 굽은 그녀의 등 라인을 바라보았다. 나는 본능적으로 몸을 곧게 폈다. 그녀의 관자놀이 근처에는 백발이 꽤 무성했고, 귀 옆에는 뾰루지 하나가 돋아나 있었다. 그녀가 손가락을 뻗어 그것을 긁었다. 나도 본능적으로 내 귀에 손을 가져다 댔다. 레나는 귀에서 작은 진주 귀고리 한 쌍을 빼서 내게 건네주었고, 나는 그것을 주머니에 넣었다. 무언가가 망가지고 있어서 그것을 수리해야 한다는 이상한 느낌, 불쾌하면서 뭐라 형언하기 힘든 느낌이었다.

나는 그녀의 허리에 팔을 두르고, 그녀의 품에 머리를 기댄 채 그녀의 전원을 껐다. 이 모든 동작을 최대한 다정하고 부드럽게 수행하려고 애쓰면서.

레나는 불과 얼마 전, 가장 마지막으로 우리와 합류했다. 우리 중 누구든지 그녀의 전원을 끌 수 있지만 보통 잠자리에 들기 전에 그 일을 담당하는 건 나였다. 오늘 나는 그녀가 매우 고되게 일했다고 생각했으므로 그녀가 편안히 쉴 수 있도록 평소보다 더 빨리 전원을 껐다. 그녀는 종일 청소하고, 벽장에 있는 나방들을 치우고, 출판사에 전화를 걸어 논쟁을 벌였으며, 마침내 세금을 정산하는 데 성공했다. 그러고는 최근에 다녀온 여행에서 찍은 우리의 사진을 막 인쇄하려던 참이었다. 세금과 관련하여 몇 가지 문제가 있었던 것 같지만, 어떤 문제인지는 나도 잘 모른다. 굳이 묻지도 관여하지도 않았다. 문제가 내게까지 전달되는 건 실제로 어떤 결정을 내려야 할 때뿐이다.

아침에 나는 부엌에서 그녀가 노래하는 소리를 들었다. 그녀에겐 먼동이 트면 전원이 자동으로 켜지는 모드가 장착되어 있다. 토스터기에서 구워진 빵이 튀어나올 때 들리는 특유의 찰칵거림은 우리 모두에게 일어나야 한다는 신호였다. 내가 아래층으로 내려가면서 그녀가 부르는 노래에 끼어들려고 하자, 그녀는 갑자기 입을 다물어 버렸다. 그것은 아주 오래된 옛날 히트곡이었는데, 그 가사는 의미를 상실한지 이미 오래였다. 그 노래는 과거에 머물고 있었으므로.

알마는 마당에서 순무를 캐내 와 식탁에 조용히 앉았다. 그녀의 손은 평소와 마찬가지로 거칠고 지저분했다. 그 모습이 나를 짜증 나게 했다. 나는 항상 그녀의 작업이 별로 쓸모가 없으며, 순무 따위는 어디서든 살 수 있으니 그녀의 전원을 꺼 버리는 편이 낫다고 생각했다. 하지만 알마의 존재는 뭔가 이상한 방식으로 우리의 삶을 정돈시켜 주었고, 그러한 사실을 알기에 깨끗한 바닥이나 수건에 묻은 흙먼지 정도는 참을 수 있었다. 알마의 전원을 끈다! 이 얼마나 어리석은 생각인지 웃음이 났다. 알마는 평소 내게 좀처럼 관심을 기울이지 않았다. 그런데 지금은 웬일인지 내게 질문을 던졌다.

"대체 종일 뭐 하는 거야? 하는 일도 없이 그저 집 주위나 어슬렁거리고 있잖아."

그녀가 화를 내며 순무 줄기를 싹둑싹둑 잘라 냈다.

나는 기가 막혔다. 내가 뭘 하느냐고? 나한테 지금 뭐 하느냐고 묻는 거야?! 나는 그녀의 질문에 조금도 개의치 않는 척했지만 양손이 부들부들 떨리는 바람에 주머니에 손을 집어넣어야 했다. 내가 뭘 하느냐고? 나는 그림을 그리고 글을 쓴다. 이보게, 이 고매하신 여사님아! 나는 생각하고 분석한다. 그리고 인물들의 이름을 짓는다. 이 정도면 충분하지 않은가? 나는 돈을 벌고, 우리 모두를 먹여 살린다. 아직 이야기로 탄생되지 않은 내 다양한 아이디어들 덕분에 우리가 먹고산다. 그래서 나는 잠을 자고 꿈을 꿔야 한다. 도덕적인 관점에서 볼 때 거짓과 조작으로 생계를 꾸릴 수 있다는 것은 분명 논란의 여지가 있다. 하지만 사람들은 이

보다 악한 짓을 서슴없이 저지른다. 나는 항상 거짓말쟁이였고, 이제는 그것을 업으로 삼고 있다. 당장이라도 말할 수 있다. 내가 지어내는 것들을 믿지 말라. 나를 믿지 말라. 그림에 담긴 내 이야기는 실제의 세계를 표현하므로 일종의 진실이다. 그래서 나는 무엇보다 자유로운 정신을 유지해야 한다. 그래야만 온전한 내가 될 수 있고, 집중할 수 있다. 하지만 결국 나는 아무런 말도 하지 않았다. 나는 우리를 위해 레나가 아침 식사로 준비한 채소 주스를 컵에 따른 뒤, 그것을 들고 위층으로 올라갔다. 알마가 투덜거리면서 또다시 순무를 캐러 마당으로 나가는 소리를 들었다. 내가 그녀처럼 둔감했다면, 그녀의 이 아무짝에도 소용없는 노동에 대해 내가 어떻게 생각하는지 곧바로 입밖에 내뱉었을 것이다.

빼꼼히 열린 아이 방 너머로 파니아가 세 살배기 아들에게 젖을 먹이는 모습이 보였다. 나는 배와 가슴 언저리 어디쯤에서 달콤하면서도 형언하기 힘든 나른함을 느꼈다. 아기의 입이 파니아의 유두와 닿는 곳에서 마치 내 몸의 경계가 허물어지기라도 한 것처럼, 그러니까 그 조그만 입으로 인해 내 안에 바깥세상과 연결되는 구멍이 뚫리기라도 한 것처럼 말이다.

우리에게는 아들이 있다. 우리는 그가 어두운 피부색과 동양인의 생김새를 갖기를 원했다. 그것은 인기가 매우 높은 혼합체였으므로 쉽지는 않았지만 결국 우리는 해냈다. 찰림은 아름답고 영민했다. 우리는 그의 출산을 위해 파니아를 데려왔다. 그래서 지금 우리는 알마와 레나, 파니아, 그리고 나까지 모두 넷이다. 우리는 동종의 균일한 개체들로 이루어진 이 소규모 가족 단위 속에서 다들 흡족해하며 행복하게 지내고 있다. '4'는 대칭적이면서 놀랍도록 안정적인 숫자다. 이따금 나는 우리 네 명이 고대의 풍차를 돌리는 날개인데, 하나의 중심축을 기점으로 회전하면서 각자의 공간을 확보하고, 시간의 혼돈을 조절한다고 상상하곤 한다. 존재의 모든 가능성을 충족하면서, 그렇게 우리는 공통된 궤도를 따라 함께 보조를 맞춰 가며 순차적으로 움직이고 있다. 이 장면을 기억해! 나는 스스로에게 곧바로 속삭였다. 모든 것을 둥지로 가져와 모으는 까치처럼 내게는 떠오르는 모든 생각을 간직했다가 그림으로 표현하는 습관이 있다. 지금도 마찬가지다. 평소였다면 나는 상상 속에서 풍차의 이미지가 떠오르자마자 내 방으로 달려가 종잇조각들과 각종 스케치, 그림들이 어질러진 내 책상으로 돌진했을 것이다. 지금 나의 뇌 어딘가에서 줄곧 날갯짓하고 있는 불편한 생각, 당장이라도 떨쳐 버리거나 다른 누군가에게 기꺼이 떠넘기고 싶은 생각, 나를 산만하게 하고 짜증 나게 만드는 바로 그 생각만 아니라면 말이다. 그렇다. 오늘 정오에 우리의 새 이웃이 커피를 마시러 방문하기로 되어 있었다.

낯선 존재가 우리 집에 온다. 낯선 눈동자, 낯선 체취, 부드러운 카펫에 찍히는 낯선 흔적들. 그리고 그와 함께 저절로 따라오는, 출처를 알 수 없는 낯선 미생물들. 낯선 음색, 남성적인 데다 낮게 깔리며, 주변의 소리를 압도하는 음성. 사실 우리에겐 교우 관계나 오락거리가 전혀 부족하지 않았다. 저녁이면 카나스타[17]를

17 두 벌의 카드로 두 팀이 하는 카드놀이의 일종이다.

했고, 옛날 영화를 봤다. 그러고는 와인잔을 기울이며 토론을 벌였고, 그때마다 각자 미세한 차이를 보이면서도 자신의 의견을 내놓곤 했다. 우리처럼 동종의 개체들로 이루어진 집단에서도 세세한 견해 차이는 있게 마련이었다. 우리는 쌓아 놓은 나무 블록이 무너지지 않도록 조심하며 하나씩 블록을 빼내는 게임도 즐겼다. 이처럼 행운과 우연에 기반한 게임을 우리는 선호했다. 소용돌이치듯 혼란스럽게 쌓인 블록들을 향해 고개를 맞대고 몸을 숙인 채, 신중하게 막대를 어루만졌다. 그렇게 우리의 섬세한 손끝에서 혼돈이 조금씩 사라져 갔다. 이곳에서 우리 말고 다른 사람은 필요치 않았다.

그런데 얼마 전 이곳으로 이사 온 새 이웃이 우리 집을 방문할 예정이다. 유대 관계를 맺고 싶어서임에 틀림없다.

아이가 울기 시작했다. 고집스러우면서도 뭔가를 경고하는 듯한 그 울음소리가 나의 뇌를 관통했다.

"울음 좀 그치게 해!"

나는 파니아를 향해 버럭 소리를 질렀다. 시리즈로 작업 중인 그림판을 오늘 중으로 완성해야 했지만, 오전에는 도저히 아무 일도 할 수 없다는 걸 깨달았다.

하루를 송두리째 날리게 되자 알마는 짜증이 났고, 파니아도 성이 났다. 그들은 이웃이 더러워진 신발의 먼지를 털 수 있도록 문 옆에 작은 깔개를 놓아두었다. 또한 제발 그런 일이 없기를 바라지만, 혹시 그가 화장실을 사용하게 될 경우를 대비해 변기에 방향 큐브를 넣었다. 찻잔과 접시도 준비했다. 우리는 그가 무엇을 가져올지 궁금했다. 아마도 케이크나 와인일 것이다. 파니아는 꽃병에 꽃을 꽂았다. 과연 그가 이 집에 얼마나 오래 머무를 것인가. 그를 소파에 앉히는 게 좋을까, 아니면 우리 눈에 그의 모습이 잘 보이도록 창문 맞은편에 안락의자를 놓을까? 누군가가 우리를 방문한 지 너무 오래되어 우리는 세상 저편에 사는 사람들이 어떻게 생겼는지 잊어버렸다. 줄곧 자신과 똑같은 얼굴만 바라보며 지내다가 갑자기 다른 모습을 보게 되면 누구든 일종의 충격을 받게 마련이다. 그리고 나와 다른 모든 것은 추하고, 괴상하고, 투박하고, 어설프고, 기괴하게 느껴진다.

손님이 이인조로 방문하겠다고 통보했으므로 우리도 둘이서, 그러니까 나와 레나가 그들을 맞이하기로 했다. 파니아는 아기를 돌보느라 바빴고, 알마는 오늘 진딧물과 싸우는 중이었다.

"그를 마당으로 안내하면 어떨까?"

알마가 갑자기 마당에서 우리에게 물었다. 레나가 호기심 어린 눈으로 그녀를 쳐다보았다.

"날씨도 좋고, 꽃이 한창 피었잖아."

나는 그녀가 누군가에게 자신이 가꾼 꽃을 보여 주며 자랑하고 싶어 한다는 걸 깨달았다. 우리에게 보여 주는 것만으로는 충분치 않았던 것이다. 나는 창밖을 내다보았다. 작약이 탐스럽게 피어 그 커다랗고 풍성한 꽃송이들이 바람의 리듬에 흔들리고 있었다. 어디선가 노랫소리라도 들렸다면 작약 꽃송이들이 입을 모아 합창하는 것처럼 느껴졌을 것이다.

"안 될 것도 없지."

내가 그녀를 쳐다보며 대꾸했다. 나는 그녀가 기뻐하는 모습을 보고 싶었다. 그녀가 이런 질문을 했다는 게 좋았다. 굳이 우리에게 물어볼 이유가 없었을 텐데 말이다. 나의 시선이 그녀의 얼굴을 어루만졌고, 그러다 갑자기 우리의 눈이 마주쳤다. 하지만 우리는 서로에게서 황급히 눈길을 거두었다.

대칭 정신물리학의 첫 번째 규칙은 서로의 눈을 너무 오래 쳐다봐서는 안 된다는 것이다. 흘끗 보거나, 곁눈질하거나, 잠시 훑어보거나, 눈짓을 보내거나, 시선을 아주 잠깐 고정할 수는 있어도 서로의 눈을 의도적으로 응시해서는 안 된다. 그것은 서로에 대한 간섭 혹은 방해로 간주된다. 자칫하면 에곤[18]이 작동을 멈출 수도 있으므로 에곤의 성별이 정해지고 개체성을 획득할 때까지는 눈을 보지 않고 대화하는 훈련이 필요하다. 이것은 기본적인 규칙이다. 다행스럽게도 우리에게는 그런 일이 일어나지 않았지만, 언젠가 나는 다음과 같은 이야기를 들은 적이 있다. 치료 요법의 일종으로 에고톤(Egoton), 그러니까 일정한 지역 내에서 함께 생활하는 군집 에곤들을 대상으로 서로의 눈을 바라보는 실험을 했는데, 모든 에곤이 그만 작동을 멈췄다는 것이다. 그래서 재가동을 위해 수리를 해야만 했는데, 그 비용이 꽤 많이 들었다고 한다.

---

18 에곤(Egon)은 자아를 뜻하는 에고(ego)에 복제 세포군을 뜻하는 클론(clone)을 결합시켜 토카르추크가 만든 신조어다.

나는 항상 내 작품이 부끄러웠다. 정확히 말하면, 이것은 상당히 피곤하면서도 양가적인 감정이다. 나는 많은 이들이 내 그림을 보길 원하면서도 또 원하지 않는다. 그림 밑에 적은 텍스트에 대해서는 단 한 번도 만족한 적이 없다. 그래서 가능한 한 짧고 간략하게 쓴다. 다음 날 다시 읽어 보면 내가 쓴 텍스트들에서 어색함과 실수가 드러나기 때문이다. 내가 쓴 글보다는 내가 그린 그림이 훨씬 마음에 든다. 언어가 아무리 정교해도 우리의 뇌는 그것을 이미지로 치환하기 때문이다. 이미지가 우리의 경험에 영향을 미치는 거대한 물결이라면, 텍스트는 그저 가느다란 선에 불과하다. 위대한 소설가들은 그러한 사실을 이미 알고 있었고, 그렇기에 저 모든 회화적 보조 장치들과 미묘하고도 섬세한 표현들이 탄생할 수 있었다. 예를 들어 보자. "그녀가 말하자 그녀의 눈은 분노로 반짝였다.", "그녀는 플러시 천으로 만든 짙은 푸른색 소파에 몸을 기댄 채 무심하게 대답했다."와 같이 대화 지문에 어김없이 뒤따르는 문장들. 언어나 말은 그 뒤에 이미지가 버티고 있어야만 비로소 힘을 발휘한다.

나는 종일 아래층에서 가족이 생활하는 소리를 들으며 묵묵히 수많은 그림을 그리고, 글을 쓴다. 찰림의 콩콩거리는 발소리, 부엌에서 냄비 뚜껑이 덮일 때 나는 특유의 소음, 진공청소기의 윙윙거림, 외풍으로 인해 테라스 문이 쾅 닫히는 소리. 이러한 일상의 소음들이 내 마음을 진정시키고, 덕분에 손의 움직임이 원활해진다. 나는 아이들을 위해 창작한다. 아이들만이 진짜로 책을 읽기 때문이다. 어른들은 자신의 언어 공포증에 죄책감을 느끼며, 어린 자녀에게 책을 사줌으로써 그러한 증상을 상쇄하려 한다. 내 그림은 옛날 방식에서 별로 달라진 게 없다. 나는 내가 지은 동화에 삽화를 그리는데, 보통 잉크를 사용한다. 그것은 힘들고 까다로운 데다 손이 더러워지기 때문에 오늘날에는 거의 사용되지 않는 낡은 수법이다. 잉크가 잔뜩 묻은 내 손을 보고는 찰림이 활짝 웃으면서 얼룩덜룩하다고 말한다. 내 동화가 제법 잘 팔리는 덕분에 에곤들을 감당할 수 있다는 사실이 나름 자랑스럽기도 하다. 덕분에 나는 글도 쓰고 그림도 그리며 생계를 유지할 수 있다. 창조하라! 그리고 살아가라! 이것은 중요한 조합이다. 그 밖에 다른 명제는 내게 필요치 않다.

하루 중 이 시각이면, 나는 지난 몇 개월 동안 나의 부산한 손놀림과 필치를 순순히 받아 준 그림판을 향해 몸을 숙인 채 앉아 있어야 한다. 하지만 이번 방문이 예고된 뒤부터는 좀처럼 작업에 집중할 수가 없었다. 아래층에서 화장지와 생리대, 종이 티슈, 생수, 식료품 등 장을 봐온 물건들을 정리하는 소리가 들려왔다. 우리는 가족이고, 그래서 항상 산더미처럼 많은 음식물을 구매한다. 감사하게도 우리는 대체로 비슷한 입맛을 갖고 있다. 물론 당장 먹고 싶은 음식은 서로 다를 수도 있지만 말이다. 파니아는 모유 수유 중이므로 식습관이 조금 바뀌었다. 그녀는 우유를 넣은 차를 많이 마신다. 예전에는 밀크티가 수유량을 증가시키는 요인으로 여겨졌다는 기사를 읽었노라고 알마가 말했기 때문이다. 지금쯤은 파니아가 수유를 중단해야 한다고 나와 레나는 생각한다. 하지만 수유 덕분에 파니아가 자신을 중요한 존재로 여기고 있는 게 틀림없었다. 사실 그녀의 이런 생각이 놀랍지는 않다. 왜냐하면 그녀는 아이를 돌보는 에곤이기 때문이다. 언젠가 때가 되면 그녀는 존재 이유를 잃게 될 것이고, 그렇게 되면 재교육을 시키거나 아니면 아예 전원을 꺼야 할지도 모른다.

알마는 늘 신선한 고기를 먹는다. 자기는 육체 노동을 담당하므로 고기를 먹어야 한다고 주장하는데, 그건 일종의 미신이다. 많은 논의 끝에 우리는 정육용 인큐베이터를 구입해서 주방 냉장고와 오븐 옆에 놓아두었다. 인큐베이터 선반에 살코기 샘플을 넣어 두면 고기가 점점 자라게 된다. 우리는 카탈로그를 뒤져 적절한 시식용 살코기 샘플을 찾은 뒤 온라인 결제로 구매한다. 해당 카테고리에 들어가 클릭만 하면 주문 완료다. 알마가 등심이나 갈비살을 굽기 시작하면 집 안에 온통 야릇한 냄새가 퍼진다. 기분 좋으면서 동시에 불쾌한 냄새다.

나는 그림 작업에 좀처럼 몰두하지 못하고 다시 아래층으로 내려갔다.

"그가 분명 '둘'이라고 했지?"

고개를 숙여 케이크를 들여다보며 내가 레나에게 물었다. 그녀는 땅콩 가루로 케이크를 장식하는 중이었다.

"오븐 좀 켜 줘. 210에 맞추면 돼."

나는 그녀의 지시를 충실히 따랐다. 잠시 후 내가 잔에 커피를 따를 때, 케이크 반죽이 오븐 안으로 들어갔다.

"응. 분명 '둘'이라고 했어."

그녀가 대답했다.

"어떤 사람일지 궁금해."

"난 아냐."

우리의 대화는 대체로 짧은 편이었다. 에곤과의 대화는 딱히 흥미로울 게 없었다. 가끔은 파니아가 그렇게 하듯이, 뭔가를 말해야 한다는 생각이 들기도 전에 그 자리를 떠나고 싶을 때가 있다. 하지만 우리가 명심해야 할 몇 가지 사항이 있으니 두 번째 규칙을 준수해야 한다.

두 번째 규칙은 사부아 비브르(savoir-vivre), 그러니까 누군가가 누군가와 만날 때 지켜야 할 세련되고 올바른 매너와 관련된 것이다. 모든 종류의 사교 모임에서 개별적인 만남은 허용되지 않는다. 대부분은 둘 또는 세 개의 에곤이 듀오톤(Duoton) 혹은 트리니톤(Triniton)으로 짝을 이뤄 만남을 갖는다. 사적인 모임일수록 참여하는 에곤의 숫자는 줄어들게 마련이다. 오직 데이트할 때만 일대일 만남이 이루어진다. 매우 드문 경우라서 데이트는 예외로 간주된다. 나는 아직 데이트 경험이 없다. 낯선 사람을 혼자 만날 생각만 해도 불안해진다. 경찰이나 의사를 만날 때는 에고톤이 함께 움직인다.

손님이 '둘'이라고 말했으므로 다과상을 어떻게 준비해야 할지는 뻔하다. 레나가 나를 바라보며 물었다.

"네가 상을 차릴 거지?"

정확히 12시가 되자 이인조가 문 앞에 서 있었다. 똑같은 옷을 입은 두 남자, 그들을 보자마자 우스꽝스럽다고 생각했지만 우리 중 누구도 내색하지 않았다. 구식 안경을 쓰고, 물기가 촉촉한 푸른 눈을 가진, 대머리에 배가 나온 오십 대 전후의 중년 남성들이었다. 두 사람 모두 끊임없이 품종이 개량되어 이름도 생각나지 않는, 이국적인 과일들이 잔뜩 담긴 접시를 양손에 들고 있었다. 우리가 평소에 안 먹는 과일들이었다.

우리는 똑같은 목소리로 "안녕하세요."라고 예의 바르게 인사했다. 레나는 밀가루나 주스 얼룩이 없는 말끔한 티셔츠로 갈아입었다. 나는 가장자리가 술로 장식된 스카프를 두르고 있었는데, 긴장을 풀기 위해 미리 와인 한 잔을 들이켠 상태였다. 내 방에는 항상 와인 한 병이 보관되어 있다. 이인조는 좀 전에 깔아 놓은 깔개를 통과하여 테라스 문 쪽으로 걸어갔다. 그러고는 활짝 핀 작약 꽃밭이 잘 보이는 위치에 놓인 안락의자에 앉았다.

"와, 정말 아름다운 꽃이군요."

두 사람이 동시에 말했다.

우리는 마당을 등지고 소파에 앉았다. 정확히 말하면 내가 자리에 앉았고, 레나는 커피와 케이크를 가지러 부엌으로 갔다. 나는 두 남자에게 다정히 인사를 건네며 각자에게 시선을 고르게 분배하기 위해 주의를 기울였다. 세 번째 규칙에 따르면, 우리는 남들 앞에서 절대로 에곤보다 자신을 높여서도 안 되고, 특정한 에곤에게 더 많은 애정을 기울여서도 안 되며, 에곤 간의 신분 차를 점잖게 희석시켜야 한다. 누가 알파고 누가 에곤인지 드러내서는 안 되기 때문이다.

"우리는 꽃을 키우고 있어요."

내가 애매하게 얼버무리며 대꾸했다. 확실히 와인이 나를 평소보다 대담하게 만들었다.

낯선 사람을 마주 보며 음식물을 씹는 것은 사실 유쾌한 일이 아니다. 나는 이처럼 난처한 경우를 대비해서 미리 보편적인 질문 세트를 준비해 놓았지만, 상대는 우리의 이웃이므로 다음과 같은 질문을 추가해 그 내용을 좀 더 풍성하게 다듬었다.

동네는 마음에 드세요?

어디서 이사를 오셨나요?

집에 마당이 있으신가요?

당장 머릿속에 떠오르는 건 그게 다였다.

네 번째 규칙은 에고톤으로서 함께 생활하고 있는 에곤들의 숫자와 관련된 무리한 질문은 삼가야 한다는 것이다. 자칫 잘못하면 상대방의 물리적 환경에 대한 무례한 조사로 받아들여질 수 있기 때문이다. 물론 에곤이 많다는 것은 대체로 그 사람의 재산 또한 많다는 의미이지만, 항상 그런 것만은 아니다. 일부 부유층이나 성공한 사람들은 에곤의 수를 제한함으로써, 요즘 한창 유행하는, 자연으로 돌아가서 소규모 가정을 꾸리는 건강한 삶을 실천하기도 한다. 물론 가장 이상적인 경우는 에곤 없이 혼자사는 삶이겠지만 내가 아는 이들 중 그렇게까지 독특한 인물은 없다.

이인조의 이웃은 내 질문들에 적잖이 당황하며 모호하게 대답했다. 자신감이 부족했고, 그에게도 이번 방문이 결코 유쾌한 일이 아님이 분명했다. 그들에게는 대화 도중 헛기침을 하며 목소리를 가다듬는 버릇이 있었다. 그래서 문득 알레르기에 대해 물어보면 어떨까 하는 생각이 떠올랐다. 내 직감이 적중했다. 그러자 대화의 주제가 다양한 음식에 대한 알레르기로 바뀌었다. 그는, 그러니까 그들은, 모든 종류의 곡물과 초콜릿, 견과류와 유제품에 알레르기가 있다고 말했다. 레나가 오늘의 만남을 위해 준비한, 땅콩을 넣은 초콜릿 케이크가 담긴 접시를 들고 구석에 서 있는 모습이 곁눈질로 보였다. 그녀가 슬금슬금 부엌으로 뒷걸음질 쳤다. 그러고는 잠시 후 순무를 썰어 자리로 돌아와서 내 옆에 앉았다.

그들은 둘 다 순무를 맛보았고, 우리는 아이들에 대해 잠시 이야기했다. 이인조는 우리에게 아이가 있다는 사실에 큰 관심을 보였고, 마치 아이가 어딘가 구석에서 놀고 있거나 테이블 아래에 숨겨져 있을 거라고 기대하는 듯 이리저리 둘러보기까지 했다.

나는 이웃 남자의 핼쑥한 안색, 이마에 맺힌 작은 땀방울, 발그레한 볼 위로 찌그러진 후광을 만들고 있는, 밝은 빛깔의 가느다란 머리카락들을 보았다. 다리 부분이 금속으로 처리된 가벼운 안경이 일제히 코끝으로 미끄러져 내려오는 바람에 둘은 똑같은 손동작으로 안경을 밀어 올렸다.

문득 이 남자를 착한 마법사 캐릭터로 내 책에 그려 넣을 수 있겠다는 생각이 들었다. 저주의 주문을 착각하는 바람에 항상

자기가 원하는 것과는 다른 방향으로 마법을 거는 어리숙한 마법사 말이다. 나는 이 아이디어를 머릿속에 저장했다. 이제 나는 준비한 질문을 모두 소진했다. 그는 동네가 아름답고, 자기 집은 보수가 필요하다고 말했다. 우리더러 괜찮은 리모델링 업체를 아느냐고 물었다. 그동안 시내 중심가에서 살았지만, 도심의 소음에 지쳐서 이곳으로 이사하게 되었노라고 밝혔다. 이제 그가 공격에 나설 차례였다. 그는 우리가 어디에서 주로 장을 보는지 물었다. 그런데 내가 미처 대답할 겨를도 없이 믿을 수 없는 일이 벌어졌다. 알마가 자신의 텃밭에서 갓 딴 포도를 접시에 담아 리슬링 한 병과 함께 들고서 테라스로 나온 것이다. 평소 그녀가 우리에게조차 포도를 먹으라고 준 적이 없었기 때문에 나는 적잖이 당황스러웠다. 알마는 말없이 손에 들고 온 포도와 술을 탁자 위에 내려놓고는 빈 의자에 앉았다. 우리가 삼인조로 손님을 맞이하는 끔찍한 상황을 참을 수 없었던 레나는 즉시 자리를 떴고, 나와 알마, 둘만 남았다. 손님들도 불안하게 들썩였다. 알마는 아무 말 없이 술잔을 내려놓고는 나를 보며 미소를 지었다. 나의 눈빛이 알마를 향해 이러면 안 된다고 계속 경고를 보냈지만, 그녀는 철저하게 내 시선을 무시했다.

"무슨 일을 하시죠?"

그녀가 리슬링을 잔에 따르며, 갑자기 허물없이 물었다.

"얼음을 넣을까요?"

한낮에 술이라니! 게다가 하는 일에 대해 직접적으로 물었다! 이인조의 얼굴이 붉게 변했다. 약간 늘어진, 둥그런 볼에 스며든 홍조가 마치 보기 싫은 얼룩처럼 수십 초 동안 그들의 뺨을 물들였다. 왼쪽에 앉은 남자의 손이 오른쪽에 앉은 남자의 손을 향하며 허공에서 방황하는 게 보였다. 마음을 진정시키기 위해 그의 손을 잡고 싶은 듯했다. 하지만 그들은 결국 손을 맞잡지는 않았다.

"글쎄…… 그러니까 말이죠……."

왼쪽에 앉은 남자가 입을 열었다.

"컴퓨팅 서비스를 합니다."

그의 대답이 어쩐지 매우 진부하게 들렸다. 어색한 침묵이 흘렀다.

"당신은요?"

잠시 후 그가 나를 보며 물었다. 다른 한 명은 대칭을 유지하기 위해 알마를 쳐다보았다. 그녀는 신발을 벗어 던지고는, 안락의자 위로 다리를 올리더니 옆으로 꼬아 앉았다. 이 무슨 무례한 행동이란 말인가!

"우리는 그냥 평범한 가족입니다."

"당신들에게 아이가 있다는 이야기는 아까 들었습니다. 혹시 아이를 좀 볼 수 있을까요?"

오른쪽 남자가 물었다.

나는 시선을 밑으로 떨구었지만, 알마는 남자의 무례함에 별로 당황하지 않는 듯했다.

"아들의 이름은 찰림입니다. 지금 세 살이에요."

두 남자는 뭔가 들떠 보였다.

"실은 우리도 아이를 원하거든요. 시험에는 이미 통과했고, 지금 아이 방을 준비하고 있습니다."

아마도 우리의 뭔가가 그들을 진심으로 감동시킨 듯했다.

"남향인가요?"

아직 비워지지 않은 이인조의 잔에 리슬링을 추가로 따르며 알마가 물었다.

"아니요, 우리는 서향을 원해요. 아이가 아침에도 아무런 방해 없이 푹 잘 수 있기를 바라거든요."

나는 알마와 그녀의 놀라운 행동을 주시하느라 대화에 집중할 수 없었다. 또한 곁눈질로는 손님들의 태도를 살폈다. 그들은 경계심이 풀린 듯했지만, 그렇다고 낯선 이들을 너무 쉽게 믿어서는 안 되는 법이다. 왼쪽 남자는 자신이 대기업에서 일하고 있으며 자신의 컴퓨터에는 특수 냉각 장치가 설치되어 있다고 말했다. 그들이 일하는 방은 고립되어 있으므로 방사선에 대해 걱정할 필요는 없다고 오른쪽 남자가 덧붙였다. 순간 우리의 대화가 순조롭게 잘 풀리는 듯한 느낌이 들었다. 알마의 격의 없는 태도 덕분이거나 아니면 단순히 리슬링 탓일 수도 있다. 요즘 같은 세상에 함께 이야기 나누고 싶은 사람을 발견하는 것은 드문 일이다. 타인은 따분한 대상이다. 당신이 이미 잘 아는 내용에 대해 타인이 할 수 있는 말이 별로 없기 때문이다. 만약 그들이 당신이 전혀 모르는 내용을 알고 있다면 그것은 대부분 당신과 직접적인 관련이 없을 것이다. 그래서 그런 대화는 당신의 흥미를 끌지 못한다……. 잠시 후 대화가 또다시 중단되었다. 나는 될 수 있는 한 조심스럽게 하품을 했지만 이인조가 알아차린 듯했다. 그들은 안절부절못했다. 왼쪽 남자가 아이를 볼 수 있는지 다시 한번 물었다. 알마가 어리석은 대답으로 우리를 놀라게 만들기 전에 내가 재빨리 입을 열었다.

"이 시간에 아이는 낮잠을 잡니다."

"아, 그렇군요, 그래요…… 좋은 습관이네요. 우리는 아이를 깨우지 않겠습니다…… 그건 무례한 일이니까요. 유아에게 해롭기도 하고요."

긴장을 누그러뜨리기 위해 둘이 번갈아 가며 유화적인 발언을 했다.

손님의 방문이 거의 끝나가고 있는 게 느껴졌다. 알마는 다리를 앞으로 뻗었다. 나는 그녀의 한쪽 양말에 난 큼지막한 구멍과 그 사이로 튀어나온 엄지발가락을 보고는 기겁했다. 방문자도 그것을 보았다. 두 사람의 얼굴이 다시 벌겋게 달아올랐다.

"자, 이제 집에 돌아갈 시간이네요."

그가 수줍게 말하면서 자리에서 일어섰다.

나는 이루 말할 수 없는 안도감을 느꼈다. 우리 넷은 서로에게 허리를 굽혀 정중하게 인사를 나누었고, 마침내 이웃이 떠났다. 곧바로 파니아와 화가 잔뜩 난 레나가 나타났다. 우리는 두 명의 똑같은 남자가 모퉁이를 돌아 자취를 감출 때까지 조용히 지켜보았다.

"아기를 보고 싶어 했어!"

내가 분개하여 소리쳤다. 그러자 너도나도 큰 소리로 각자 생각한 바를 털어놓았다. 첫 번째 방문인데 얼마나 무례하고 뻔뻔한가. 매너가 얼마나 서투른지 다들 봤지? 대머리는 또 얼마나 우스꽝스러운지. 아마 오래된 CD들을 아직도 버리지 못하고 끈에 매달아 천장에 걸어 두었을걸? 컴퓨팅 서비스가 어쩌고, 성능이 어쩌고! 그 말을 믿으라는 건가? 연금이나 축내면서 직업도 없이 따분하게 생활하는 게 틀림없어. 아이에 대한 이야기도 사실인지 궁금하군…….

우리 중 알마만 아무런 말도 하지 않았다. 그녀는 부엌으로 가서 오븐 철판에 놓인 케이크를 손으로 집어 들고 먹기 시작했다.

그 후 며칠 동안 우리의 삶은 전과 다름없이 순탄하게 흘렀다. 알마는 마당에서 일했고, 저녁에는 포도주를 마시며 식물 재배에 관한 오래된 잡지를 봤다. 그러고는 늦게까지 거실에 앉아 오래된 기타를 뚱땅거리며 주변을 어질러 놓았다. 그런 그녀를 레나가 부엌에서 바라보며 자기 혼자 모든 고민을 감당하고 있다며 하소연했다. 그러면서 이제 더는 요리를 하지 않을 테니 요리를 전담할 에곤을 새로 데려오자고 말했다. 하지만 그녀가 차리는 식사는 세계 최고다. 파니아는 세 살배기 아들을 돌보며 놀이와 수업, 산책을 담당했다. 오후가 되면 모두가 거실에 모여 아이를 돌보는 파니아의 업무에 동참했다. 하루 중 가장 행복한 순간이었다. 적어도 이 순간만큼은 우리는 진정으로 서로를 사랑하는 가족이었다. 아기는 아직 우리를 구별하는 법을 터득하지 못했으므로 파니아에게 하듯이 우리의 가슴에 안기려고 달려들었다. 나는 내 몸과 우리 몸의 자발적인 반응, 즉 갑작스러운 포옹과 그로 인해 경계가 해체되는 느낌, 마치 우리가 하나의 유기체로 합쳐질 채비를 마친 세포로 변한 듯한 느낌에 부끄러움을 느꼈다. 우리는 아이를 우리 한가운데 앉혀 놓았다. 네 명의 똑같은 여성이 아이를 향해 몸을 숙였고, 부드러운 미소와 함께 화합의 꽃이 피었다. 이 장면을 기억하자. 나중에 그릴 수 있도록, 종이 위 연필 끝, 펜촉 밑으로 옮길 수 있도록 똑똑히 기억하자. 내 작업 방식은 늘 이런 식이었다. 먼저 그림이 나오고, 전체 스토리는 나중에 완성된다. 아마도 다음 이야기에는 바로 이 장면이 담길 것이다.

요 며칠 새 나는 또 다른 이야기를 끝내는 중이었다. 하루에 열 시간이 넘도록 지칠 줄 모르고 일했지만 놀라운 희열을 느꼈다. 간결한 텍스트가 포함된 수십 페이지의 그림. 안쪽으로 들어갈수록 휘어지며 감기는 커다란 달팽이 껍질. 그 안쪽에 왕국이 숨어 있다. 껍질 안으로 깊이 들어갈수록 여주인공은 점점 더 행복해지고 완벽해진다. 나선형의 소용돌이는 끝이 없으며, 무한을 향해 빨려 들어간다. 그 안에 머무는 존재는 안으로 들어갈수록 작아질 뿐, 그 탁월함이 줄어드는 건 아니다. 깊숙이 들어갈 때마다 존재는 점점 무한함과 완벽함에 가까워지게 된다. 세상은 껍질과 같아서 거대한 달팽이 위에서 시간을 따라 움직인다.

내가 작업을 끝마치자 알마가 내게 다가와서 각각의 그림판을 말없이 주의 깊게 살펴보았다. 나는 그녀가 만족해하는 기색을 보았다. 그녀는 나를 껴안았다. 그녀의 감동과 사랑이 고스란히 느껴졌다. 우리는 똑같은 리듬으로 숨을 쉬었고, 나는 우리의 몸이 살아 있음을 두 귀로 들었다. 극도로 행복하다고 느꼈다.

알마가 말했다.

"친구야, 이제 내가 너의 전원을 끌게. 너는 다음 작업을 위해 휴식을 취해야만 해. 우리는 네가 많이 그리울 거야."

나는 의무를 제대로 이행한 데 대해 흡족함을 느끼며, 그녀의 손가락에 가만히 내 몸을 맡겼다.

실화(實話)

여자는 에스컬레이터에서 내리자마자 대리석 바닥으로 곧장 쓰러졌다. 그 바람에 손에 방추(紡錘)[19]를 든 견실한 여성 노동자(아마도 직물공을 뜻하는 것이리라.)를 형상화한 조각상의 주춧돌에 머리를 세게 부딪쳤다.

교수는 그 사건을 꽤 정확하게 목격했다. 마침 에스컬레이터를 타고 중간 정도까지 내려오던 참이었다. 앞으로 빠르게 나아가던 군중의 무리가 잠시 물결치듯 흔들렸고, 가장 가까이에 있던 두세 사람이 이 불운한 여성을 향해 몸을 굽혔지만, 전철을 타기 위해 서두르는 사람들이 뒤에서 계속 전진하는 바람에 떠밀려 앞으로 갈 수밖에 없었다. 인간의 물줄기가 쓰러져 있는 여자를 무시한 채 자신의 물길을 따라 계속 흘러갔다는 표현이 어

---

19 베틀에서 날실의 틈으로 왔다 갔다 하면서 씨실을 푸는 기구다.

울릴 듯했다. 행인들의 다리는 누워 있는 몸뚱이를 유연하게 피해 갔지만, 이따금 면직물 코트의 아랫단을 밟는 사람들도 있었다. 교수는 쓰러져 있는 여자에게 가까이 가자마자 몸을 숙인 채, 의사가 아닌 일반인이 할 수 있는 최대한의 조치로 여자의 상태를 파악하려고 애썼다. 코트에 부착된 지저분한 후드가 그녀의 얼굴을 부분적으로 가리고 있었는데, 알고 보니 그 후드에 천천히 피가 스며들고 있었다. 몸에 걸친 낡고 더러운 갈색 넝마는 마치 느슨하게 묶인 널찍한 붕대 같았다. 얼룩덜룩한 갈색 치마 아래로 두꺼운 살색 스타킹을 신은 다리와 닳아 해진 구두가 드러났고, 단추가 없는 갈색 코트에는 가죽 벨트가 묶여 있었다. 여름 날씨치고는 과하게 두꺼운 옷차림이었다. 교수가 후드를 벗기자 그 아래에서 피투성이에다 고통으로 인해 찡그린 얼굴이 드러났다. 여자는 가쁘게 숨을 내쉬며, 입술을 조금씩 달싹이고 있었다. 피가 섞인 타액 거품이 입술 위로 솟구쳤다.

"도와주세요!"

겁에 질린 교수가 큰 소리로 외치면서 재킷을 벗어 둘둘 말아 부상당한 여자의 머리 아래에 괴었다. 이 나라에서 '도움'이라는 단어가 무엇인지 기억해 내려고 안간힘을 썼지만, 갑자기 기억에서 사라져 버렸다. 심지어 비행기에서 연습했던 "안녕하세요? 잘 지내십니까?"와 같은 인사말조차 기억나지 않았다.

"헬프(Help)! 힐페(Hilfe)!"

교수가 공포에 질려 소리쳤다. 쓰러진 여자의 머리에서 계속 피가 흘렀지만 인간의 물줄기는 솜씨 좋게 그녀를 피해 갔고,

그 바람에 흐름의 형태가 구불구불하게 바뀌었다. 핏자국은 점점 더 커지면서 불길한 징조를 나타냈고, 쓰러지는 바람에 심하게 부상당한 몸뚱이는 사냥물인 토끼의 시체가 그려진 멜키오르 드 혼데쾨터[20]의 정물화를 떠올리게 했다.

바람이 부는 이 서늘하고도 광활한 도시에 그저께 도착한 교수는 이제 막 홀로 산책을 마치고, 학술대회의 폐막을 기념하는 만찬이 열릴 호텔로 돌아가는 중이었다. 이번 학술대회의 대주제는 예술이나 문학이 과학과 얼마나 밀접한 연관성이 있는지에 대한 고찰이었다. 교수는 단백질 섭취가 색의 지각(知覺)에 미치는 영향에 대해 발표했다. 그는 발표를 통해 네덜란드 회화의 전성기가 소 사육의 발전과 유제품 형태의 고단백 식품의 소비 증가와 밀접한 관련이 있음을 입증했다. 치즈에 함유된 아미노산은 색의 지각과 관련된 뇌의 특정한 구조를 형성 및 발달시키는 데 기여한다. 그의 발표는 열광적인 반응까지는 아니더라도 상당히 호의적으로 받아들여졌다. 점심시간에는 트롱프뢰유[21]에 대한 토론이 벌어졌다. 교수 또한 푸짐한 점심을 먹으며 토론에 적극적으로 참여했고, 커피도 마셨다. 그러고는 단체 프로그램으로 계획된 유명 박물관에 가지 않기로 결정했다. 그 박물관은

---

20 Melchior de Hondecoeter(1636-1695). 17세기 네덜란드 출신의 화가로 정물화 및 자연 화가로 유명했으며, 특히 새의 묘사가 뛰어났다.
21 트롱프뢰유(trompe-l'oeil)는 실물로 착각할 정도로 정밀하고 생생하게 묘사한 그림. 17세기 네덜란드의 정물화에서 많이 볼 수 있으며, 현대에도 초현실주의 화가들이 이 기법을 이용하고 있다.

이미 관람한 적이 있었으므로, 차라리 신선한 공기를 마시며 메트로폴리탄의 삶을 둘러보는 편이 낫다고 판단하고 혼자 도심으로 향했던 것이다.

교수는 원래도 느린 걸음을 더 길게 끌면서 천천히 걸었다. 그는 큰 키에 마른 체격의 소유자였다. 갑자기 날씨가 포근해지면서 구름 저편에서 꿀과 같은 색깔의 태양이 고개를 내밀었다. 그는 황급히 재킷을 벗어 어깨에 가볍게 둘러멨다. 급격하게 화창해진 날씨에 놀라며 많은 이들이 거리로 산책을 나왔고, 예술 작품 못지않게 유머러스하면서도 선정적인 자태를 뽐내는 유명 브랜드 상품들이 잔뜩 전시된 상점들의 진열장이 행인의 이목을 끌었다. 진열장의 거대한 유리창이 강렬한 색상으로 뒤덮인 건물 외벽으로부터 저절로 시선을 돌리게 만들었다. 오래된 보도(步道)는 사람들이 서로를 쳐다보며 자신이 다른 사람들 틈에서 적절한 위치에 있는지 가늠해 보고, 세상과 잘 어울리는지를 확인할 수 있는 일종의 런웨이 같은 곳이다. 하지만 정작 대부분의 사람들이 물건을 사는 곳은 도심 외곽에 세워진 대형 마트였다. 하지만 우리의 교수는 그런 곳에도 발걸음을 옮기지 않았다. 그는 많은 이들이 그렇듯이 자신에 대해 만족했고, 이곳까지 온 것도, 자신의 발표 내용도, 지금의 날씨도, 심지어 그제까지만 해도 비인간적이고 혐오스러워 보이던 이 도시에 대해서도 흡족한 마음이 들었다. 아드레날린 수치가 떨어지고, 임무를 성공적으로 완수했다는 느낌이 들자 기분 좋은 온기가 그의 온몸에 퍼졌다.

여기서는 누구도 자신을 알아보지 못하며, 딱히 하고 싶은 게 없으면서도, 자신이 원하면 뭐든 할 수 있다는 확신이 들자 마음이 홀가분했다. 교수는 햇빛을 만끽했고 지나가는 사람들을 향해 다정한 미소를 보냈다. 머지않아 호텔의 안전한 실내로 돌아가서 맛있는 것을 먹고, 아낌없이 제공되는 차가운 보드카를 마실 수 있다는 기대감이 그를 더욱 기분 좋게 만들었다.

　그는 일부러 택시를 타지 않고 교통 체증에 갇힌 차들이 늘어서 있는 대로를 따라 지하철을 향해 걷기로 했다. 빽빽한 차량들 사이에서 이따금 안전 운행을 유도하는 푸른색 신호가 밝게 깜빡였다. 교수는 환기가 제대로 되지 않은 방에 몇 시간이나 앉아 있다가 밖으로 나왔을 때 맛보는 쾌감을 생생하게 실감하며, 일정한 걸음으로 계속 걸었다. 태양은 아낌없이 광채를 내뿜었다. 그는 흰 셔츠에 아내가 골라 준 특이한 넥타이를 매고 있었다. 비록 산책하는 내내 신선한 공기를 마실 수 있으리라는 기대는 헛된 바람으로 판명되었지만, 몸은 가뿐했고 컨디션도 좋았다. 대로에서는 자동차 꽁무니에서 뿜어져 나오는 배기가스가 소용돌이치면서 많지 않은 행인들의 코를 자극했다. 교수는 그들 중 동양인으로 보이는 한 사람이 흰색 마스크를 쓰고 있는 것을 발견했다.

　그는 번잡한 거리의 왼편을 따라 1킬로미터쯤 걸었다. 지도에 따르면, 이쪽에서 반대편으로 건너가야 했기 때문에 불안한 눈빛으로 얼룩말을 연상시키는 횡단보도를 찾았다. 하지만 그의 시야에 얼룩말은 들어오지 않았다. 문득 이런 복잡한 거리에는 지하보도가 있을지도 모른다는 생각이 들었지만, 걸어오는 동안 보지 못했다. 차량의 흐름이 좀 더 느려지기를 기다렸다가 길을 건너 볼까도 생각했지만 커피 브레이크 때 들었던 경고가 떠올랐다. 몇 년 전, 비슷한 종류의 학술대회에 참석한 독일인 박사 과정생이 정해진 규범을 전적으로 신뢰하는 독일의 관습에 따라 녹색 신호등이 켜졌을 때 건널목에서 길을 건너다가 엄청난 속도로 달려오던 차량에 치여 치명상을 입었다는 것이다.

그래서 교수는 길을 건너겠다는 생각을 포기하고 참을성 있게 2킬로미터쯤 더 걸어갔고, 마침내 지하도로 이어지는 계단을 발견했다. 그렇게 교수는 길 건너편에 도착할 수 있었다. 그쪽 구역은 조용하고 한적했으며 서민적이었다. 그는 자신을 서둘러 지나쳐 가는 사람들을 살펴보았다. 다들 피곤하고 바쁘고 뭔가 딴 데 정신이 팔린 듯 보였다. 행인들 대부분의 손에는 커다란 일회용 비닐봉지가 들려 있었는데, 봉지 밖으로 파슬리 잎사귀나 잘 자란 대파의 뻣뻣한 줄기가 삐져나와 있었다. 잠시 후 교수는 사람들이 어디서 상품을 구매했는지 알게 되었다. 옆쪽 광장에서 채소나 과일, 싸구려 중국 제품을 판매하는 시장이 열리고 있었다. 이 구역에서 서두르지 않는 사람을 본 것은 한 번뿐이었다. 작동을 멈춘 오래된 분수대의 둥그런 가장자리에 두 명의 노인이 앉아서 열심히 체스를 두고 있었다. 가게 진열대들은 변변찮아 보였고, 제품 가격은 두꺼운 사인펜으로 큼지막하게 적혀 있었다. 그는 그 가격을 자신에게 익숙한 통화로 환산해 보려 했지만 머리가 잘 돌아가지 않았고, 결국 불필요한 물건이니 사지 않기로 했다. 호텔에 있는 상점에서 이미 아내를 위해 호박으로 만든 팔찌를 사두었으므로. 바가지를 쓴다는 걸 알면서도 팔찌가 워낙 예뻐서 주저하지 않았다. 요즘에는 단번에 시선을 사로잡는 아이템을 찾는 게 여간 힘든 일이 아니다. 오늘날 쇼핑이란 쓰레기통을 뒤지는 일과 흡사하다고 교수는 생각했다.

태양은 이미 서쪽으로 천천히 기울고 있었다. 그러자 햇빛이 갑자기 강렬한 에너지를 내뿜으며 거리 구석구석으로 범람하기 시작했다. 건물 외벽들이 붉게 물들었고, 마치 짙은 스모키색 아이라이너로 눈매를 강조하는 아내의 눈화장처럼 보잘것없는 세부 사항들에 불안한 갈색 음영이 드리워져 훨씬 풍부하게 보였다. 의미와 숨겨진 징후들로 가득 차 있는 헤리 멧 드 블레[22]의 그림이 떠올랐다.

계속 걸어가던 교수는 자신이 도시의 좀 더 친근한 구역, 그러니까 관광객들을 위한 장소에 이르렀음을 깨닫고는 기쁨을 느꼈다. 야외에 테이블을 내놓는 카페들이 나타나기 시작했고, 심지어 줄무늬 차양들도 보이기 시작한 것이다. 그는 큰 안도감을 느끼며 야외 테이블 중 하나에 자리를 잡고 코냑과 커피 한 잔을 주문했다. 만찬이 시작되려면 아직 시간이 꽤 남았으므로 다양한 언어가 난무하는 학술대회의 소란스러움과, '내가 이 사람을 어디서 만났더라.'라는 고민을 거듭해야만 하는 어색한 상황으

22 Herri met de Bles(1480~1550). 네덜란드 출신 화가로서 후기 르네상스 시대에 활동했다.

로부터 벗어나 잠시라도 이렇게 혼자 있을 수 있다는 사실이 좋았다. 주문한 코냑은 썩 괜찮았다. 태양의 붉은빛이 교수의 얼굴에 내리쬤였다. 그 빛은 부드럽고 온화했으며, 그의 얼굴을 살짝 달아오르게 했다. 만약 이 햇빛이 술이라면 들장미로 담근 리큐어 맛이 날 것 같았다. 교수는 잠시 머뭇거리다 코냑 한 잔을 더 주문하고, 내친김에 담배 한 갑도 주문했다. 비록 오랫동안 담배를 피우지 않았지만, 어쩐지 시간이 거꾸로 흐르는 것만 같은 기분이 들었기 때문이다. 지금 자신이 하는 일에 다음이란 없고, 결과에 앞서 원인이 선행되지 않으며, 모든 게 놀라운 정지 상태에서 지속되는 이상한 공간에 와 있는 것처럼 느껴졌다. 여기서 정지 상태란 가장 위대한 시인이나 천재적인 화가만이 그 본질에 딱 맞는 어조나 색조를 찾아낼 수 있는 그런 순간을 말한다. 교수에게 그런 능력은 없었다. 비록 높은 수준의 학력을 가졌지만, 그는 그저 평범하면서 품위 있는 인간일 따름이었다. 따라서 그가 할 수 있는 일이라고는 엄청나면서도 믿기 힘든 이 순간에 흠뻑 빠져드는 것뿐이었다.

이제 돌아가야 할 시간임을 깨달았을 즈음, 날이 어두워지고 있었다. 해가 갑자기 저물면서 수천 개의 창문이 있는 건물들의 거대한 윤곽을 삼켜 버렸다. 이렇게 마냥 걷다가는 제시간에 만찬에 참석할 수 없다는 사실을 알게 된 교수는 곧바로 가까운 지하철역으로 향했다. 그는 잠시 지하철의 복잡한 환승 노선표를 살펴보았고, 자신이 지금 호텔에서 두 정거장 정도 떨어진 거리에 있음을 깨달았다. 자동 매표기에서 지하철표를 샀다. 잠시 후 교수는 피로에 찌든 채 말없이 퇴근 중인 직장인들의 무리에 휩쓸려 있는 자신을 발견했다. 아무도 서로를 쳐다보지 않았고, 그저 윙윙 울리는 기계적인 목소리가 역과 승강장 이름을 그가 이해할 수 없는 언어로, 그에겐 너무나도 낯설어 딱히 이해할 엄두조차 나지 않는 언어로 공지했다. 그는 주위를 둘러보며 어느 방향으로 갈지 정했고, 잠시 주저하다 군중을 따라 탑승구로 향했다. 따뜻하면서도 친근하게 느껴지는 바로 그 군중이 그를 끝없이 긴 에스컬레이터 쪽으로 밀었고, 교수는 그걸 타고 지하를 향해 꾸준히 내려갔다. 아래쪽에는 다양한 직업군을 묘사한, 거대하면서도 조잡한 대리석 동상들이 그 위용을 뽐내고 있었는데, 이 조각들은 그에게 뭔가 공포를 불러일으켰다. 교수는 자신의 호텔 방 침대 위에 깨끗한 셔츠가 준비되어 있다는 사실을 떠올리며 안도했다.

그가 에스컬레이터를 반쯤 내려갔을 때, 여자가 쓰러지는 광경이 보였고, 심지어 그녀의 머리가 조각상 주춧돌에 부딪히는 둔탁한 소리까지 생생히 들렸다. 교수는 여자에게로 달려가 그 옆에 서둘러 무릎을 꿇고 여자의 머리를 조심스레 들어 올린 뒤, 재킷을 둘둘 말아 그 아래에 괴었다.

"도와줘요, 도와주세요!"

그는 다리와 배만 보이는 군중을 향해 계속 소리쳤다.

"구급차를 불러 주세요."

어른의 손에 이끌려 걸어가던 한 아이가 어깨 너머로 교수와 여자를 쳐다보았지만, 어른의 손이 곧바로 아이를 끌어당겼다. 교수가 지나가는 남자의 재킷 끝자락을 가까스로 움켜잡았지만 그 남자는 몸을 돌려 날렵하게 빠져나갔다.

"도와주세요!"

교수가 절망적으로 외쳤다.

군중은 교수의 투지에 분노한 것처럼 두 사람을 흘낏 내려다보며 빠르게 스쳐 지나갔다. 마치 교수와 쓰러진 여인이 태양의 주변을 공전하는 지구의 운동을 막아서고 있다는 듯한 태도였다. 순간 여자가 갑자기 경련을 일으키기 시작했다. 교수는 여자가 죽을까 봐 더욱 세게 여자를 끌어안았다. 그의 새하얀 리넨 셔츠는 이미 피범벅이 되어 있었고, 그의 손과 얼굴도 마찬가지였다.

"경찰!"

교수가 단호하게 외쳤다. 누구나 그 의미를 짐작할 수 있는 그 어휘를 내뱉는 순간, 비로소 어떤 남자가 발걸음을 멈췄고, 그 뒤로 또 다른 누군가가 멈춰 섰다. 하지만 그들은 좀처럼 감정을 읽을 수 없는 담담한 표정으로 아무런 조치도 취하지 않은 채, 가만히 서서 모든 상황을 지켜보기만 했다.

"경찰, 경찰!"

잠시 후 구경꾼들도 그와 함께 외치기 시작했다. 하지만 군중의 발걸음은 더욱 빨라졌고, 더욱 과민해졌다. 순간 교수는 쓰러진 여자에게 몸을 숙이고 있으면 마치 자신이 그녀를 살해한 사람처럼 보일 수도 있다는 사실을 깨달았다. 그래서 황급히 몸을 일으켜 물러서려고 했지만 그 순간 누군가 그를 때렸고, 교수는 검붉은 핏빛 얼룩 속으로 넘어졌다.

 몇몇 사람이 이 장면을 지켜보고 있었는데, 어디선가 두 명의 경찰관이 군중을 헤치며 교수와 여자를 향해 다가왔다. 그들은 형광등 불빛이 비현실적으로 반사되는 밝은색 조끼를 제복 위에 걸치고 있었다. 자칫하면 천사로 오인할 지경이었다. 교수 또한 그들을 보는 순간 그렇게 생각했다. 여자는 꿈쩍도 하지 않았다. 교수는 몸을 일으켰고, 자신에게 피가 잔뜩 묻었다는 것을 깨달았다. 그는 희망을 잃지 않고 법의 수호자들을 쳐다보았다. 하지만 그들의 얼굴은 사나웠다. 그들은 쓰러진 여인 따위는 아랑곳하지 않고 위협적인 시선으로 교수를 쳐다보았다. 교수는 그들이 자신을 범인으로 지목했음을 직감적으로 알아차렸다. 경찰관 중 한 명이 그의 팔을 잡더니 고통스럽게 움켜쥐었다가 뒤로 비틀었다. 그의 짐작은 틀림없었다. 잔인한 오해를 드러내는 노골적인 표현에 분개하며 교수는 비명을 질렀다. 그들이 부상당한 여성에게 전혀 관심을 기울이지 않고 교수에게 신분증을 요구하는 것도 이상한 일이었다. 교수가 여자의 머리를 괴어 놓은 자신의 재킷 속에 신분증을 넣어 놓았다고 몸짓으로 설명하는 데 시간이 꽤 걸렸다. 교수가 손가락으로 그녀를 가리켰다. 하지만 옆으로 뉘어진 여자의 머리는 맨바닥에 놓여 있었고, 재킷은 오간 데 없었다. 그러는 사이 덩치 큰 남자 간호사 세 명이 들것을 짊어진 채 군중을 밀치고 그들에게 다가왔다. 그들의 삭발한 헤어스타일과 커다란 목젖이 먼저 눈에 들어왔다. 간호사들이 군중을 헤치며 부지런히 들것을 펼치는 모습을 지켜보던 경찰관이 자신도 모르게 교수의 팔을 움켜잡고 있던 손의 힘을 뺐다. 그 순간 교수의 몸이 앞으로 나아가려는 군중의 압박에 떠밀려 움직였다. 피 묻은 셔츠를 입은 교수의 팔이 경찰의 밀착 구속으로부터 벗어날 수 있었던 건 아마 그래서였을 것이다. 그렇게 뒤로 밀려나는 순간 교수가 몸을 돌렸고, 설명할 수 없는 공황 상태에 빠져 도망치기 시작했다.

교수는 우선 지하 플랫폼을 어영부영 빠져나와 밖으로 나가기 위해 계단을 이용했다. 그는 사람들을 옆으로 밀쳐 가며 한 번에 몇 계단씩 뛰어올랐다. 굳이 그가 밀치지 않더라도 그의 모습을 본 사람들은 두려움과 혐오감에 알아서 옆으로 흩어졌다. 피는 사람들에게 공포를 자아낸다. 부상에 취약한 자신들의 보드랍고 연약한 피부 바로 아래에 혈관들이 감춰져 있다는 사실을 잊은 채, 사람들은 피를 보면 일단 얼굴색부터 변한다. 이 피가 자신에게 치명적으로 위험할 수 있음을 깨닫는 순간, 교수는 두려움에 휩싸였다. 자신은 쓰러진 여자에 대해 아는 게 아무것도 없지 않은가. 그녀가 매춘부나 마약 중독자일 수도 있고, 수백만 개의 HIV 바이러스가 그녀의 검붉은 피에서 떼를 지어 흘러나와 미세한 상처를 통해 자신의 몸에 침투할 수도 있었다. 문득 오늘 아침 손톱을 자르다가 엄지손가락을 다친 일이 떠올랐다. 엄지손가락의 다친 부위를 살펴보았다. 거기에는 응고된 피가 덮여 있었다…….

교수는 서둘러 계단을 뛰어 올라갔다. 여자들이 비명을 지르며 그를 보자마자 벽 쪽으로 물러섰다. 남자들은 얼마든지 그를 붙잡고 정의를 구현할 수도 있었지만 그에게 손대기를 두려워했다. 그는 지하철 출구까지 최대한 큰 보폭으로 성큼성큼 뛰어 올라갔다. 밖으로 나오자마자 제일 먼저 드는 생각은 가장 가까운 곳에 있는 분수대라도 가서 빨리 몸을 씻고 싶다는 것이었다. 그는 광장에 멈춰 선 채로 당황하여 주위를 이리저리 둘러보았다. 지하철에 있는 공중화장실이 떠올랐지만 그곳으로 되돌아가고 싶지는 않았다. 그는 자신이 지금 어디에 있는지 알아내려 안간힘을 쓰다가 건물들 옥상 너머로 호텔의 뾰족한 실루엣이 보이자 깊은 안도감을 느꼈다. 그는 주저하지 않고 마치 어린 시절에 본 연극 속 유령처럼 양팔을 앞쪽으로 뻗은 채, 호텔이 있는 방향으로 거의 뛰듯이 걸어갔다.

이미 날이 저물었다. 호텔까지 가려면 또 다른 번화한 거리를 지나쳐야 했다. 교수는 가장 가까운 건널목까지 가려면 꽤 먼 길을 걸어야만 한다는 사실을 이미 알고 있었으므로, 교통 체증으로 인해 차량의 흐름이 느려지는 타이밍을 노리기 위해 미친 시도를 했다. 적절한 순간을 기다리다가 무조건 돌진한 것이다. 순간 차량들이 자신의 앞에서 급정차하며 분노에 차서 경적을 울려 댔다. 교수가 피 묻은 손으로 자동차 앞쪽의 보닛을 쓰다듬는 바람에 운전자들은 더욱 화가 났을 것이다. 검은색 랜드로버를 몰고 가던 운전자는 아마도 다른 이들보다 더 빠른 반사신경의 소유자인 듯했다. 왜냐하면 교수가 지나갈 때 차 문이 갑자기 열리면서 그의 옆구리를 고통스럽게 가격했기 때문이다. 교수는 길바닥에 넘어졌지만 즉시 몸을 일으키려 했다. 순간 그는 자신이 죽음의 위험에 처해 있음을 감지했다. 차들은 속도를 줄이며, 피투성이가 된 채 일어나려 애쓰는 남자를 피하려고 우회해야만 했다. 운전자들은 그에게 욕설과 저주를 퍼부었다. 어떻게 길을 건넜는지 자신도 미처 모르는 와중에 마침내 반대편에 도착한 스스로를 발견했을 때, 교수는 자신이 구원받았다고 생각했다. 호텔까지 가려면 통과해야 할 넓은 광장이 하나 더 남았지만, 그는 기쁜 마음으로 전진했다. 그러다 어디선가 신발 한 짝을 잃어버렸음을 깨달았다. 아마도 랜드로버의 차 문에 부딪쳤을 때 분실한 모양이었다. 여행 오면서 여분의 신발을 가져오지 않았으므로, 신발을 한 짝만 신은 채로 절뚝거리며 만찬에 가게 될까 봐 걱정스러웠다. 어떡하지, 아마도 새 신발을 사야만 하겠군. 어쨌든 만찬은 벌써 시작되었을 것이다. 할 수 없지, 좀 늦을 수밖에. 그가 만찬장에 도착하면 아마도 폐회사는 끝난 뒤일 것이다.

신발을 한쪽에만 신은 상태로 호텔 유리문 앞에 도착했지만, 마치 익살극에 나오는 어떤 나라의 군복을 연상시키는 제복을 입은, 건장하고 어깨가 떡 벌어진 도어맨이 그를 가로막았다. 당장 오늘 아침을 포함해서 그동안 몇 번이나 교수와 마주쳤지만 도어맨은 그를 알아보지 못한 듯했다. 교수도 물러서지 않았다. 그는 자신이 1138호에 묵고 있으며, 학술대회 참가자라고 설명했다. 교수의 유창한 영어에 당황한 경비원은 비타협적인 태도를 고수하며 잠시 머뭇거리더니 단호하게 여권을 요구했다. 교수는 그제야 자신에게 재킷이 없고, 따라서 여권도 없다는 사실이 떠올라 덜컥 겁이 났다. 혹시 몰라 바지 뒷주머니와 앞주머니를 번갈아 뒤졌지만, 겨우 현지의 동전 몇 개와 지하철표, 그리고 포장을 뜯은 레몬 맛 추잉껌 한 통만 나왔을 뿐이었다. 교수를 냉소적으로 바라보는 도어맨의 얼굴에는 만족스러운 미소가 번졌다. 그는 깡패처럼 교수의 뒷덜미를 잡고는 버둥대는 교수를 광장으로 끌고 갔다. 그러고는 교수의 엉덩이를 어찌나 세게 발로 찼는지, 교수는 바닥에 고꾸라진 채 한동안 일어나지 못했다.

아픔과 굴욕, 무력감으로 인해 교수의 눈에 눈물이 가득 고였다. 흐느낌을 멈출 수 없었다. 아주 여러 해 동안 울지 않았으므로, 눈물이 안겨 주는 안도감에 대해 오랫동안 잊고 있었다. 울면서 어느 정도 진정이 되었다. 그의 배가 눈물의 바다를 항해하다 결국 어떤 해안에 착륙하면서 흔들림이 멈췄다고나 할까. 이곳에서 그는 예상치 못했던 완전히 새로운 상황에 정박했고, 지금 그의 앞에는 미지의 대륙이 펼쳐져 있다. 이제 그는 이 난관을 헤쳐 나가야만 한다.

조명 시설이 부족한 이 도시의 거의 모든 곳이 그렇듯 광장 또한 어두웠다. 그는 어둠 속에 쪼그리고 앉아서 어떻게 대처하면 좋을지 궁리했다. 재킷이 분실되지 않았더라면 전화를 걸었을 수도 있지만 휴대전화와 여권, 신용카드는 재킷과 함께 사라진 뒤였다. 그는 만찬이 한창 진행 중인 호텔 근처에 다시 가 보기로 결정했다. 그곳에 가면 어떻게든 동료들에게 자신의 처지를 알릴 수 있을 것이다. 그들 중 일부는 여전히 담배를 피우므로 테라스나 발코니 혹은 정원으로 나올지 모른다……. 그는 호텔의 불 켜진 창문들을 응시하며 조심스럽게 걸어갔다. 입퇴실 수

속이 진행되는 로비를 제외하고 1층 나머지 공간은 레스토랑과 바, 회의실이 차지하고 있었다. 그런데 대부분의 창문에 불이 꺼져 있었다. 작동 중인 몇 안 되는 가로등 중 하나가 그의 왼편에 있었는데, 그 아래에 한 무리의 젊은이들이 모여 있었다. 그들은 서로에게 소리를 지르고 있었는데, 아마도 게임을 하는 듯했다. 교수는 사람들에게 자신의 존재를 드러내고 싶지 않았기에 걸음을 멈추었다. 그러고는 방향을 틀어 돌담을 향해 살금살금 다가갔고, 담장을 따라 호텔 뒤편에 이르렀다. 거기서 그는 만찬이 열리고 있는 레스토랑의 거대한 유리 벽을 보았는데, 그 벽은 조명을 받아 아름답게 빛나고 있었다.

교수는 감정이 북받쳐서 또다시 울 뻔했다. 벽에 기대어 서 있을 때는 잘 보이지 않았지만, 광장 쪽으로 조금 더 물러서니 훨씬 많은 게 보였다. 광장에는 이제 막 꽃이 피면서 상큼한 꿀 향기와 함께 시큼한 악취를 내뿜는, 가시로 뒤덮인 섬개야광나무[23]가 무성했다. 교수는 이 기묘한 향기에 취한 채, 일정한 거리만큼 떨어진 지점에서 건물의 수직선을 액자 틀 삼아 입면도[24]의 유리 너머로 펼쳐지는 사실주의풍의 그림을 보았다. 새하얀 식탁보가 덮인, 높고도 비좁은 테이블들 주위에 품위 있게 차려입은 사람들이 서 있었다. 그들은 먹고 마시며 담소를 나누는 중이었다. 서로를 향해 숙여져 있던 그들의 머리가 잠시 후 뒤로 젖혀졌다.

---

23 장미과의 낙엽 관목으로 관상용으로 재배한다. 5~6월에 흰색 꽃이 피고, 열매는 가을에 붉은색으로 익는다.
24 물체를 정면에서 본 대로 그린 그림이다.

아마도 즐겁게 웃을 때 나오는 건강하고 자연스러운 반응 때문이리라. 그들의 손은 이따금 대화를 나누는 상대방의 어깨를 친숙하게 툭툭 치곤 했다. 연미복을 차려입은 날씬하고 민첩한 웨이터들이 한 손을 등 뒤에 숨긴 채, 다른 한 손에는 음료수가 가득 담긴 쟁반을 올려놓고 테이블 사이를 부지런히 맴돌았다. 온화하고 차분한 색조의 이 그림은 마치 피터르 브뤼헐[25]의 회화를 현대적이고 미니멀하게 해석한 암시처럼 보였다. 사소한 일로 끊임없이 분주한 사람들, 처리해야 할 시시콜콜한 용건들의 향연, 피상적인 잔치…… 교수는 아는 사람을 찾아 필사적으로 눈을 굴렸다. 사실 지금 자기가 보고 있는 장면이 학술대회 만찬인지도 확신할 수 없었다. 워낙 대형 호텔이라 그가 참석한 것과 비슷한 규모의 회의를 여러 건 주최할 수도 있었으니까.

교수는 테이블을 벗어난 사람들이 어디로 향하는지 보기 위해 조금 더 몸을 움직였다. 그들의 모습이 잠시 사라졌다가, 수족관처럼 보이는, 유리로 된 외벽이 있는 모퉁이 작은 방에 다시 나타났다. 흡연실이었다. 그곳에서 그는 20세기 유럽 회화에 나타난 플라토닉과 비플라토닉 오브제의 전문가인 G 교수를 발견했다. 그의 주장이나 명제에 항상 동의하는 건 아니었지만 이렇게나마 G의 모습을 볼 수 있어서 교수는 너무나도 기뻤다. 몇 시간만에 비로소 발견한 낯익은 얼굴이었다. G는 가늘고 작은 여송

25 Pieter Bruegel the Elder(1525~1569). 16세기 가장 위대한 플랑드르 화가 가운데 한 사람. 네덜란드 출신으로 농민과 풍자의 화가로 일컬어진다.

연을 피우고 있었다. 비록 교수가 서 있는 곳에서는 어떤 담배인지 보이지 않았지만, 그는 G가 피우는 담배에 대해 알고 있었다. 교수의 눈에 보이는 것이라고는 G가 연기를 내뿜을 때 활기차게 뻗는 그의 팔과 살짝 위를 향하는 머리의 움직임뿐이었다. 그는 서둘러야만 했다. 담배는 영원히 타지 않으므로. 그는 절뚝거리며 부지런히 흡연실 쪽으로 다가가서 그가 자기를 알아봐 주기를 바라는 마음으로 그 앞에 섰다. 그러나 그것은 말이 안 되는 계획이었다. 교수가 서 있는 곳의 지대가 너무 낮았던 것이다. 그는 다시 광장으로 돌아가야만 했다. 만찬장이 잘 보이는 지점으로 교수가 되돌아갔을 때, G는 여송연의 불을 막 끄고 있었다. 그러고는 다정한 몸짓으로 동료의 어깨에 팔을 두르며 자리를 떴다. 절망에 빠진 교수는 필사적인 심정으로 손에 잡히는 조약돌 중 아무거나 하나를 집어 들고 수족관과 같은 흡연실을 향해 온 힘을 다해 던졌다. 하지만 거리가 너무 멀었다. 화가 치밀어 올라 광분한 교수는 강제로라도 다시 한번 문을 통과하기로 결심했지만 호텔 앞까지도 가지 못했다. 마침 호화로운 옷차림에 굽이 엄청나게 높고 화려한 보석으로 장식된 구두를 신은 여성을 맞이하느라 분주한 도어맨은 그에게 눈길을 돌릴 틈이 없었다. 하지만 교수가 미처 호텔 정문에 다다르기도 전에, 허리띠에 권총을 찬 두 명의 경비원이 그에게 달려들었다. 그들 중 한 명이 교수의 팔을 고통스럽게 비틀었는데(심지어 뼈가 부서졌는지 우드득 소리도 난 것 같았다.) 혐오스럽다는 듯 금방 그를 풀어 주었다. 교수는 광장에 쓰러졌다. 수치심에 가능한 한 빨리 섬개야광나무 덤불 속으로 기어들어 갔다. 무슨 수를 써서라도 피 묻은 셔츠를 벗어야 하고, 어떻게든 몸을 씻어야 했다. 그는 경호원들이 역겨움과 혐오감을 드러내며 손에 묻은 피를 닦는 모습을 덤불에서 지켜보았다. 그는 지하철에서 쓰러진 여성의 몸에 무엇이 들어 있었던 간에 이미 자기 몸속으로 침투했다고 생각했다. 아직 더럽혀지지 않은 소매 끝단으로 입과 눈 주위를 닦았다. 그는 아침에 호텔 창문 너머로 분수대를 본 기억을 떠올리고는 거기로 가야겠다고 결심했다.

교수는 자신의 현재 위치를 신중하게 파악한 후 분수대까지 도달하는 방법을 궁리했다. 솟구치는 물줄기를 비추는 조명의 사각지대로 들어가야 하고, 돌담 근처에서 체커[26] 혹은 다른 간단한 게임에 몰두하고 있는 수상쩍은 젊은이들도 지나쳐야 하므로 쉽지 않은 일이었다. 하지만 가만히 있을 수만은 없었다. 그는 셔츠를 벗어 덤불 속에 쑤셔 넣었다. 그러자 추위가 그를 엄습했고, 등에는 곧바로 소름이 돋았다. 그는 어두운 그림자 속에서 분수대를 향해 기어갔다. 그러다 조명이 훤히 비치는 날카로운 모서리에 이르러 잠시 주춤거렸지만, 들키지 않을 거라고 판단하고는 조명 속으로 머리를 들이밀고 계속 전진했다. 그는 젖 먹던 힘까지 다해 빠르게 움직였고, 몇 초 후 분수대에 도착했다. 그리고 결국 물속에 몸을 담그는 데 성공했다. 물이 어찌나 차가운지

---

26 체스판에 말을 놓고 움직여 상대방의 말을 모두 따먹으면 이기는 게임이다.

숨이 턱턱 막혔다. 그는 몸에 들러붙은 핏자국을 미친 듯이 씻어
내고, 반쯤 벗은 몸을 손가락으로 박박 문질렀다. 그러다 마침내
바지를 벗었다. 그러자 물이 붉게 변했다. 물줄기가 리드미컬하게
하늘로 용솟음치면서 붉은빛이 점점 어두워졌고, 정교하게 디자
인된 조명 속에서 보라색으로 빛났다. 물에 흠뻑 젖은, 벌거벗은
남자는 지긋지긋한 경호원들이 멀리서 자신을 향해 달려오는 것
을 보았다. 또한 게임을 즐기던 젊은이들도 벌떡 일어나 자신을
향해 다가오고 있었다. 그는 양팔을 벌렸다. 자신의 몸에서 우렁
찬 함성을 뽑아내어 조명을 받아 밝게 빛나는 호텔의 거대한 몸
체를 가격하고 싶었다. 하지만 추위로 인해 잠겨 버린 목은 기껏
해야 꺽꺽대는 소리밖에 낼 수 없었다. 하지만 그는 자신이 비명
을 지르고 있다고 생각했고, 건물에 달린 수천 개의 유리창에 반
사된 그 선명하고도 강한 비명이 질서를 갈구하는 이 거대한 도
시의 더러운 황색 하늘 위로 높이높이 숏구쳐 오른다고 여겼다.
    그러는 동안 호텔 경비원들이 그를 붙잡아 물 밖으로 끌어
내고는 바닥으로 집어 던졌다. 게임을 하던 젊은이들이 분수대
에 도착한 건 그 직후였다. 젊은이들은 참을 수 없다는 듯, 차갑
게 얼어붙고 뻣뻣하게 벌거벗은 그 몸을 몇 번이나 발로 찼다. 하
지만 몸뚱이는 신음조차 내뱉지 않았다. 그저 조용히 떨며 이빨
을 마주칠 뿐이었다. 일행은 몸뚱이의 처리를 놓고 잠시 논쟁을
벌였다. 그러다 잠시 후 몸뚱이의 양팔을 붙잡은 채 적당한 장소
로 질질 끌고 가 버렸다.

심장

    M씨 부부는 평소보다 일찍 휴가에서 돌아왔다. M씨가 많이 지친 데다 병이 난 것 같았기 때문이다. 진화의 역사와 사회계급론, 정신분석학 등의 연관성을 점점 과감하게 주장하는 영양학자들의 지속적인 이론에 따르면, 이미 꽤 오래전부터 심장에 이상이 있다고 호소하던 M씨가 지금까지 살아남을 수 있었던 것은 메뉴에서 이것저것을 배제한 까다로운 식단 덕분이었다. 하지만 가장 큰 이유는 아내의 정성 어린 보살핌에 있었다.

    M씨의 부인은 헤어 스타일리스트도 헤어 디자이너도 아닌 평범한 미용사였고, 헤어 클리닉이나 헤어 살롱의 운영자는 더더욱 아니었다. 그렇다. 그녀는 그저 머리카락을 자르고 다듬고 감기고 염색하고 빗질했다. 그녀는 도심에 있는 평판 좋은 미용실에서 일했고, 자신을 찾는 단골 고객도 확보하고 있었다. 하지만 애석하게도 매년 11월부터 4월까지 몇 달 동안은 고객을 받을

116

수 없었다. 그때가 되면 M씨 부부는 아파트 창문에 커튼을 쳐놓고 아시아로 떠났다. 비만 체격인 M씨의 낯빛은 언제나 다소 창백했다. 한때 그는 제법 번창한 대규모 자동차 수리점을 운영했다. 그러나 심장 발작이 일어난 뒤부터는 사업체를 운영할 수 없었으므로 업장을 매각하고, 그동안 번 돈을 전망 좋은 분야에 투자했다. 그러고는 이웃들이 말하듯 이자로 먹고살았다. M씨 부부는 아시아에서 살면 비용이 적게 들고, 특히 유럽의 겨우살이는 비싸고 우울하다고 주장했다.

"사모님, 겨울에는 말이죠, 유럽에 자물쇠를 채우고 멀리 떠나는 게 상책입니다. 발전소나 기타 시설을 관리하는 사람들만 남아서 교대로 일하면 되죠."

단골 고객의 가느다란 모발에 염색약을 바르며 M씨의 부인이 말했다.

이 또한 개인의 가치관이므로 인정할 수밖에 없다. 사람들은 M씨 부부의 이러한 생활 방식과 그들의 잦은 여행을 살짝 시샘하기도 했지만, 그렇다고 부부와 매일 만나는 건 아니었으므로 금방 잊어버렸다. 더구나 사람들은 성공한 이들에 대해 떠올리는 것을 달갑게 여기지 않는 습성이 있다. 그러다 12월 초가 되어 지하실에서 인조 크리스마스트리를 꺼내어 집 안에 장식용 전구를 장식할 즈음이면, 아무도 M씨 부부를 떠올리지 않았다.

한편 M씨 부부는 태국의 푸껫섬 어딘가에서 벽에 구멍이 뚫리고 녹슨 샤워기가 비치된 작은 방갈로를 임대하여 지내는 중이었다. 그들은 버너와 휴대용 냉장고가 제공되는 관광객의 삶을 살고 있었다. 모든 것은 일상이 되는 순간 지루해지기 마련이기에 부부의 삶 또한 따분했다. 그들은 노트북을 네트워크에 연결하고, 계좌의 잔액과 구매한 주식의 가격을 살펴보고, 건강 보험이 유효한지도 확인했다. 부부는 정치나 문화 행사에는 관심이 없었다. 극장에는 아예 가지 않는 대신 유튜브로 이따금 영화나 연극을 보았고, 간혹 우연한 기회에 지역 박물관을 찾을 때도 있었다. 새로운 트렌드인 '북크로싱'[27] 덕분에 그들은 특정한 구절이나 스타일 또는 이야기에 집착할 필요 없이, 책을 읽자마자 곧바로 다른 이들과 맞바꿀 수 있었다.

불행히도 M씨의 심장 상태는 점점 더 나빠지고 있었다. 의사는 심지어 '비극적'이라는 단어를 사용하기도 했다. 두 사람 모두 자신들의 삶에 변화가 필요하다는 사실을 절감했다. 그래서 지난겨울 부부는 푸껫이나 스리랑카, 혹은 물가가 저렴한 인도네시아 대신 지명을 밝히지 않기로 서약한 어떤 장소로 향했다. M씨가 새로운 심장을 이식받게 될, 중국 남부에 있는 최신식 병원에 비용을 지불하기 위해 주식의 상당 부분이 이미 현금화되었다.

심장은 적절한 타이밍에 공급되었고, 조직 적합도 또한 우수했으며, 수술도 성공적이었다. 유럽인의 낡은 심장은 병원 화장터에서 불태워졌다. 잠깐이긴 하지만, M씨의 아내는 남편의

---

27 공공장소에 책을 남겨 놓아 다른 사람들도 그 책을 읽을 수 있도록 하는 일을 말한다.

심장을 태워 버리지 않고 집으로 가져가는 문제를 고민하기도
했다. M씨는 자신에게 이식된 새 심장이 누구로부터 받은 것인
지, 그리고 그 심장을 기증한 사람에게 무슨 일이 일어났는지 물
어보기로 다짐하던 순간을 떠올렸다. 그렇다. 그는 분명 물어볼
생각이었는데, 그래서 결국 질문을 했는지, 아니면 기증자에 대
한 어떤 언급이라도 있었는지 아무것도 기억나지 않았다. 뭔가
일반적인 내용을 들었던 것 같긴 한데, 그러고는 곧바로 다른 문
제들이 발생했다. 어쩌면 그는 기증자에 대해 묻고 싶지 않았는
지도 모른다. 아마도 병원 측에서 그런 질문을 달가워하지 않을
수도 있다고 생각했던 것 같다. 게다가 기증자에 대해 딱히 기대
하는 부분도 없었다. 수술 후 그는 꽤 오래 앓았다. 컨디션이 엉
망인 데다 현기증도 있었다. 그는 걱정스러운 심정으로 자신의
새로운 심장 박동에 줄곧 귀를 기울였다. 심장이 전과는 다르게
뛰는 것만 같았다. 마치 도망치거나 뜀박질을 할 때처럼 심장은
무겁게 박동했다.

유럽에 봄이 파도처럼 번져 가고 있었다. 이탈리아 남부와 스
페인에서 싹을 틔운 봄은 자신이 어떤 경로로 가고 있는지, 어떤
식으로 움직이는지도 모른 채 조심스럽게 북쪽으로 향한다. 3월
에는 이미 남프랑스와 그리스에서, 4월에는 스위스와 발칸 반도
에서 꽃망울이 터지고, 5월에는 독일과 중부 유럽에서 꽃을 피우
고, 6월 초에는 스칸디나비아에서 만개한다.
　　M씨의 몸 상태는 훨씬 나아졌다. 그러나 아직은 여러모로

조심해야 할 시기이므로 자신이 거주하는 유럽 어느 도시의 거리로 나갈 때는 입과 코가 가려지도록 흰색 마스크를 착용했다. 가슴팍의 상처는 점점 아무는 중이지만 아직도 흔적이 남아 있었다. 얼핏 보면 몸이라는 도화지에 새겨진 얇은 돋을새김 조각 같기도 하고, 행복한 새 삶을 시작하기 위한 스케치 초안 같기도 했다. 수술 후 M씨는 주위의 모든 것이 정지된 것 같은 기이한 느낌을 자주 받곤 했다. 주변의 공간이 아직 의미로 채워지지 못했고, 개별적인 사건이 유일하고도 특별한 것처럼 느껴졌던 어린 시절로 돌아간 듯했다. 여기 잔디밭에서 푸드덕 날아올라 광장 건물 너머로 날아가는 비둘기 떼가 있다. 그들의 날갯짓이 공기를 움직이고, 먼지 입자를 공중으로 들어 올렸다 바닥으로 내던진다. 마치 전투에 소환되었던 병사들이 느닷없이 각자의 집으로 흩어지는 모습 같다. M씨는 이 모든 것을 일종의 신호로 받아들였다.

그는 자신이 사는 도시의 풍경 속에 완벽하게 녹아들어 걸었다. 세상은 그가 편안함을 느낄 수 있게끔 그의 치수에 딱 맞게 재단된 양복과 같이 그의 몸을 감싸고 있었다. M씨는 평소 과장된 표현을 좋아하지 않는 데다, 오랫동안 기계를 다루었으므로 그의 정신은 실용성과 정확함을 추구했다. 그래서 그는 '행복'이라는 단어 대신 '만족'이라는 단어를 사용하곤 했다.

모든 게 잘 마무리된 듯했지만, 수술 후 얼마 지나지 않아 M씨는 잠을 설치기 시작했다. 이상한 이미지와 환영들, 멀리서 들려오는 아득하고도 희미한 소리로 가득 찬, 두꺼운 젤리 속에 갇힌 것과 같은 상태에서 반쯤 잠들곤 했다. 이 모든 것이 M씨의 공포심을 자극했다. 몸을 마음대로 움직일 수 없었기 때문에 더욱 끔찍했다. 낮에는 이 모든 두려움이 침대 시트 속 어딘가에 숨어서 조용히 M씨를 주시하고 있었다. 그러다 밤이 되면 아침까지 똑같은 악몽이 반복되곤 했다……. 새벽녘 어스름한 회색빛이 스며들기 시작하는 어두컴컴한 방에서 그는 손을 앞으로 뻗고는 자신의 손가락이 왜 여섯 개나 네 개가 아니라 다섯 개인지 궁금해했다. 무엇 때문에 세상의 어떤 사람들에게는 항상 모든 것이 부족하고, 또 다른 사람들에게는 넘치는 과잉이 허용되는가? 어째서 우리의 어린 시절은 그토록 불공평하게 길어서 우리로 하여금 하루빨리 성인이 되어 자신을 성찰하고, 실수로부터 뭔가를 배울 수 있는 충분한 시간을 허락하지 않는 걸까? 사람들이 선행을 베풀고 싶어 하면서도 악행을 저지르는 이유는 무엇인가? 그저 단순히 행복하기가 왜 그리도 힘든 걸까? 하지만 당연하게도 그는 이러한 질문들에 대한 답을 찾지 못했다.

그러다 갑자기 M씨의 삶에 지금껏 한 번도 경험하지 못했던 강렬한 의지가 솟구쳐 오르는, 기이하면서도 풍요로운 순간이 깃들기 시작했다. 그것은 "나는 원해."라고 말하고 싶은 강렬한 욕구가 샘솟는 그런 순간이었다. 이러한 욕구는 다른 모든 생각들을 압도하며 그의 머릿속을 지배했고, 마치 시계 태엽처럼 그의 내면을 강력한 에너지로 채웠다. 그것을 멈출 수 있는 건 아내의 부드러운 손길이나 재넉스라는 이름의 신경안정제, 혹은 쏟아지는 잠뿐이었다. "나는 원해."라는 이 한마디는 끈적끈적한 손처럼 불쑥 나타나 어떤 생각이나 아이디어, 혹은 사물을 움켜잡곤 했다. 예를 들어, 어느 날 M씨에게서 갑자기 색깔에 대한 갈망이 시작되었는데, 예상치 못한 그 허기를 어떻게 채워야 할지 본인도 알 수가 없었다. 그래서 M씨는 마크 로스코[28]의 화집을 샀다. 왜냐하면 그가 사는 지역의 우아하고 미니멀한 서점에서 발견한 유일한 화집이었기 때문이다. 그러나 화집의 책장을 펼쳐 본 것만으로는 충분치 않았다. 복제품의 빛나는 표면에서 시선이 자꾸만 미끄러지면서 불만족스러운 상태로 하늘을 향해 날아올랐다. 아내에게 화려한 색깔의 드레스를 사 줬지만 그 드레스 역시 M씨에게는 진부하게 느껴졌다. 그러다 문득 자신이 그 드레스를 입고 싶은 충동을 느꼈다. 그렇다. 자신도 인정하듯 이 갑자기 아내의 드레스를 입어 보고 싶다는 충동이 솟아난 것이다. 어느 날엔가는 느닷없이 고요함에 대한 갈증을 느꼈다. 거기서 한 걸음 더 나아가 그 고요함을 강조해 줄단 하나의 음가(音價), 뭐라 표현하기 힘들고 명명할 수조차 없는 소리를 원하기도 했다.

8월이 되면서 부부는 이번 겨울에는 코코넛 밀크의 부드러움과 달콤함을 연상시키는, 온화한 불교 왕국인 태국으로 가기

---

28 Mark Rothko(1903~1970). 러시아 태생의 미국 화가. '추상 표현주의'의 선구자로, 단순하고 모호한 경계선과 커다란 색채 덩어리로 이루어진 절제된 이미지 속에 인간의 내적 감성을 불러일으키는 것이 작품의 특징이다.

로 결정했다. 그들은 미리 비행기표를 구매했고, 욕실과 오븐이 갖춰진 좀 더 나은 조건의 방갈로를 예약했다. 그들은 출발 직전에 짐을 꾸리는 것에 익숙했으므로 미리 짐을 쌀 생각은 아예 하지도 않았다. 두 개의 배낭과 두 개의 기내용 트렁크에 가져가고 싶은 물건을 담으면 그만이니까.

하지만 9월 초가 되자 M씨는 또다시 자신의 내면에서 "나는 원해."라고 외치는 압도적인 에너지를 느꼈고, 그때부터 컴퓨터 모니터 앞에 앉아서 비슷한 내용을 끝없이 찾아보기 시작했다. 중국에 대한 정보였다.

며칠 후 M씨 부부는 불교의 정취가 물씬 풍기는 광활한 중국 남부, 먼지 자욱한 풍경의 일부가 되어 그곳에 가 있었다. 이전 세기에 쓰던 조잡한 가구가 놓인, 오래된 호텔의 창문 너머로 그들은 여명을 볼 수 있었다. 흐릿한 수평선 위로 태양이 힘겹게 떠오르면서 불결하고 둔탁한 공기층 속으로 서서히 빨려 들어가고 있었다. 수백 명의 인파가 비포장도로를 따라 자전거를 타고 달리는 중이었다. 생김새가 똑같아 보이는 인파가 두 다리를 양쪽으로 벌린 듯한 형상의 작은 양철지붕 집들에서 쏟아져 나왔다. 두터운 청회색 누비옷을 입은 사람들이 저 멀리 산이 보이는 쪽을 향해 한 방향으로 말없이 이동 중이었다.

M씨 부부는 오래된 차를 렌트했고, 가이드 겸 통역사로 리우 부인을 고용했다. 그녀는 항상 손에 비닐봉지를 들고 다녔는데, 아무리 애써 봐도 도무지 표정을 읽을 수가 없었다. 리우 부

인은 자신의 시간과 언어적 재능을 기꺼이 할애하면서 부부를 이 단조로운 지역의 몇 안 되는 유적지로 데려갔다. 그러고는 현판에 새겨진 다음과 같은 유형의 글귀들을 영어로 통역해 주었다.

"과도한 행복감이 다가올 광기를 예고하는 것처럼, 불행의 재빠른 일격 앞에는 우선 안도감이 찾아온다."

현판에 적힌 이러한 글귀들은 대부분 M씨를 겁나게 했다. 그것들이 삶의 모든 단면을 하나도 빠짐없이 아우르는 것처럼 느껴졌다. 리우 부인은 상당히 유창한 영어로 불교에서 유명한 우화들을 부부에게 들려주었다. 만성 비염 탓에 연달아 코를 풀어 대는 바람에 그녀의 코끝은 빨갛게 물들어 있었다. 그런 그녀의 우스꽝스러운 모습은 선문답에 깃든 불가사의함이나 카르마(업보)의 법칙이 강조하는 냉혹함과는 대조적인, 진부하고도 하찮은 일들이 세상에 널려 있다는 사실을 부부에게 상기시켜 주었다.

여행 첫날, 일행은 작은 사원에 도착했다. 꽤 오래된, 눈길이 가는 사찰이라는 것 외에는 특별할 게 없는 곳이었다. 거기에는 아름다운 서예체로 글귀를 박은, 얇고 정교한 라이스페이퍼를 만드는 공방이 있었다. 하지만 사원은 황폐한 데다 황량하기까지 했다. 건물들 사이에 남자들 몇몇이 서 있었지만, 이 지역의 여느 주민들처럼 회색빛 누비 방한복을 입고 있었으므로 아마도 스님은 아닌 듯했다.

"옛날 옛적 이 사원에 한 승려가 살았는데요, 그는 깨달음을 얻은 매우 지혜로운 스님이었습니다."

리우 부인이 휴대용 티슈로 코를 풀면서, 양해를 구하는 표정으로 부부를 바라보았다.

"스님의 이름은 야오였습니다. 그에게는 시간을 들여다보고, 윤회의 흐름을 꿰뚫어 보는 능력이 있다고 알려져 있었습니다. 하루는 야오 스님이 길을 걷다가 한 여자가 길바닥에 쪼그리고 앉아 아기에게 젖을 물리며, 생선을 먹고 있는 모습을 물끄러미 쳐다보았습니다. 그 여자는 조심스럽게 뼈를 발라내면서 남은 찌꺼기를 떠돌이 개에게 던져 주었습니다. 하지만 뜻밖의 호의를 맛본 비쩍 마른 개가 여자를 향해 점점 더 집요하게 달려들자, 여자는 마침내 이 불쌍한 개를 발로 차서 쫓아냈습니다. 이를 본 야오 스님이 폭소를 터뜨렸고, 따라온 제자들이 놀란 눈으로 스님을 바라보았습니다. '스승님, 왜 웃으십니까? 저희가 보기엔 하나도 우습지 않은데요.' 스승이 대답했습니다. '그래, 제자들이여, 너희 말이 옳다. 하지만 나는 웃지 않을 수가 없구나. 너희는 누군가가 자기 어미를 발로 차면서 아비의 육신을 뜯어먹는 광경을 본 적이 있느냐? 자신의 원수에게는 젖을 먹이면서 아비의 뼈를 물어뜯다니? 윤회의 수레바퀴란 이리도 잔혹하고 서글픈 것이구나.'"

리우 부인은 수업 시간에 자신이 외운 동시를 자랑스럽게 낭송하는 어린아이처럼 의기양양한 표정으로 이야기를 쭉 읊은 다음, 부부가 내용을 제대로 이해했는지 확인하기 위해 그들의 눈을 쳐다보았다. 아마도 관광객들과 부딪히며 뭔가 안 좋은 경험이 있었던 듯했다. 부부는 미소를 지으며, 생각에 잠긴 채 고개를 끄덕였다. 그러자 그녀 또한 안도의 표정을 지었다. 잠시 후 리우 부인이 점심 식사 시간이라고 알려 주었다.

그들은 현지 식당에서 점심을 먹었다. 과묵한 주인이 넓은 홀의 한쪽 구석에 세 사람을 위한 자리를 마련해 주었다. 그들은 전분 탓에 미끌미끌하고, 글루탐산 나트륨[29]이 잔뜩 들어 있는 정체불명의 요리를 끼적이며 먹었다. M씨는 줄곧 자신을 괴롭히는 시차 탓에 몸 상태가 좋지 못했다. 하지만 그는 사방에서 자신을 에워싼 채 괴로움을 안겨 주는 이 얄팍하고도 피상적인 시간에 적응하기 위해 필사적으로 노력했다. 그는 여전히 "나는 원해."가 무엇 때문에 자신을 이곳으로 이끌었는지 알 수가 없었다.

그러다 문득 어떤 생각이 떠올랐다.

M씨가 느닷없이 가이드에게 물었다.

"혹시 근처에 교도소가 있습니까?"

리우 부인이 놀란 나머지, 잠시 그의 얇은 입술을 뚫어지게 쳐다보았다.

"교도소를 방문하고 싶으세요?"

그녀가 크게 실망한 듯 다소 빈정대는 듯한 표정으로 물었다.

다음 날부터 리우 부인은 부부의 앞에 나타나지 않았다.

M씨 부인이 남편에게 불평을 늘어놓았다.

---

29 콩이나 밀 등에 함유된 글루텐을 가수 분해하여 얻는 성분. 흰색 고체로 물에 잘 녹고 엘(L)형은 맛이 좋아 화학조미료의 원료로 쓴다.

"대체 여기에 왜 온 거예요? 춥고 지저분하잖아요."

M씨는 무슨 말을 해야 할지 몰랐다. 사방에 떠도는 먼지를 몰아내고, 변화의 조짐을 가져와줄 바람을 기다리는 사람처럼 계속해서 코를 킁킁거리며 주위를 살폈다.

사흘째 되던 날, 부부는 계속해서 끊기는 인터넷을 뒤지다가 한때는 유명했지만 이제는 거의 인적이 드문 사찰에 대한 정보를 발견했다. M씨는 무엇을 해야 할지, 어디로 가야 할지 확신이 서지는 않았지만, 나흘 만에 다시 "나는 원해."를 느꼈다. 가슴 안쪽에서 짓눌리는 듯한 통증과 함께 불안과 동요의 감정이 솟구쳤다.

"자, 이제 때가 됐어. 가자, 움직여!"

M씨는 자신의 내부에서 움트는 뭔가를 애써 삼키려 했지만, 그것은 넘어가지 않고 목구멍에서 멈춰 버렸다. 그래서 그는 짐을 꾸렸고, 구불구불한 길을 따라 오래전에 사람들의 발길이 뜸해진 사원으로 향하는 험난한 여정에 올랐다.

그들은 아무렇게나 방치된 울퉁불퉁한 도로를 오랫동안 달렸다. 풍경은 계속 변했지만 양철 지붕이 덮인 작은 집들, 허술하게 지어진 창고와 버스 정류장은 그대로였다. 집들을 연결하는 그물망처럼 복잡한 전선들이 서로 뒤엉킨 채 도로를 따라 뻗어 있었지만, 고지대로 갈수록 점점 가닥이 가늘어졌고, 마침내 구불구불한 케이블 하나만이 길과 함께 이어지다 산 쪽으로 향했다. 그러다 어느 지점에 이르자 도로와 케이블이 동시에 끊겼고, 거기서 그들은 얕은 개울을 건너야만 했다. 그 너머에는 양쪽

귀퉁이가 구부러진, 멋진 지붕이 덮인 몇 채의 건물이 보였고, 그 옆에는 작은 종탑이 세워져 있었는데, 거기에는 종 대신 놋쇠로 만든 거대한 징이 걸려 있었다. 어디선가 희미한 화학 약품 향과 함께 뭔가가 타는 듯한 냄새가 바람에 실려 왔다. 이곳이 바로 그 사찰이었다. 자갈이 깔린 주차장에 세워져 있는 차라고는 현지 번호판이 부착된 차량 한 대뿐이었다. 부부는 그 옆에 렌트카를 세우고, 본관을 향해 머뭇거리며 걸어갔다.

이 한적한 사찰에는 자신들을 안내해 줄 사람이 없다는 사실을 부부는 금방 깨달았다. 관광철에는 어쩌다 관광객들이나 불교 신자들 몇몇이 다녀갔을 수도 있지만, 지금은 그들에게 너무 추운 계절임이 분명했다. 부부가 중국에 머무는 동안 본 것 중 가장 크고 우람한 나무가 안뜰 한가운데에서 자라고 있었다. 이 나무가 지난 백여 년 동안 살아남았다는 것은 그 자체로 기적처럼 느껴졌다. 큰 키에 거대한 줄기와 숨이 막힐 정도로 아름다운 수관(樹冠)을 가진 은행나무였다.

부부는 자신들에게 별 관심이 없어 보이는 한 노인에게 다가가 손짓으로 의사소통을 시도했다. 그러자 그가 잠시 사라졌다가 군복을 입은 한 청년과 함께 다시 나타났다. 병사는 열일곱 살도 채 되지 않은 듯했다. 매끄러운 피부와 아몬드 모양의 부드러운 눈매가 그를 어린아이처럼 보이게 했다.

"통역할 수 있어요."

그가 자신을 가리키며 서툰 영어로 띄엄띄엄 말했다.

"사부님께 데려간다. 아주 오래된 수도원. 오, 얼마나 오래되었는지. 여기 이 나무도 신성해요. 승려들이 나무한테 물과 거름을 줘요. 자신들이 늘 하는 그 짓으로."

청년이 길고 반짝이는 잇몸에 촘촘히 박힌 작은 이빨들을 훤히 드러내며 웃었다.

"알잖아요."

그가 용변을 보는 소리를 흉내 내기 시작했다.

물자를 실어 오거나 무언가를 외부로 수송하고 전달해야 할 때, 이 사찰에서는 인근에 있는 군부대의 도움을 받는 모양이었다. 노인은 군인들이 때로는 통역사 역할도 수행한다고 말했다. 그는 한옆에서 일행과 함께 걸으며 이따금 젊은이에게 낮은 목소리로 중국어를 속삭였다. 부부는 이 사원에 열여섯 명의 승려가 상주하고 있고, 여기서 가장 큰 법당에 '밀레(Mile)'라는 이름의 유명한 자비의 불상이 있다는 사실을 알게 되었다. 그러나 거기까지 가려면 작은 법당 여러 곳을 통과해야 했다. 그들은 하나의 법당에서 다른 법당으로 갈 때까지 걷고, 돌계단을 오르고, 신발을 벗고, 의미를 알 수 없는 여러 조각상을 차례로 지나치며 감탄하는 과정을 되풀이했다. 다양한 상징물과 깃발들, 짓밟혀 납작해진, 커다란 거미를 떠올리게 하는 한자가 적힌 금색과 빨간색의 큼지막한 종이들.

목적지에 도달하기까지의 여정은 꽤 오래 걸렸다. 통역을 담당한 병사가 빈약한 어휘력 탓에 매번 적절한 단어를 찾기 위해 침묵하는 시간이 말하는 시간보다 길었고, 군화의 끈을 풀었다 맸다 하는 데도 적지 않은 시간이 소요되었기 때문이다. 한 법당에서 다른 법당까지 불과 수십 미터밖에 안 되는 거리라도 군화 끈을 제대로 묶지 않은 채 걷는 것은 중국의 군인에게는 허용되지 않는 일이었다. 군화의 끈은 항상 단정하고 완벽하게 묶여 있어야만 했다. 부부는 군인의 그러한 행동을 너그럽게 이해했다. 몇 번이나 같은 상황이 되풀이되자, 여러 개의 구멍에 순서대로 끈을 끼워 넣고 잡아당겨 묶는 방법을 아예 외울 지경이었다.

일행이 사원 제일 끝에 있는 가장 큰 법당에 도착했을 무렵, 날이 저물기 시작했다. 붉은색으로 칠해진 목조 건물 안에 들어서자마자 그들은 예상했던 것과는 전혀 다른 형상의 조각상을 보았다. 법당 중앙에 마련된 제단에는 향불에 여기저기 검게 그을린 목조 금박불 좌상이 놓여 있었는데, 이번 여행에서 자주 봤던 여느 불상들과는 완전히 달랐다. 활짝 웃고 있는 조잡하면서도 외설적인 배불뚝이 남자의 모습이 아니라, 제단 아래로 왼쪽 다리를 떨군 채, 그 무릎에 오른쪽 다리를 무심하게 얹은 날씬한 안드로진[30]의 모습이었다. 시선으로 신자들을 사로잡으려는 듯 정면을 응시하고 있는 다른 조각상들과는 달리, 이 불상은 자신의 발 앞에 있는 한 지점을 내려다보고 있었다. 그리고 뭔가 골똘히 생각에 잠긴 표정으로 오른쪽 무릎에 오른 팔꿈치를 괴고,

30 안드로진(Androgyne)은 남성을 의미하는 접두사 안드로(Andro)와 여성을 의미하는 진(Gyne)이 합쳐진 용어. 남자와 여자의 생식기를 모두 가진 반음양의 존재, 남성성과 여성성이 합쳐진 양성성을 가진 존재를 뜻한다.

머리를 그 손바닥에 올려놓고 있었다. 마침 내밀한 성찰에 빠져 있는 보살과 마주친 듯한 느낌이었다. 보살의 표정을 보니 새롭게 거듭날 또 다른 겁파(劫簸)³¹의 시간을 기다리는 것 같기도 했다. 옆에 서 있던 병사가 한숨을 쉬며 말했다.

"그가 이제 곧 올 거예요. 미래. 아름다운 미래가 와요. 그가 올 때."

M씨의 부인이 그게 언제쯤이냐고 물었다. 그러자 병사가 논리를 초월한, 아주 오랜 시간을 표현하려는 듯한 표정과 동작을 지어 보였다. 일행은 향을 피우고 나서, 상체를 깊숙이 숙이며 천천히 절을 했다.

병사가 군화의 끈을 묶자, 어디선가 노인이 다시 나타나더니 산 쪽으로 난 오솔길을 따라 승원(僧園)으로 안내했다. 드문드문 자라난 수풀 사이로 눈에 잘 띄지 않는 낡은 목조 건물들이 보였다. 병사가 어슬렁거리며 그들을 따라왔다.

"사부는 어떤 사람이죠?"

M씨는 뭐든 알아내고 싶었지만 의미 있는 대답을 끌어낼 방도가 없었다.

"머리 위의 눈[目]이에요."

우연히 부부의 통역을 맡게 된 젊은이는 이 말만을 반복하며 모호하게 고개를 끄덕일 뿐이었다.

---

31 어떤 시간의 단위로도 계산할 수 없는 무한히 긴 시간. 하늘과 땅이 한 번 개벽한 때에서부터 다음 개벽할 때까지의 동안이라는 뜻이다.

그들을 맞이한 인물은 짧게 치켜 깎은 백발의 깡마른 사내였다. 짙은 잿빛의 누비 방한복에 헐렁헐렁한 회색 바지 차림이었다. 격식을 차릴 줄 아는 M씨의 부인이 그에게 벨기에 초콜릿 한 상자를 건네자, 승려의 얼굴에 기쁜 기색이 피어올랐다. 남자들끼리 중국어로 몇 마디 주고받았지만 M씨 부부는 아무것도 알아듣지 못했다. 하지만 중국인들이 자신들에 대해 이야기하고 있다는 것만큼은 의심의 여지가 없었다. 일행은 손으로 판자를 이어 붙여 만든 작은 현관이 딸린 검소한 오두막집 마당에 앉았다. 땅바닥에는 돌을 쌓아 만든 작은 아궁이가 있었는데, 그 위에 놓인 적갈색 놋주전자가 고르지 못한 휘파람을 불고 있었다. 주인은 이 빠진 찻잔에 끓는 물을 부으며 흡족한 미소를 지었다. 그가 병사에게 뭐라고 말하자, 병사가 부부에게 통역했다.

"이제 물어봐도 돼요. 그분이 준비됐으니까."

부부는 그 말의 의미를 이해할 수 없었다.

"무엇을 물어봐야 하죠?"

"당신들이 원하는 것이요. 아마 묻고 싶은 게 있을 텐데요. 여기 올 땐 보통 질문을 가져오거든요. 그는 모든 것을 알고 있고, 모든 것을 설명해 줄 수 있어요."

M씨 부부는 서로를 쳐다보았다. 부인은 눈짓으로 남편에게 질문을 하라는 신호를 보냈다. 사실 여기에 오게 된 것도 남편 때문이 아니던가. 그러자 순간 남편의 머릿속에 간단한 질문 하나가 떠올랐다. "나는 죽게 될까요?" 하지만 그것은 세상에서 가장 어리석은 질문이었기에 차마 물을 수가 없었다. 그는 틈틈이 기

록한 메모와 자신이 관찰한 것들, 그동안 겪은 온갖 불확실한 상태와 밤마다 그를 괴롭히던 단상들을 깡그리 잊어버린 스스로에게 화가 났다. 그 순간 M씨의 아내가 차를 따르는 남자에게 그가 누구인지 물었다. 병사가 자신의 실력에 만족해하며 질문을 통역하자, 승려가 곧바로 미소를 지어 보였다. 그러고는 화로에 불을 지피며 앞에서 했던 대답들보다 훨씬 길게 말했다. 잠시 후 군인이 서툰 영어로 통역했다.

"머리 꼭대기에 눈이 달린, 평범한 인간. 승려. 그가 말해요. 머리에 눈이 있는 승려라고. 더 이상 대답할 말이 없네요. 시간이 많이 부족하니까요. 시간이 조금밖에 없으니까."

M씨는 생각을 가다듬고 첫 번째 질문을 던질 채비를 마쳤다. 그러자 더 많은 질문이 머릿속에 떠올랐다.

"세상에는 왜 항상 모든 게 부족합니까? 어째서 모두에게 충분하게 주어지지 않는 거죠?"

병사가 그를 빤히 바라보았다. M씨는 그에게서 약간의 꺼림칙함이 느껴졌다. 잠시 후 그가 스님에게 통역을 하기 시작했다. 그동안 스님은 나무 막대기를 손에 들고, 화로 속에서 벌겋게 달아오른 숯을 휘저으며 숯더미를 정리했다. 잠시 후 스님이 차분한 목소리로 몇 마디 내뱉고는 불에 달궈진 막대기로 허공에 원을 그렸다.

"아픕니다. 인간은 누구나 아파요. 모든 존재는 다 아픕니다."
병사가 통역했다.

그 순간 통역사가 입술을 굳게 다문 채 M씨 부부를 강렬한 시선으로 쳐다보았다. 마치 이것은 지극히 단순한 사안이니 알아들어야 한다고 강요하는 듯한 눈빛이었다.

"(할 말이) 아무것도 없는데요."

통역사가 무기력하게 덧붙였다.

그러자 승려가 고개를 끄덕이며 미소를 지었다.

"내게 심장을 준 사람이 누구입니까?"

M씨가 물었다.

"심장?"

M씨의 의도를 이해하지 못한 병사가 되물었다. M씨가 자신의 흉부를 가리켰다.

"내게 심장을 기증한 사람이 어쩌면 이곳 출신일지도 모릅니다. 누군가가 그의 심장을 가져가서 내게 준 걸까요? 이제 이 심장을 어떡해야 하죠?"

저 사내는 모든 걸 안다고 했으니 상세한 설명은 덧붙이지 말자고 M씨는 마음먹었다.

병사가 갑자기 열성적으로 M씨의 말을 전하자, 승려가 눈썹을 치켜떴다. 그러고는 자신의 심장을 가리켰다. 그의 눈빛에 불현듯 의문의 기색이 떠올랐다. 그는 쓴맛이 나는 허브차를 부부에게 따라 주면서 한동안 침묵했다. 그러다 느닷없이 입을 열었는데, 그때부터는 통역할 틈을 주지 않았다. 뭔가를 읊조리는 것처럼, 아니면 허브티가 담긴 찻주전자에 마법이라도 거는 것처럼 승려는 말하고 또 말하고 끊임없이 말했다. 아주 작고 나직한 소리였으므로 그의 음성을 들으려면 거의 숨도 쉬지 않고 미동도 없이 집중해야 했다. 잠시 후 M씨는 온몸에 긴장이 풀리는 것을 느꼈다. 승려의 목소리가 그를 진정시켰다. 병사는 자신이 임무를 수행하지 못하고 있다는 사실에 불편함을 느끼며 안절부절못했다. 병사가 소심하게 승려의 말을 끊어 보려 했지만, 승려는 날아드는 파리를 쫓아내듯 손짓으로 그를 막았다. 아마도 중국어의 고유한 멜로디가 타지에서 온 사람들의 뇌에서 여태껏 사용하지 않던 특정한 연결 기능을 자극하면 통역 따위는 필요 없어진다고 믿는 듯했다. 우리 모두에게는 불성(佛性), 그러니까 부처의 본성이 깃들어 있으니 말이다. 그러나 M씨 부부는 아무것도 이해하지 못했다. 속수무책이 된 병사는 어깨를 으쓱거리며 군화 끈을 조정하기 시작했다.

승려가 말을 마치자, 화로의 잉걸불이 점점 어두워지면서 핏빛으로 변했다.

"늦었네요. 이제 그만 일어나야겠어요."

이곳에서 더는 아무 일도 벌어지지 않으리란 걸 깨달은 M씨 부인이 말했다. 그녀가 자리에서 일어서자 남편도 마지못해 몸을 일으켰다.

부부는 어둠 속에서 다시 산을 걸어 내려갔다. 축축하고 끈적끈적한 진흙 탓에 그들의 최고급 등산화가 비탈길에서 자꾸만 미끄러졌다. 바짓단에도 회색빛 진흙이 잔뜩 묻었다.

부부는 군인에게 그가 기대한 것보다 많은 비용을 지불했다. 통역사가 감동한 표정으로 감사의 인사를 했다. 하지만 자신의 실력에 부족함을 느꼈는지 쑥스러워했다.

그날 저녁, 그들은 조용히 짐가방을 꾸렸다. 밤이 되자 M씨는 다시 악몽에 시달렸다. 후덥지근하고 답답한 호텔 방에 누워 있는 그에게 유일한 구원은 그저 어둠 속을 응시하는 것뿐이었다. 아침이 되자 그들은 공항으로 향했고, 해마다 이맘때면 늘 머물던 태국으로 날아갔다. 그렇게 부부는 남은 겨울을 주로 바닷가에서 어슬렁거리며, 이따금 온라인으로 계좌 잔고를 확인하면서 비교적 조용하게 보냈다. 봄이 되자 그들은 또다시 자신의 삶과 숙연하게 맞닥뜨리기 위해 유럽으로 돌아왔다.

트란스푸기움[32]

여자가 시동을 걸자 최첨단 아우토-아우토가 그녀에게 몇 가지 일상적인 질문을 한다. 음악을 틀지, 내부 온도를 높이거나 낮출지, 차량용 방향제를 분사할지 등등. 또한 운행 비용에는 선택한 주제와 관련된 대화도 포함되어 있다며 단조로운 목소리로 목록을 나열하기 시작한다.

"이식수술 건강 보험의 적용 범위", "수익성 높은 투자 — 그린랜드의 부동산 시장", "이중 시스템에서 단일 시스템으로의 전환 — 비용과 이윤 창출", "베이비 디자인은 어떻게 진화의 일부가 되었는가", "건강 — 인류노년학 — 발전 전망" 등……

"아니, 괜찮아."

여자는 확실히 해 두고 싶어서 반복해서 말한다.

---

32 트란스푸기움(Transfugium)은 라틴어로 탈주, 일탈을 의미한다.

"아니야, 필요 없어."

차 안에 기분 좋은 침묵이 흐른다. 잠깐이지만 그녀는 자동차가 실망하여 헛기침을 했다는 비논리적인 느낌을 받았다. 그 후로 자동차는 위성의 지시에 따라 일정한 리듬으로 거의 소음 없이 부드럽게 주행한다. 규정을 위반하는 추월이나 위험한 시도도 하지 않는다. 횡단보도에 다가가면 보행자가 지나가도록 기다리고, 다양한 센서로 동물들을 주의 깊게 감지하며, 마지막 순간에 도로로 뛰어드는 동물까지 세심히 살핀다. 여자는 추운 것도 아닌데 몸을 한껏 웅크린 채 재킷으로 몸을 감싸고 있다.

그러다 꿈을 꾼다.

"이것 봐."

언니가 그녀에게 말한다. 두 여자가 예전 집, 싱크대 옆에 서 있다. 아마도 명절인 듯 함께 음식을 만드는 중이다. 그녀는 언니의 손을 바라보다가 그 손이 수도꼭지에서 흐르는 물줄기 아래에서 사라지는 것을 보고 공포에 질린다. 마치 얼음처럼 손이 녹아내려 점점 흐려진다.

"봐."

언니가 팔꿈치를 눈높이까지 들어 올리며 말한다.

"이제 팔은 더 이상 내게 필요 없게 될 거야."

자신이 지금 만나러 가고 있는 언니, 레나타가 꿈에 나왔다.

센터는 공항에서 멀리 떨어져 있어서 가는 데만 꼬박 세 시간이 걸렸다. 자율 주행차는 미끄러지듯 달렸고, 도로는 점점 좁아졌다. TF라는 두 글자가 적힌, 노란색과 빨간색의 특이한 표지판들이 늘어서 있었다. "F"가 약간 앞으로 돌출되어 있고, 계단을 연상시키는 로고는 위쪽, 그러니까 트란스푸기움으로 이어지는 듯한 느낌을 주었다. 이 신비로운 상징성은 움직이는 광고판에 그려진 야생 동물의 휘황찬란한 이미지 덕분에 더욱 강렬하게 다가왔다. 그녀는 무심하게 그 동물들을 바라보았지만 별다른 느낌은 없었다. 딱히 이유를 알 수는 없지만, 그녀는 도시가 사람들에게 제공하는 것들, 즉 인간의 이성과 인간의 치수에 딱 맞춰 안전하게 계획된 공간에서 안락함과 편안함을 느꼈다.

그녀를 기다리고 있는 건 네 개의 침실과 제법 큰 거실을 갖춘 목조 방갈로였다. 여름 휴가 기간에 사람들이 즐겨찾는 가족용 펜션과 흡사했다. 입구에 설치된 카메라가 그녀의 얼굴을 자세히 살피더니 정문이 조용히 열리고 자동차가 건물 출입구에 다다랐다. 여자는 내려서 작은 트렁크를 챙겼다. 자동차가 정중하게 감사의 인사를 하고 사라졌다. 그녀는 자동차와의 모든 교감을 차단하고 오는 길에 계속 잠을 잤다는 사실이 좀 미안했지만, 모든 이모페이크[33]가 그렇듯 어리석고 불필요한 감정일 따름이었다.

숙소는 완벽하게 준비되어 있었다. 침구가 갖춰진 침대와 잘 정돈된 테이블, 냉장고, 깨끗한 수건, 거실에 잔잔히 흐르는

---

33 이모페이크(EmoFake)는 감정 음성 변환 모델을 사용하여 오디오의 감정 상태를 변경하여 생성된 가짜 오디오를 말한다.

클래식 선율, 환영의 글귀가 적힌 카드와 함께 업체가 준비한 질 좋은 와인 한 병. 그녀가 가장 먼저 한 일은 와인을 따라 마시는 것이었다.

나무로 된 테라스는 호수 쪽을 향해 있었는데 고요하게 반짝이는 수면과 건너편 제방의 어두운 지평선이 한눈에 들어왔다. 나무 사이에 은밀히 자리 잡은 다른 방갈로들은 조용하고 대부분 어두워 보였지만, 그중 한 채 앞에 차가 세워져 있었고, 내부에서 불빛이 새어나오고 있었다. 오늘 밤 언니는 혼자가 아니었던 것이다. 조금 더 멀리, 숲속 깊은 곳에는 센터와 그 부속 건물들이 우뚝 솟아 있었다. 하지만 유리로 덮인 벽면이 건물을 광학적으로 위장하는 기능을 가지고 있었기에 건물의 존재만 느껴질 뿐 육안으로 잘 보이지는 않았다. 사방이 무척 고요했다. 숲의 덤불과 바닥에 떨어진 침엽수 가지들, 균사체와 수지의 향기가 풍겼다. 이곳이 지방의 재활 병원이 아니라 세계에서 가장 큰 트랜스메디컬 센터 중 하나라고는 믿기 어려웠다.

몇 달 전 마지막으로 레나타를 본 이후 연락이 닿지 않았지만, 여자는 언니가 이곳 트랜스푸기움 단지의 담장 너머 어딘가 아주 가까이 있다는 사실을 알고 있었다. 자신이 더 이상 언니를 알아보지 못하리라는 생각, 그것은 매우 불쾌한 감정이었다. 온 힘을 다해 언니를 돕고 싶었지만 감정을 자제해야 했다. 그녀는 이미 예전에 비합리적인 감정을 다스리는 법을 익혔다. 그것은 거짓된 감정, 이모페이크를 처리하는 법을 익히는 것과 비슷했다. 그때 그녀는 이런 주문을 외웠다. '감정은 언제나 진짜다. 하지만 그것을 유발하는 원인은 거짓일 수도 있다.' 거짓된 원인에 의해 생겨난 감정도 진실한 원인에 의한 감정만큼이나 강렬하기에 종종 사람들을 혼란에 빠트린다. 그럴 땐 그저 겪어 내는 수밖에 없다.

이튿날 예정된 방문 시간인 정오가 가까워지자 여자는 약간의 한기를 느끼며 거대한 파빌리온을 향해 걸어갔다. 유리와 흑연으로 만들어진 벽을 따라 걸었는데 나무숲 꼭대기 너머의 하늘이 벽면에 고스란히 비쳤다. 여자는 문이나 창, 혹은 틈새를 열심히 살펴보았지만, 마치 하나의 형태로 주조된 것처럼 모든 게 불투명하고 완벽하게 매끄러워 보였다. 정문도 없고 내부를 들여다볼 수 있는 창구도 없었다.

수직의 어두운 벽면에 도달한 여자가 "왔습니다."라고 말하고는 잠시 선 채 안에서 자신의 신원을 확인할 시간을 주었다. 거대한 트랜스푸기움 빌딩이 "당신이 보여요."라고 대답이라도 하듯 그녀를 안으로 들여보냈다.

언니의 담당자이자 전환 수술의 전 과정을 책임지고 있는 최 교수는 중성적인 외모에 날씬하면서도 탄탄한 체격을 갖고 있었다. 몸에 끼는 검정 운동복에 이마를 덮는 모자를 눌러 쓴 그는 계단을 내려오며 여자를 향해 친구처럼 다정하게 미소를 지어 보였다. 그녀는 최 교수가 여자일지도 모른다고 생각했다. 소매에 달려 있는 'Dr. Choi'라고 적혀 있는 홀로그램 명찰만으로는 성별을 파악하기 힘들었다. 최교수와 같은 부류의 사람들은 대부분 부유층인데, 그들은 자신을 개발하고 육체를 가꾸는 데 몰두한다. 태어날 때부터 완벽한 환경에서 거의 모든 세부 사항이 설계되어 있고, 지적이면서 자신의 우월함을 자각하고 있다. 최 교수에게는 '그 남자'도 '그 여자'도 아닌, 중성에 해당하는 '그'라는 대명사를 사용하는 것이 합당할 테지만, 최 교수의 가정에서 통용되는 언어로는 그러한 표현이 이상하게 들릴 것이다. 이러한 숭성적 표현은 오랫동안 인간이 아닌 존재를 위한 것이었고, 인성이란 성별의 양극성을 통해 발현되는 것처럼 여겨졌기 때문이다. 그래서 여자는 최 교수를 '그 남자'라고 생각하기로 했다. 그리고 이것이 그와 거리감을 형성하는 데 도움이 되었다. 여자는 친숙함이 싫었다.

"잠을 많이 못 잤군요."

그가 걱정스럽게 말했다.

여자는 한참 동안 최 교수를 바라보다가 문득 그와 대화하고 싶은 마음이 전혀 없다는 걸 느꼈다. 돌아서서 말없이 이 자리를 떠나고 싶었다. 인사말을 하려고 했지만, 목이 메어서 아무 소리도 나오지 않았다. 그녀의 눈에 눈물이 가득 고였다. 그런 그녀를 그가 빤히 쳐다보았다.

"회한이란 매우 비합리적이면서 이상한 감정입니다. 아무것도 바꿀 수 없고, 아무것도 되돌릴 수 없죠. 아무런 유용성도 없는 헛된 감정 중 하나입니다."

최 교수는 좀처럼 감정을 읽기 힘든 새까만 눈과 평범한 얼굴을 갖고 있었다. 그리고 마치 자신이 생각하는 것보다 훨씬 많은 것을 알고 있는 인물처럼 보였다. 영리하고 통찰력이 남다르면서도 공감 능력이 뛰어난 인물.

"밖으로 나가 볼까요?"

그가 고갯짓으로 숲과 호수를 가리켰다.

벽이 열리면서 그들은 침엽수림으로 자연스럽게 연결되는 테라스로 나갔다. 여자는 순순히 최 교수를 따라 호숫가로 향하면서 주머니에서 사진 한 장을 꺼내 아무 말 없이 그에게 건넸다. 사진 속에는 여자와 그녀의 언니가 나무 울타리에 자전거를 기대어 놓은 채 나란히 앉아 있었다. 사십오 년 전 여름 방학, 외삼촌을 방문하기 위해 시골에 갔을 때 사진이었다. 그때 언니인 레나타가 그녀에게 자전거 타는 법을 가르쳐 주었는데, 당시 그녀는 일곱 살이었고 레나타는 열세 살이었다. 자매는 마치 미래를 바라보듯 카메라 렌즈를 응시하고 있었다.

최 교수는 사진을 유심히 들여다보았다. 여자는 그가 감동한 것 같다는 인상을 받았다.

"많은 사람이 그렇게 합니다. 사진을 갖고 오죠. 이유를 이해하려는 거죠? 원인을 찾고 싶은 거잖아요. 이해합니다. 당신은 죄책감을 느끼고 있군요."

"언니는 항상 정돈된 모습이었고, 평범한 사람이었습니다."

"이곳에는 심리학자들이 상주하고 있습니다. 원하시면 말씀하세요."

"아닙니다. 필요 없어요."

여자가 대답했다.

그들의 말이 물길을 따라 호수 건너편, 숲의 어두운 구역으로 흩어졌다. 그곳은 아무도 접근할 수 없는 '심장'과도 같은 곳이었다. 여자는 어린 시절 '보호구역'이라는 명칭을 두고 논쟁이 벌어졌던 일을 떠올렸다.

"저기엔 뭐가 있나요?"

여자가 잠시 후 물었다. 그녀는 이 사람이 자신이 말하고 행동하는 모든 것을 정말로 믿는지 궁금했다. 어쩌면 '트란스푸기움'이라는 신상품의 유능한 판매원에 불과한 게 아닌가 하는 의문이 들었다.

"야생의 세계. 인간이 없는 곳. 우리는 인간이기에 그곳을 볼수가 없습니다. 우리는 자발적으로 그곳과 분리되었고, 이제 거기로 돌아가려면 스스로 변해야만 합니다. 내가 포함되지 않은 것은볼 수가 없습니다. 우리는 자기 자신의 감옥에 갇혀 있으니까요. 역설이죠. 인간은 항상 자신만을 봅니다. 이것은 흥미로운 인지적관점이면서 동시에 진화의 치명적인 오류이기도 합니다."

텔레그램을 연상시키는 그의 말투에 여자는 갑자기 화가 났다. 짧고 간단한 문장들이 흡사 교사가 어린 학생을 대하는 것처럼 들렸다.

"아무것도 이해할 수가 없습니다. 언니의 입장이 되어 수천번, 수만 번을 고민해 봤어요. 언니의 눈으로 보고, 언니의 뇌로생각하려고 노력했어요."

여자는 자기도 모르게 최 교수의 말투를 따라 하고 있음을느끼며 자제할 필요가 있다고 생각했다.

"그런데 나는 여전히 이해가 안 됩니다. 어떻게 자연을 거슬러서…… 감히 그런 걸 원할 수 있을까요…….”

여자는 심지어 그것을 어떻게 표현해야 좋을지 몰라서 이렇게 얼버무렸다.

여자는 치미는 울화로 솟아나는 눈물을 감추기 위해 최 교수에게서 등을 돌렸다. 오늘은 감정으로부터 자유로울 수 있으리라고 생각했는데 아니었다. 갑자기 뒤에서 최 교수의 낮은 웃음소리가 들리는 듯했다. 화가 더욱 치밀어올라 뒤돌아봤지만, 그는 ‘건강 담배’에 불을 붙인 채 기침을 하는 중이었다. 그래서 그녀는 언성을 높여 빠르게 말을 이어 갔다.

“내가 여기 있는 이유는 가족 중 누구도 이 모든 걸 떠맡으려 하지 않기 때문입니다. 나는 그녀의 동생입니다. 부모님은 연세가 많으셔서 이런 일을 납득하지 못하시거든요. 언니의 자녀들은 엄마가 내린 결정을 있는 그대로 받아들였죠. 적어도 둘 중 한 아이는요. 아들은 이 모든 일에서 손을 뗐습니다. 나는 그저 고통스러울 뿐이에요. 모든 걸 도맡아 하고는 있지만 이해할 수가 없습니다. 솔직히 말해서 이해하고 싶지도 않아요. 사실 아무래도 상관없습니다. 나는 그저 필요한 절차를 마무리하려고 여기 왔을 뿐입니다.”

분노가 여자에게 에너지와 자신감을 심어 주었지만 최 박사, 속을 꿰뚫어 보기 힘든 얼굴을 가진 이 당당한 아시아인은 여전히 그녀를 연민 섞인 우월감으로 대하는 듯했다.

“당신은 분노와 실망을 느낄 권리가 있어요. 그렇게 자신을 방어하는 거죠. 그것이 당신이 자신의 온전함을 지키는 방법이니까요."

최 교수는 계속해서 현학적인 말을 내뱉었고, 여자는 그것을 견딜 수 없었다.

"꺼져요."

여자가 계속 호수 쪽을 응시하며 입술만 달싹이며 말했다. 그녀는 호숫가를 따라 걸었다. 수면을 가로지르는 빛줄기들, 저 멀리 보이는 숲의 거대한 벽, 그리고 드넓고 청명한 하늘을 바라보노라니 점차 분노가 가라앉았다. 물가에서 밀려오는 평온함이 느껴졌고, 심지어 경이로운 무관심에 이를 수 있을지도 모른다는 기대감이 생겼다. 마치 처음 집을 떠나 다시는 돌아오지 않기로 결심했던 과거의 어느 순간처럼. 그때 그녀는 버스에 앉아 혼잣말을 반복했었다.

'난 누구에게도 빚지지 않았어. 사람들은 각자 자신의 선택에 책임이 있으니까.'

"어떻게 인간이 자기 자신이기를 그만두고 싶어 할 수가 있죠?"

여자가 뒤따라오는 최 박사에게 물었다.

"그건 자살이나 다름 없죠. 어떤 의미에서 보면, 당신들은 그녀의 요청에 따라 안락사를 집행하고 있는 거라고요."

최 교수가 그녀의 손을 잡아 멈춰 세웠다. 모자를 벗으니 그의 얼굴이 더욱 여성적으로 보였다. 두 사람의 머리 위로 태양광 헬리콥터의 날갯짓 소리가 들렸다.

"서양인들은 자신들이 다른 사람, 다른 존재들과 극적으로,

그리고 현저하게 다르다고 확신합니다. 그들은 자신들이 특별하고 비극적이라고 생각하죠. 그들은 '존재 속으로 던져졌다.'라고 말하며 절망과 고독을 이야기하고, 매사에 히스테리컬하게 반응합니다. 또한 자기 자신을 고통스럽게 만드는 걸 즐깁니다. 단순한 차이점들을 극적으로 과장하는 거죠. 어째서 우리는 인간과 세상 사이의 간극이 다른 존재들 사이의 간극보다 더 중요하고 의미 있다고 쉽게 가정해 버리는 걸까요? 느껴지십니까? 당신과 저 낙엽송 사이의 간극이 낙엽송과 저기 있는 딱따구리 사이의 간극보다 더 심오하고 철학적인 이유가 대체 뭐죠?"

"왜냐하면 나는 인간이니까요."

여자가 망설임 없이 대답했다.

그는 의사소통이 불가능하리라는 예측이 적중했다는 듯 슬픈 얼굴로 고개를 끄덕였다.

"오비디우스를 기억하시나요? 그는 이런 상황을 예견했습니다."

최 박사가 말을 이어 가면서 난간에 걸터앉았다. 그의 뒤에 호수가 있었다.

"변신은 결코 기계적 차이에서 비롯된 것이 아닙니다. 트란스푸기움도 마찬가지죠. 그것은 유사성을 강조합니다. 진화론적인 관점에서 보면, 우리는 여전히 침팬지이자 고슴도치이고 낙엽송입니다. 우리는 이 모든 것을 우리 내면에 가지고 있고, 언제든지 그 본성을 끄집어낼 수 있습니다. 우리를 그것들과 분리시키는 간극은 결코 넘을 수 없는 게 아닙니다. 우리를 서로 분리시키는 것은 그저 작은 틈새, 존재의 미세한 균열일 뿐입니다. 우누스 문두스(Unus mundus). 세상은 하나이니까요."

이 모든 건 이미 여러 번 들은 이야기였지만, 왠지 그러한 논리들이 그녀에게는 와닿지 않았다. 너무 추상적이라는 생각이 들었던 것이다. 그보다는 차라리 전환 수술의 과정이 고통을 수반하는지 알고 싶었다. 그녀의 언니는 지금 그곳에서 외로움을 느끼고 있을까?

"'과정이 역장(力場)'에서 진행된다."라는 말은 무슨 뜻일까? 사람은 끝까지 의식을 유지할 수 있을까? 전환이 이루어지고 나면 자아는 남아 있을까? 만약 언니가 마음을 바꾸었다면? 그러면 어떻게 되는 걸까? 언니를 이곳에서 강제로 빼낸 뒤 집에 가두고, 평범하고 정상적으로, 여태껏 수백 수천 수백만 번이나 그래 왔듯이, 자신의 자리에서 자기 방식대로 살아가게 해야 할 것만 같은 생각이 들 때마다 여자는 몇 번이나 공황 상태에 빠질 뻔했다.

그녀는 반년 전, 이곳 공원에서 언니와 작별했다. 그들은 거의 아무 말 없이 조용하고 침착하게 헤어졌다. 레나타는 수많은 서명과 공식 홀로그램이 가득한 공문서들을 그녀에게 건넸다. 그러고는 산악 수정을 엮어 만든 체인 목걸이를 여자에게 걸어 주었다. 언니가 착용했던 유일한 장신구였다. 레나타가 트란스푸기움 건물 쪽으로 걸어가는 순간, 여자는 돌이킬 수 없는 일이 벌어지고 있음을 깨닫기라도 한 듯 목걸이를 손에 꼭 쥔 채 숨이 가빠졌다. 여자는 언니가 뒤돌아보기를, 마음을 바꿔 돌아오기를 바랐다. 그러나 그런 일은 일어나지 않았다. 그녀가 본 것은 그저 언니의 뒷모습과 소리 없이 미끄러져 내려와 검고 불투명한 표면을 드러낸 어두운 대문뿐이었다.

"언니는 아직 여기 있나요? 어디에 있죠?"

최 교수가 손으로 트란스푸기움 건물을 가리켰다.

"네, 이제 준비가 다 됐습니다."

전에도 몇 번 대화를 나눴지만, 여자는 최를 좋아하지 않았다. 그가 지적이고 따뜻하며 심지어 배려심이 있는 사람이라는 걸 알면서도, 그녀는 그가 자신에게 아무런 위로도 해 줄 수 없다는 것을 알고 있었다. 본능적으로 그의 우월함을 느끼면서도 그의 진심이 무엇인지 알 수 없었다. 최는 전환 수술의 모든 과정을 설명하는 다른 방식을 찾는 것은 시간 낭비로 여기는 듯, 안내 책자에 적힌 내용을 앵무새처럼 반복해서 설명했다. 침대 옆에는 마치 호텔방의 성서처럼 오비디우스의 『변신 이야기』가 놓여 있었다. 판화와 함께 고풍스러운 스타일로 아름답게 출판된 이 책은 19세기 고서들을 연상시켰는데, 아마도 오래되고 자연스러우며 견고했던 무언가에 대한 향수를 불러일으킴으로써 마음을 안정시키려는 의도였을 것이다. 그녀는 안내 책자에서 세상을 채우는 견고한 단일 물질은 존재하지 않으며, 이 세상은 서로 밀고 당기는 힘과 관계의 흐름으로 이루어져 있다는 내용을 여러 차례 읽었다. 모든 존재는 스스로를 살게 만드는 의지를 지니고 있으며, 현실은 수많은 개체가 거미줄처럼 의지의 그물망으로 얽히고설키며 직조된다. 그중 일부는 정교하고 유연하지만, 다른 일부는 불활성적이며 운명론적이다. 이러한 세계에서는 그동안 상상조차 할 수 없었던 많은 일들이 가능해지며, 경계는 허상에 불과하다는 것이 밝혀진다. 오늘날의 의학은 그러한 취약한 경계를 넘어서는 방법을 알고 있다.

"돌아가죠. 날이 춥네요."

여자는 이 대화를 빨리 끝내고 싶었다. 그녀는 가벼운 가려움증과 흡사한 짜증을 느꼈다. 최 교수의 교훈적이고 가식적인 말투가 신경에 거슬렸고, 그의 흠 잡을 데 없는 태도 또한 짜증스러웠다. 그는 미안한 듯한 표정으로 그녀를 바라보며 작별 인사를 건넸고, 밤에 다시 합류하겠다고 말했다.

두 여자는 평범한 삶을 살았다. 행복한 가정에서 자랐고, 그들의 부모님은 노년기에 접어들며 대화가 끊기기 전까지 서로를 사랑했다. 인간적인 잣대로 보면 인생의 비극과 드라마를 겪기도 했다. 건강은 잘 관리되었고, 두 딸도 훌륭히 자랐다. 여섯 살 터울이었는데 함께 방을 쓰지 못할 만큼 나이 차가 큰 건 아니었지만, 같은 음악을 듣거나 유행하는 옷을 서로 빌려 입기에는 거리감이 좀 있었다. 따라서 그들 사이에는 넘을 수 없는 간극이 존재했다. 자매는 호기심으로, 그리고 애정과 혼동하기 쉬운 일종의 애착을 갖고 서로를 대했지만, 실제로 둘 사이에는 공통점이 거의 없었다. 그렇게 그들은 각자 자신의 길을 걸었다.

그들은 의붓자매였다. 부모님은 각자의 짐을 떠안고 새로운 관계를 시작했다. 여자는 어머니의 딸이었고, 언니는 아버지의 딸이었다. 처음부터 둘은 서로 친하게 지내야 하고, 그렇게 해야만 자신들의 부모를 구원할 수 있음을 직감했다. 그들은 화목한 가정을 함께 일구어 나가는 임무를 부여받았고, 둘 다 책임감이 강해 성공적으로 임무를 완수했다. 여자가 여섯 살, 레나타가 열두 살이었다. 생모가 너무 일찍 세상을 떠나는 바람에 레나타는 엄마를 기억하지 못했고, 그래서인지 새어머니를 즉시 가족으로 받아들이고 사랑하게 되었다. 투정을 부리거나 떼를 쓰는 건 어쩐지 어색했다. 동생은 언니가 생긴다는 사실이 자랑스러웠다. 그녀는 언니의 책, 음악, 말린 개구리 사체를 동경했다. 또한 생일 파티에서 늦게 돌아와 이상한 상태에 빠진 언니를 존경했다. 언니는 병이라고 둘러댔지만, 알고 보니 과도한 음주 때문이었다. 여자는 언니가 밤에 책을 읽을 때, 컴퓨터 화면에서 흘러나오는 빛 때문에 가면처럼 보이던 언니의 얼굴을 기억하고 있었다.

레나타는 고등학교를 졸업하자마자 집을 떠나 몇 년 동안 대도시에서 살았고, 명절 때만 가족을 방문했다. 그녀는 항공우주공학을 전공했는데, 나중에 밝혀졌지만 역설적이게도 이 학문은 건물 밖으로 나가거나 하늘을 바라볼 필요가 없었다. 대학 졸업 후 그녀는 대부분의 시간을 컴퓨터 앞에서 보내며 그래프와 수치를 추적하고, 거기에 자신의 데이터를 추가했다. 그리고 이러한 업무를 수행하며 정기적으로 좋은 보수를 받았다. 그러다 아기를 가졌고, 그녀처럼 과묵한 남자, 먼 나라의 수질 개선 전문가인 엔지니어와 함께 살았다. 남편은 자주 출장을 다녔지만 적어도 겉으로 보기에 그들은 잘 지냈다. 부부는 남쪽 지방에 집을 사서 벌을 키우고 야생 정원을 마련했다. 한번은 화재로 양봉장이 불타 버렸지만 다시 복구했다. 레나타가 전화로 꿀벌에 대해 이야기하며 울던 일이 떠올랐다. 하지만 여자가 기억하기에 언니가 눈물을 보인 적은 그때 말고는 없었다. 자신의 혼란스러운 삶과 비교하면 언니의 삶은 단순하고 평탄해 보였다. 여자는 아주 가끔 언니의 집을 방문했다. 트레이닝복을 입고 머리띠를 두른 언니의 모습이 떠오른다. 그 무렵 언니는 장거리 크로스컨트리에 집착하고 있었다.

여자는 샤워를 하고 커피를 탄 뒤, 테라스 계단에 앉아 호수를 다시 한번 바라보았다. 호수의 잔잔한 표면이 잠시 눈길을 끌었지만, 시선을 계속해서 고정할 만한 볼거리가 없었기에 그녀의 마음은 끊임없이 과거로 흘렀다. 지난 몇 달 동안 그녀는 줄곧 레나타의 삶에서 일종의 전환점, 변화의 시작을 알리는 징후, 혹은 전환 수술을 최초로 생각하게 된 근원이 어디에서 비롯되었는지 고민했다. 어쩌면 신경 쇠약 때문이었을까, 아니면 가까운 사람들조차 알지 못하는 어떤 특별한 사건이나 경험 탓일까? 그렇다면 대체 그러한 심경 변화는 언제 일어났을까? 그녀는 자질구레한 수많은 기억들 속에서 길을 잃었고, 과거의 장면들이 눈앞에서 자꾸만 반짝거렸다. 어쩌면 그 원인은 본질적으로 먼지와 같은 것인지도 모른다. 개별적인 입자들은 눈에 띄지 않지만 그 입자들이 모여 촘촘하면서 치명적인 안개를 형성하니까.

첫 번째 장면: 둘이 거울 앞에 서서 치마를 엉덩이까지 끌어올린 채 서로의 다리를 비교하고 있다. 그녀는 자신의 다리가 언

니보다 더 길고 날씬하다는 사실에 만족감을 느낀다. 레나타는 그녀의 말이 맞다고 인정하고, 둘 다 팬티만 입은 채 소파 위에서 뛰어다닌다. 두 번째 장면: 학교 운동장에서 다른 여자아이들과 함께 60미터 달리기 경주를 한다. 다른 소녀들처럼 결승선에서 멈추지 않고, 계속 달리며 운동장 전체를 활주하는 레나타. 세 번째 장면: 그들은 바닷가에 누워 서로를 모래 속에 파묻고 있다. 레나타는 거의 온종일 모래 속에 묻혀 나오지 않고, 그녀가 숨을 쉴 때마다 모래가 부드럽게 들썩인다. 저녁이 되어서야 비로소 얼굴이 햇볕에 까맣게 탔음을 알게 된다.

지금 일어나고 있는 이 모든 일을 설명할 수 있는 순간은 과연 어느 시점일까? 분명 어떤 시작이 있었을 것이다. 변화의 씨앗, 시발점, 어떤 생각, 트라우마를 안겨 준 사건, 독서 또는 끊임없이 서로에게 보내던 수많은 음악 파일로 인한 전환점. 과거에 우리는 모든 파일을 듣기엔 시간이 턱없이 부족하다는 걸 알면서도 서로에게 끊임없이 음악을 보내 주곤 했다. 그녀는 모든 사건과 상황의 조각들을 떠올리며 마음속으로 되짚어 보았다. 레나타가 태어났을 때, 하도 울음을 그치지 않아 결국 인후염에 걸렸다는 아버지의 이야기가 문득 떠올랐다.

메뉴 선택은 나이를 가늠하기 힘든, 멋진 벽돌색 피부를 가진 남자에게 일임했다. 그의 피부색은 그가 입은 흰색 의상과 멋들어진 대조를 이루고 있었다. 그가 그녀에게 우선 다과를 추천해 주었다. 그는 마치 브라이덜 샤워를 준비하는 것처럼 유쾌한 농담을 섞어 가며 흥을 돋웠다. 여자는 그의 기분 좋은 태도가 약간 거슬렸다.

"이건 일종의 장례식 같은 거라고요."

여자는 약간의 악의를 섞어 말하며 희열을 느꼈다.

그가 따뜻하면서도 연민이 담긴 눈빛으로 그녀를 바라봤다.

"장례식이든, 결혼식이든…… 식도락은 항상 즐거운 법이죠."

동글동글하고 다채로운 색깔을 지닌 쿠키들이 마치 형형색색의 물감이 든 작은 상자들처럼 색깔별로 서로 다른 접시 위에 놓여 있었다. 풍요로운 차림에 감동받은 여자는 손가락으로 분홍색과 라벤더색, 라즈베리색과 블루베리색, 그리고 코코아색을 가리키며 어떤 걸 고르면 좋을지 망설였다. 쿠키 사이에 발라진 크림들 — 초록빛이 도는 금색과 자주색은 너무나도 부자연스러웠고, 동시에 인간적이었다. 벽돌색 피부의 남자가 쿠키들을 쳐다보며 고개를 끄덕였다.

"드셔 보세요. 맛을 보면 알 수 있을 거예요."

"죄송합니다. 저는 결정을 잘 못 내려요."

그가 그녀에게 메뉴를 내밀었다.

"그건 별로 중요하지 않은 사안들인 경우에만 해당되는 말입니다. 정말로 원하는 게 있을 땐 의심의 여지조차 없는 법이죠."

그녀는 마지못해 고개를 끄덕이며 코를 훔쳤다. 그가 전채 요리 목록을 가리키며 자랑스럽게 말했다.

"이곳의 고기는 모두 개별적인 인큐베이터에서 위생적으로 생산되었습니다. 굳이 말씀드리지 않아도 아시죠?"

여자는 식당 앞에 실물 크기의 동물 조각상이 놓여 있는 것을 보았다. 소와 돼지, 닭, 오리, 그리고 거위 ─ 이 동물들은 자신의 세포 조직을 제공한 기증자들이다. 그녀는 소의 이름을 기억했다. 아델라였다. 그녀는 기나긴 요리 목록을 보며 어쩔 줄 몰라 하다가 식당 주인의 얼굴을 올려다보았다. 그의 어두운 눈동자가 따스하면서도 호기심 어린 시선으로 그녀를 쳐다보고 있었다.

"나를 좀 안아 줄 수 있나요?"

그녀가 갑자기 물었다.

"물론이죠."

그가 조금도 놀라지 않고 대답했다. 마치 이러한 서비스가 메뉴에 포함되기라도 한 것처럼.

그가 그녀를 팔로 감싸 안았다. 그에게서 평범한 섬유 유연제 냄새가 났다.

잠시 후 스태프들이 파티를 준비하기 위해 거실과 테라스를 치우기 시작했다. 타르틴과 샐러드가 담긴 상자들이 들어왔고, 능숙한 손가락들이 과일을 쟁반 위에 정성스럽게 늘어놓았다.

스태프들이 떠나고 나자 해가 막 저물기 시작했다. 거기서 그녀는 놀라운 광경을 목격했다. 북쪽에 있는 울창한 숲의 나무 꼭대기들이 주황빛으로 빛나며 마치 거대한 촛대처럼 보였고, 그 빛이 호수의 수면에 반사되고 있었다. 밤이 내려앉는 중이었다. 어둠이 나무뿌리 밑에서, 숲의 낙엽 더미에서, 그리고 호수 깊은 곳에서 서서히 솟아 나오는 것을 그녀는 보았다. 마치 모든 사물이 어둠 속으로 사라지기 전에 자신의 존재를 다시 한번 각인시키고 싶어 하는 것처럼 형태들이 갑자기 모서리를 날카롭게 세우며 또렷해졌다. 나무들의 촛불이 꺼지고, 갑자기 어디선가 찬 공기가 몰려와 밤이 다가오고 있음을 알렸다. 그녀는 재킷을 걸치고 호숫가 쪽으로 걸어갔다. 여자의 담뱃불이 어둠 속에서 붉게 빛나고 있었다. 그녀는 이 불빛이 분명히 호숫가 저편에서 보일 테고, 시력이 좋다면 불빛이 입으로 다가갔다가 다시 제자리로 돌아오는 움직임까지도 보일 거라고 생각했다. 만약 누군가가 자신을 보고 있다면 말이다.

그 후에 보이가 전화했다. 이미 마흔이 다 되어 가는 나이였지만 가족은 그를 그렇게 불렀다. 보이는 언니 레나타의 아들이다. 그는 이곳에 오지 않겠다고 선언했다. 횡설수설 떠드는 걸 보니 아마도 술에 취한 것 같았다.

그녀는 그의 공격적인 어투에 조용히 응수했다.

"이제 그만. 엄마나 우리를 더 이상 괴롭히지 말거라. 너는 버릇없는 아이처럼 행동하고 있어. 아무것도 하지 않고, 아무런 도움도 안 되면서 말이야."

그녀는 자신의 기세가 등등해짐과 동시에 분노가 점점 치밀어 오르는 것을 느끼며 말을 이었다.

"너는 이 모든 걸 나한테 떠넘겼어. 네가 자식인데도 말이야. 나는 서류를 처리하고, 엄마를 만나러 여기까지 와서 의사들과 의논했어. 그리고 지금은 이 빌어먹을 쿠키들까지 먹어 치워야 한다고. 너도 알지? 너는 정말 한심한 놈이야."

여자는 전화기를 옆으로 밀쳐 내다가 그만 낙엽 더미 속으로 떨어뜨렸다.

그녀는 포장해 온 음식 꾸러미에서 무언가를 꺼내 먹으며 테라스에 앉아 기다렸다. 호숫가 저편의 어둡고도 두꺼운 지평선이 그녀의 시선을 끌어당겼지만 그곳에서는 아무 일도 일어나지 않았다. 숲의 나무들이 열 지어 만들어 내는 선이 호수에 반사되어 잔물결이 미세하게 일렁이고 있었다. 그녀는 나무 위에서 빙글빙글 돌고 있는 두 마리의 커다란 새를 보았다. 하지만 새들은 곧 사라졌다.

아이들이 서너 살쯤 되었을 무렵, 여자는 레나타의 집을 방문했다. 그때 레나타는 어쩐지 기운이 빠진 것처럼 보였다. 평소와 마찬가지로 단정하게 잘 차려입었지만 그녀의 꼿꼿하고 유연한 몸매에 약간의 살이 붙었고, 얼굴 윤곽이 좀 흐릿해진 듯했다. 그녀는 더 이상 달리지 않았다. 대신 빠른 걸음으로 꽤 오랫동안 산책을 다녔고, 땀에 흠뻑 젖어 열이 오른 채로 돌아와서는 샤워를 하러 욕실로 사라지곤 했다. 본래 말수가 적었지만 이번에는 특히 속내를 털어놓고 싶지 않은 듯했다. 거의 웃지도 않았고, 유머 감각을 완전히 잃은 것처럼 보였다. 자신의 모든 시간을 정원 가꾸기와 아이들, 즉 보이와 한나를 학교에 데려다주고, 돌보는 일에 바쳤다. 샌드위치가 담긴 가방과 점심 도시락은 요청이 들어오면 늘 대령할 수 있도록 준비되어 있었다. 집 안에 서린 아이들의 체취는 끈적끈적하고 숨이 막혔다. 그것은 감금의 냄새였다. 모든 방이 항상 위생적으로 깨끗했고, 실용적으로 정리되어 있었으며 환했다. 과묵하고 차분한 그녀의 남편은 저녁에 나타 났다가 아침에 사라지곤 했지만, 그래도 부부가 가까운 사이임 은 분명했다. 어쩌면 그들은 각자의 사생활 속에서 서로에 대해 어떤 형태로든 이해와 교감을 나누고 있었는지도 모른다. 여동 생인 그녀가 어쩌다 언니를 찾아가면, 자매는 오후에 거실의 밝 은색 소파에 앉아 커피나 차를 한 방울도 떨어뜨리지 않도록 주 의를 기울이며 마셨다. 그들은 각자 소파의 반대편 구석에 앉아, 티브이 뉴스의 자막으로 지나가는 이슈들에 대해 이야기를 나눴 다. 한나는 6월에 시험이 있고, 남편은 계약 때문에 얼마 동안 해 외 출장을 가야 한다. 정원에서 물을 절약할 수 있는 다양한 방법 이 있다던데. 혹은 최신 연구에 따르면 니코틴이 장수에 도움이 된다더라. 그들은 만화 속 말풍선처럼 허공에 떠다니는 대화로 서로에게 말을 걸었고, 그것은 장수를 보증하는 건강 담배의 연 기처럼 금방 사라졌다. 여자에게는 레나타의 정돈된 삶이 매혹 적으로 다가왔고, 어쩌면 약간의 질투심도 느꼈을지 모른다. 자 신은 항상 여러 사람들 틈에서 움직이고 이동하며 일해야만 했 으니까. 하지만 자신의 복잡하고 혼란스러운 일상으로 돌아오면 여자는 안도감을 느끼곤 했다.

그러다 무슨 일인가가 벌어졌다. 언니의 자녀들이 집을 떠 나고, 남편이 암에 걸려 고통에 시달리다 세상을 떠나면서부터 였다. 마치 지금껏 드러나지 않았던 악행을 저질렀다는 이유로 어둠의 세력이 언니의 남편에게 형벌을 내린 것 같았다. 몇 년 후 언니를 다시 만났을 때, 그녀는 혼자 살고 있었다. 숲의 언저리에 있는 작은 집을 사서 마당에 채소밭을 가꾸는 중이었다. 처음에는 허브를 길렀지만 나중에는 덤불만 무성했다. 언니는 더 이상 외모에 신경 쓰지 않았고, 염색도 하지 않았기에 어깨 위로 희끗 희끗한 베일이 흘러내리는 것처럼 보였다. 흰 머리카락이 많아 질수록 (하지만 당시 언니의 나이는 마흔 살 중반에 불과했다.) 그녀의 얼굴은 더욱 어두워 보였다. 피부는 거칠어졌고, 밝은 눈동자에는 뭔가를 탐색하듯 경계심이 담겨 있었다. 그녀는 누군가가 자신의 눈을 통해 마음속을 들여다볼까 봐 두렵기라도 한지 언제나 시선을 피하곤 했다. 과연 거기에 무엇이 있길래? 뭐가 보일까?

자매는 함께 이틀을 지냈다. 음식을 만들고, 방치된 정원의 벤치에 앉아 시간을 보냈다. 그녀는 언니가 오로지 자기 생각에만 몰두하고 있으며, 자신의 개들을 볼 때만 생기를 되찾는 걸 느꼈다. 레나타는 덩치가 큰 개 세 마리를 기르고 있었는데, 모두 늑대처럼 보였다. 그 개들은 언니에게서 한시도 눈을 떼지 않았다. 여자는 언니의 집에서 개들과 함께 지내는 것이 불편했다. 개들은 마치 모든 상황의 미묘한 뉘앙스를 알고 있는 것처럼 예리한 눈빛으로 그녀를 쳐다보았다.

거의 텅 비어 있는 거실에는 공간 전체를 부드러운 회색빛으로 채워 주는 홈 스크린이 걸려 있었다. 처음에는 이 스크린의 영상이 나타내는 움직임이 무엇인지 한눈에 이해하기 어려웠다. 그래픽 추상화라고 생각했지만, 가까이 다가가 보니 사실적인 세부 항목들이 눈에 들어왔다. 화면에는 상공에서 촬영한 겨울 풍경이 담겨 있었다. 북쪽에 있는 언덕의 경사면은 울창한 숲·으로 덮여 있었는데 전나무들이 마치 흰 종이에 무작위로 찍힌 쉼표처럼 보였다. 숲 옆에 펼쳐진 넓은 들판 위로 작은 동물들의 형상이 움직이는 중이었다. 마치 살기 좋은 곳을 찾아 이동하는 인디언 부족처럼 검은색으로 정형화된 동물들이 숲의 가장자리를 따라 일렬로 걸어가고 있었다. 동물들의 행렬은 프레임 밖으로 이어져서 화면 반대쪽 끝에서 다시 나타나며 행군을 되풀이 했다.

"겨울을 나기 위해 두 무리의 늑대 떼가 합쳐진 거야."

레나타가 뒤에서 다가오더니 뜻밖에도 그녀의 어깨에 머리를 기대며 말했다.

"봐봐, 얼마나 질서정연하게 이동하는지."

여자는 화면을 좀 더 자세히 살펴보았다. 동물들의 형상은 일정하지 않았다. 앞쪽의 형상은 더 작고, 앞으로 더 많이 기울어져 있었다. 동물들 사이의 간격도 제각각이었다.

"모든 늑대가 무리의 우두머리인 암컷 늑대의 발자취를 따라가고 있어. 우두머리 바로 뒤에 있는 건 힘없는 늙은 암컷들이야."

언니는 여동생의 어깨에 머리를 기댄 채, 화면을 보지도 않고 마치 모든 세부 사항을 외우기라도 한 것처럼 읊조렸다.

"연로한 암컷 늑대들이 무리를 이끌며 속도를 조절하는 거야. 그러지 않으면 뒤처져 죽게 되니까. 힘센 수컷들이 그 뒤에서 그들을 수호하며 따라가는데, 혹시 모를 외부의 공격을 대비하기 위해서야. 그들은 전사들이야. 그다음으로 제일 많은 수를 차지하는 암컷과 새끼들, 그러니까 여성들과 아이들이 이동해. 그리고 제일 마지막에, 저기 외로운 늑대 보이지?"

늑대 한 마리가 무리로부터 떨어져 나와 이 행렬의 끝을 또렷하게 장식하고 있었다.

"자유로운 전사. 괴짜들이야. 무리 속에는 그들을 위한 자리도 있어."

"아, 나는 개인 줄로만 알았어."

여자가 대답했다.

"늑대와 개는 절대 혼동할 수가 없어."

레나타가 몸을 돌려 화면 쪽으로 가까이 가더니 세부적인 차이점을 설명해 주었다.

"늑대는 몸집이 더 우람하고, 다리도 더 길고, 머리도 크고, 목도 훨씬 두꺼워. 봐, 확실히 보이지? 그들의 꼬리는 개보다 더 폭신폭신하다고."

"그럼 언니네 개들은?"

"그건 늑대개들이야. 잡종이지. 하지만 늑대는 아니야. 진정한 차이는 눈을 보면 알 수 있어. 개들은 이해심 많고, 뭔가를 물어보고 싶은 듯 헌신적인 눈빛을 보내지만, 늑대의 시선은 완전히 다르거든. 무관심하지만 주의 깊게 대상을 관찰해. 그래서 소름이 돋아."

늑대라는 주제가 그녀에게 활력을 불어넣어 준 게 틀림없었다.

그 후 자매는 함께 주방에서 요리를 하고, 약간의 와인을 마셨다. 그것이 그들의 마지막 만남이었다. 여자는 문 앞에서 언니와 작별 인사를 나누던 장면을 기억했다.

"동물들은 의도를 파악하는 데 고수야, 알지?"

실제로는 나눈 적도 없는 대화를 마무리 짓기라도 하는 것처럼 레나타가 뜬금없는 말을 던졌다.

"우리가 동물들에게서 그러한 기술을 배울 수 있으면 좋을 텐데. 만약 네가 그런 능력을 가졌다면 내가 뭘 하고 싶고, 왜 그러는지 알 수 있을 거야. 그러면 불안해하지도 않고, 차분하게 모든 걸 받아들이겠지."

하지만 그때 여자는 언니의 말이 어떤 의미인지 전혀 이해하지 못했다.

날이 어둑어둑 저물 때쯤 부모님이 한나와 함께 센터에 도착했다. 어머니의 얼굴은 창백했고 수심이 가득했다. 그녀의 입술은 마치 '조금만 더 견디렴, 조금만 더 참으면 돼.'라고 스스로에게 말하는 것처럼 꽉 다물어져 있었다. 그러나 이것이 레나타의 결정과 직접적인 연관이 있다고 보기는 어려웠다. 어머니는 늘 이런 표정을 짓고 있었으니까. 그녀는 마치 이 표정을 제복처럼 걸치고 있는 듯했다. 이 표정은 '오직 심각하고 중요한 사안일 때만 내게 다가오세요.'라고 신호를 보내는 듯했다. 아버지는 최근 들어 현실에서 완전히 벗어난 사람처럼 보였고, 그의 내면에서 무슨 일이 일어나고 있는지, 아니면 아무 일도 일어나지 않는지 짐작하기 힘들었다. 이따금 휘파람을 불면서 누구도 범접할 수 없는 자신의 내면으로 깊이 빠져들곤 했다. 그가 유일하게 인지하는 사람은 그의 아내였다.

"언제 하기로 한 거니?"

안으로 들어서기가 무섭게 어머니가 물었다. 마치 나중에 더 나은 상황을 맞기 위해 당장은 참고 견뎌야만 하는 어떤 불쾌한 절차에 대해 묻는 것처럼 상당히 사무적인 말투였다. 어머니는 움직일 때 보행기를 사용해야만 했다.

"새벽에요. 요즘은 해가 아주 일찍 뜨니까요."

어머니가 계단을 오를 수 있도록 도우며 딸이 대답했다.

한나는 착한 손녀였다. 하룻밤만 묵을 예정이라 간소하게 꾸린 그들의 짐가방을 방에 풀어놓고, 저녁에 마실 허브차를 달였다. 모두가 거의 아무런 말도 없이 저녁 식사를 마친 후, 어머니는 안내 책자의 첫 페이지를 펼친 채 꼿꼿한 자세로 의자에 앉았다. 이미 거의 외울 정도로 내용을 잘 알고 있었지만 여전히 이해하지 못하는 듯했다.

"난 그저 확인하고 싶을 뿐이다."

그녀가 짜증 섞인 어조로 말했다.

"그러니까 이건 일종의 신체 기증 같은 거지? 우리 부모님이 했던 것처럼 연구를 위해 자신의 몸을 제공하는 것 말이야."

둘째 딸은 어머니에게 대답할 말을 궁리하고 있었지만, 어머니는 대답을 들을 생각이 없는 것 같았다. 그녀의 질문은 명백히 수사학적이었다.

"그 애는 죽었어."

아버지가 이렇게 말하며 아내의 손등을 톡톡 두드렸다. 그러고는 탁자 위에 놓여 있던 화려한 색감의 잡지를 집어 들고 형형색색의 페이지를 빠르게 넘겼다. 레나타는 아버지가 지금 어떤 감정을 느끼는지 알지 못했다. 치매를 앓고 있는 그는 세상에서 가장 이해하기 힘든 수수께끼 같은 존재였다. 아마도 아버지보다 다람쥐를 이해하는 게 더 쉬울 듯했다.

"우리가 그 애를 다시 볼 수 있을까?"

어머니가 거의 입을 벌리지 않고 물었다.

"혹시 그 애를 한 번 더 안아 보거나 할 수는 없는 거니?"

"제가 안 된다고 말씀드렸잖아요. 우리는 지난겨울, 그러니까 몇 달 전에 이미 엄마와 작별 인사를 했다고요."

손녀가 대답했다.

"그런데 왜 또 우리를 여기로 불러들인 거냐?"

할아버지가 물었다.

"불러들인 게 아니에요. 언니가 떠나는 중이니 우리는 그저 그 순간을 지켜보고 싶은 거라고요."

둘째 딸이 대답했다.

"꼭 그래야만 하나?"

아버지가 중얼거렸다.

그때 보이가 나타났다. 광택이 나는 검은 옷을 입은 채 낡은 오토바이를 타고 왔다. 술 냄새가 물씬 풍겼다. 그는 최근에 아내와 이혼했다. 모두가 테라스에 둘러앉아 알록달록한 쿠키를 색색의 부스러기로 쪼개는 참이었다. 내일 새들에게 먹이를 주기 위해서였다. 보이가 헬멧을 벗었다.

"왜 이런 짓을 해야 하죠? 이 온갖 쇼가 다 뭐냐고요. 신비로운 센터라는 이곳도 정신 병원이나 다름 없잖아요. 사실 그래야 마땅하죠. 이건 미친 짓이에요. 당신들 모두가 미쳤다고요. 엄마의 광기에 모두가 말려든 거예요."

보이는 헬멧을 땅바닥에 집어 던지고는 호숫가를 향해 걸어갔다. 그 누구도 말이 없었다.

"당신들은 미—쳤—다—고."

어둠 속에서 보이가 소리를 질렀다.

손님들이 도착하기 시작했고, 여자는 마치 연회의 주인처럼 그들을 맞이했다. 먼저 레나타의 절친한 친구인 마르고가 파트너와 함께 왔고, 그 뒤로 두 명의 나이 든 남자들이 도착했는데 언니의 이웃이었다.

자정이 지나자 여느 때처럼 검은 트레이닝복 차림에 꽉 끼는 모자를 쓴 최 박사가 어둠 속에서 모습을 드러냈다. 그는 가족에게 여권과 공인 인증서, 검사 결과지와 동의서 등 각종 서류를 건넸다. 그러고는 자신이 여기 있다는 사실만으로 이 자리에 초대라도 받은 것처럼 자연스럽게 테이블에 앉더니 이 순간은 늘 보고 싶은 광경이라고 말했다. 혼란스럽게 흩어진 요소들이 제자리로 돌아오는, 일종의 우주 교향곡 같은 것이라면서.

그 순간 보이가 발을 구르며 자신의 신발로 나무 테라스를 쾅쾅 두드렸다. 여자는 조카가 또다시 소란을 피울까 봐 걱정스러웠다. 하지만 내심 소동을 기다리기도 했다. 어떤 일인가가 벌어져서 세상을 예전의 흐름으로 되돌려주기를 내심 기대한 것이다. 어쩌면 보이가 테이블을 뒤엎고 와인 병들을 깨뜨려 버릴지도 모른다. 아니면 접시 위에 남겨진 알록달록한 빛깔의 쿠키 조각들을 산산조각 낼 수도 있다. 여자는 보이를 이해할 수 있었다. 그도 여자처럼 두려워하고 있었으니까. 하지만 아무런 일도 일어나지 않았다. 그는 말없이 테라스로 걸어가서는 와인을 따라 마시며 호수를 바라보았다. 그녀는 조카의 머리카락이 희끗희끗해졌고 몰골이 초췌해졌음을 실감했다.

여자는 나무 벽에 기대어 담배를 피웠다. 한나가 할머니와 나지막한 음성으로 대화를 나누며, 할머니의 가느다란 손을 쓰다듬는 모습을 지켜보았다. 손등에는 간 손상으로 인해 어두운 빛깔의 반점들이 가득했다. 마르고는 부엌에서 음식을 데우고 있었고, 아버지는 레나타의 옛 사진들을 보다가 깜빡 잠들었다. 그러자 한나가 그의 손에서 살그머니 사진들을 빼냈다.

테라스에 서 있는 사람들이 나누는 대화의 일부가 간간이 그녀에게 들려왔다. 어떤 이들은 흥분한 듯 격앙된 목소리로 떠들었지만, 느긋하고 만족스러워 보이는 이들도 있었다. 그들 사이에서 단연 눈에 띄는 건 최 박사였다. 최 박사의 목소리가 논쟁의 파편들과 파티의 일상적인 소음들을 뚫고 들려왔다. 누군가가 그와 의견을 달리했지만, 그의 반론은 소란에 휩쓸려 잘 들리지 않았다.

여자는 곁눈질로 보이와 한나의 어두운 실루엣을 감지했다. 남매는 밝게 빛나는 호수를 배경으로 서로를 끌어안고 있었다.

동쪽 하늘이 잿빛으로 물들기 시작했다. 공기가 쌀쌀했다. 어디선가 바람이 불어왔지만, 그저 호수 표면에 잔물결을 일으킬 정도의 가벼운 세기였다. 호수는 화산재로 가득 찬 분화구처럼 보였다.

"중대한 순간입니다. 이제 시작될 거예요."

최 박사가 말했다.

"여러분, 보십시오."

여자의 눈에 비친 광경은 이러했다.

트란스푸기움 건물 쪽에서 뗏목 하나가 호수로 떠내려왔다. 사실 그것은 받침대에 가까웠다. 원격으로 조종되는 뗏목은 그 누구도 접근할 수 없는 호수 저편, '심장'이라 불리는 곳을 향해 안정적으로 흘러갔다. 처음에는 뗏목의 움직임과 흔들리는 물살의 자취만 보였지만, 하늘이 점점 밝아지며 수면에 햇볕이 반사되자 그들은 그녀를 또렷이 볼 수 있었다.

머리를 숙인 채 조각상처럼 고요히 서 있는 짐승. 늑대였다.

짐승은 잠시 그들이 서 있는 쪽을 바라보다가 어둠 저편으로 자취를 감추었다.

모든 성인의 산(山)

취리히행 비행기는 제시간에 도착했지만, 꽤 오랫동안 도시의 상공에서 착륙을 위해 대기해야 했다. 공항에 눈이 잔뜩 쌓이는 바람에 성능은 좋지만 속도가 느린 제설기가 활주로의 눈을 치우는 데 시간이 제법 걸렸기 때문이다. 비행기가 착륙할 무렵에는 눈구름이 막 걷히면서 불타는 듯한 주황빛 하늘에 수많은 비행기 운항 자국이 교차하며 거대한 격자무늬를 그리고 있었다. 마치 신이 우리에게 틱택토[34] 게임을 하자고 초대하는 것 같았다.

나를 데려가기 위해 내 이름이 적힌 신발 상자 뚜껑을 들고 기다리던 운전기사가 나를 보자마자 말했다.

"일단 펜션으로 모셔다드리겠습니다. 연구소로 올라가는 산

---

34 틱택토(tic-tac-toe)는 두 명이 번갈아 가며 오(O)와 엑스(X)를 패널에 써서 같은 글자를 가로 세로 혹은 대각선상에 놓이도록 하는 놀이다.

길이 눈에 파묻혀서 거기까지밖에 갈 수가 없거든요."

그의 사투리가 너무 생소해서 거의 알아듣기 어려웠다. 내가 뭔가를 잘못 이해한 게 아닌가 싶었다. 지금은 분명 5월, 정확히 5월 8일이었다.

"세상이 발칵 뒤집혔습니다. 보세요."

짐을 차에 실으며 운전기사가 어두워지는 하늘을 가리켰다.

"비행기에서 뿜어져 나오는 가스가 우리를 중독시키고, 우리의 무의식까지 바꿔 놓는답니다."

나는 고개를 끄덕였다. 격자무늬로 얼룩진 하늘은 정말로 불안감을 불러일으켰다.

우리가 목적지에 도착한 것은 한밤중이었다. 도로 곳곳에서 교통 체증으로 길이 막혔고, 차들은 젖은 눈길 위에서 헛바퀴를 돌며 느릿느릿 움직였다. 길가에는 질펀하게 눈이 쌓여 갔다. 도심에서는 제설차들이 분주히 움직였지만, 조심스럽게 차를 몰고 산속에 들어서자 아무도 치우지 않은 듯 눈이 수북이 쌓여 있었다. 운전사는 몸을 앞으로 숙인 채 핸들을 꽉 잡고 있었다. 그의 큼직한 매부리코는 마치 축축한 어둠의 바다를 헤치고 항구로 향하는 길을 안내하는 어선의 뱃머리 같았다.

내가 이곳에 오게 된 이유는 계약서에 서명했기 때문이다. 내가 직접 개발한 검사 도구로 청소년 그룹을 연구하는 것이 내 임무였다. 이 검사는 개발된 지 삼십 년이 넘었음에도 전 세계에서 독보적인 유형으로 통용되고 있으며, 발달 심리학자 동료들 사이에서 높은 평가를 받고 있다.

임무를 위해 내가 제안받은 금액은 상당히 높았다. 계약서에 적힌 금액을 처음 보았을 때, 나는 그것이 실수라고 생각했다. 동시에 나는 철저한 비밀 유지를 요구받았다. 연구를 의뢰한 회사는 취리히에 본사를 두고 있었지만, 회사명은 낯설었다. 하지만 나를 이곳으로 끌어들일 수 있었던 건 비단 돈 때문만은 아니었다. 또 다른 이유가 있었다.

나는 놀라움을 금치 못했다. 왜냐하면 '펜션'이라고 들었던 곳이 산기슭에 자리 잡은 낡고 어두운 수녀원의 객실이었기 때문이다. 나트륨 가로등이 눈 쌓인 밤나무들을 향해 짙은 불빛을 쏟아부었다. 이미 봄꽃을 피운 채로 하얀 눈 이불을 덮고 있는 밤나무들의 모습이 마치 뭔가 이해하기 힘든 부조리한 억압을 당하는 것처럼 느껴졌다. 운전사는 나를 측면 입구로 안내하고는 내 짐을 번쩍 들고 계단을 올라 방으로 옮겨 주었다. 방문에는 열쇠가 꽂혀 있었다.

"이제 모든 절차가 끝났습니다. 푹 쉬세요. 내일 아침에 모시러 올게요."

매부리코 운전사가 말했다.

"아침 식사는 냉장고에 준비되어 있고, 10시가 되면 수녀님들이 커피를 마시자고 할 겁니다."

나는 수면제를 먹고 나서야 간신히 잠들었고 시간의 틈새로 다시금 빠져들었다. 깃털로 만든 보드라운 새 둥지 같은 그 틈새를 나는 사랑했고, 거기에 나와 내 몸을 던져넣곤 했다. 병을 앓게 된 이후로 나는 매일 밤 이렇게 무아지경에 빠지는 연습을 했다.

아침 10시, 나는 살면서 본 것 중 가장 괴상한 커피 타임을 목격하게 되었다. 거대한 주방에 들어서니 한가운데에는 오랜 세월 사용한 흔적이 역력한 크고 튼튼한 나무 탁자가 놓여 있고, 그 주위에 수녀복을 입은 여섯 명의 노파가 둘러앉아 있었다. 내가 들어서자 그들은 동시에 고개를 살짝 들었다. 탁자 양쪽에 세 명씩 앉아 있었는데, 똑같은 제복 탓인지 얼굴 생김새도 판박이처럼 느껴졌다. 활기차고 에너지 넘치는 일곱 번째 수녀는 수녀복 위에 줄무늬 앞치마를 두른 채 서 있었다. 그녀는 커피가 가득 담긴 큼지막한 주전자를 탁자 위에 올려놓고 앞치마에 손을 닦은 후 뼈만 남은 손을 내밀며 내 쪽으로 다가왔다.

그녀가 내게 과하다 싶을 정도로 큰 소리로 인사했는데, 나중에야 그 이유를 알게 되었지만, 대부분의 나이 많은 여성들이 그렇듯 잘 듣지 못하기 때문이었다. 그녀는 먼저 내 이름을 소개하고는 수녀들의 이름을 빠르게 읊어 댔는데, 이름들이 모두 괴상했다. 가장 나이 많은 수녀의 이름은 베아트릭스였다. 잉게보르크, 타마르, 샤를로타, 이지도라, 세자리나도 있었다. 타마르는 미동도 없이 조용히 앉아 있었는데 그 모습이 시선을 끌었다. 휠체어에 앉은 자태가 마치 고대 여신의 조각상 같았기 때문이다. 체구는 큼직하고 뚱뚱했지만, 아름답고도 창백한 얼굴은 제복으로도 감출 수 없었다. 마치 내 뒤에 펼쳐진 광활한 공간을 바라보는 듯, 그녀의 시선은 나를 관통해 어딘가를 향하고 있었다. 타마르는 아마도 기억의 초원에서 시간을 거슬러 끈질기게 내면을 여행하는 부족의 일원이었을 듯하다. 그들에게 우리는 눈동자에 들러붙은 성가신 먼지 같은 존재에 불과하지 않을까.

나는 경탄을 금치 못한 채 식사 공간과 조리 공간으로 나뉜 넓고도 환한 주방을 둘러보았다. 그곳에는 오븐이 달린 커다란 멀티 연료 가스레인지와 빵 굽는 화덕이 마련되어 있었다. 벽에는 큼직한 프라이팬과 냄비들이 걸려 있고, 창가에는 공장 구내식당의 주방처럼 일렬로 늘어선 싱크대들이 자리하고 있었다. 조리대는 철판으로 덮여 있고, 각종 기구와 설비들은 플라스틱이 아닌 금속으로 만들어져서 마치 네모 선장의 배에서 공수해 온 것처럼 둥그런 관 모양의 나사로 조립되어 있었다. 거의 무균 상태에 가까운 이곳의 청결함은 구식 스타일의 실험실에서 위험한 실험을 하는 프랑켄슈타인 박사를 떠올리게 했다. 이 방에서 현대적인 설비라고는 색깔별로 용도가 구분된 쓰레기 분리 수거통뿐이었다.

샤를로타 수녀는 이 거대한 주방이 오랫동안 제대로 사용되지 못했고, 수녀들은 요즘 화덕 대신 가스레인지에서 음식을 만들거나 마을 식당에서 제공하는 케이터링 서비스를 이용한다고 설명해 주었다. 앞치마를 두른 안나 수녀는 알고 보니 이곳의 원장 수녀였는데, 1960년대에 그녀가 처음 이곳에 왔을 때만 해도 수녀원에는 유럽 전역에서 온 예순여 명의 수녀들이 살고 있었다고 덧붙였다.

"예전에는 여기서 빵을 구웠고, 치즈도 만들었어요. 치즈 한 덩이가 15킬로그램이나 나갔답니다. 하지만 지금은 일곱 명을 위해 치즈를 만들고 빵을 굽는 게 통 수지타산이 맞지 않아서요……"

샤를로타 수녀가 마치 긴 이야기를 시작하려는 듯 말을 꺼냈다.

"여덟 명이요! 우리는 여덟 명입니다."

안나 수녀가 명랑한 어조로 대화를 이어받았다.

"거기 가더라도 가끔 우리를 방문해 주세요."

그녀가 턱으로 위쪽 어디쯤, 애매한 방향을 가리키며 말했다.

"연구소도 우리 기관이거든요. 목초지를 통과하는 지름길을 이용하면, 도보로 삼십 분쯤 걸려요."

커피포트가 손에서 손으로 건네졌고, 김이 모락모락 나는 어두운 빛깔의 커피가 차례로 잔을 채웠다. 그러자 수녀들의 손이 재빠르게 크림 용기를 집어 들었다. 노쇠한 손가락들이 뚜껑의 금박을 부드럽게 벗기고 커피에 크림을 부었다. 그러고 나서 금박을 완전히 떼어내고는 그것이 마치 알루미늄 성찬이라도 되는 듯 혀로 가져갔다. 한 번의 능숙한 움직임으로 혓바닥이 핥고 지나가자 뚜껑에 남은 희끄무레한 흔적이 지워지고 은박지의 광채가 되살아났다. 그 후 예민한 혀가 커피잔 속으로 이동하여 그곳에 있는 가장 작은 액체 방울까지 깨끗이 핥아 냈다. 수녀들은 수백 번도 넘게 반복해서 익숙해진 동작으로 능숙하게 크림을 핥아 먹었다. 이제는 플라스틱 용기에 붙어 있는 종이띠를 떼 내어야 할 차례였다. 수녀들의 손톱이 접착 부위를 세심하게 찢어서 띠를 성공적으로 분리시켰다. 이 모든 과정을 꼼꼼히 진행한 결과, 수녀들 앞에는 세 종류의 재활용 자원이 놓이게 되었다. 플라스틱, 종이, 그리고 알루미늄.

"우리는 환경을 소중히 여깁니다. 인간은 특별한 종(種)이지만, 이대로 가다가는 멸종 위기에 처할 수 있습니다."

안나 수녀가 내게 눈짓을 보내며 말했다.

그러자 수녀들 중 누군가가 킥킥거리며 맞장구쳤다.

"맞아요, 매년 한 명씩, 시계처럼 정확하게 떠나고 있죠."

나는 수녀들의 동작을 열심히 따라 하느라 여덟 번째 여성이 소리 없이 주방에 들어와 내 옆자리에 앉는 것을 알아차리지 못했다. 그녀가 몸을 살짝 움직이는 바람에 비로소 내 시선이 그녀를 향했다. 나이 든 수녀들이 입은 것과 똑같은 제복을 갖춰 입은 어린 소녀였다. 나머지 수녀들의 창백한 안색과는 대조적으로 생기 있고 까무잡잡한 피부를 갖고 있었는데, 마치 낡은 초상화 한 귀퉁이에 방금 새 물감으로 그녀만 따로 그려 넣은 것처럼 돋보였다.

"이쪽은 우리 스와티 수녀입니다."

수녀원장이 자랑스럽다는 듯 그녀를 소개했다.

소녀가 무표정한 미소를 지으며 자리에서 일어났다. 그러고는 분리된 쓰레기를 모아 색깔별 수거통에 담기 시작했다.

나는 마치 오래된 지인을 대하듯 친근하게 나를 맞아 준 원장 수녀에게 감사한 마음이 들었다. 순간 휴대전화가 울렸고, 원장 수녀는 주머니에서 여러 가지 물건들을 꺼내기 시작했다. 열쇠 꾸러미, 사탕, 수첩, 알약이 담긴 블리스터 팩[35]…… 그녀의 전

---

35 알약 같은 것을 기포같이 생긴 투명 플라스틱 칸 안에 개별 포장하는 것이다.

화기는 오래된 노키아였는데, 말 그대로 구형이었다.

"네, 네."

그녀가 이상한 사투리로 전화에 응답했다. "고맙습니다." 그러고는 나를 쳐다보며 말했다.

"운전사가 기다리고 있어요."

나는 미처 다 마시지 못한 커피를 아쉬워하면서, 원장 수녀의 안내로 오래된 건물의 미로를 통과하여 출구로 향했다. 밖으로 나서자 5월의 눈부신 햇살이 나를 맞았다. 차에 타기 전에 나는 잠시 눈이 녹아내리는 소리에 귀를 기울였다. 사방에서 무거운 물방울들이 떨어져 지붕과 계단, 유리창, 나뭇잎을 두드리며 웅장한 선율을 만들었다. 발밑으로 구불구불한 강의 지류가 모여 눈 쌓인 특별한 풍경을 평범한 물줄기로 바꾸며 아래로, 호수로 흘러갔다. 왜 그랬는지는 모르겠지만, 그 순간 나는 수녀복을 입은 이 나이 든 여인들이 모두 죽음을 의연하게 기다리고 있다는 생각이 들었다. 그런데 나는 동요하고 있다.

"이곳은 최적의 근무 환경을 갖추고 있습니다. 한번 둘러보세요."

그날 프로젝트의 연구 책임자인 다니가 내게 말했다. 그녀는 이탈리아 억양이 가미된 영어를 구사했지만, 얼굴 생김새는 인도나 동아시아 혈통을 떠올리게 했다.

"여기가 당신의 개인 연구실입니다. 출근하기 위해 건물 밖으로 나갈 필요도 없죠."

다니가 미소를 지어 보였다. 그 옆에는 꽉 끼는 체크무늬 셔츠를 입은 배불뚝이 남자가 서 있었다.

"이쪽은 빅토르, 프로젝트 매니저예요."

그녀는 여기서 멀지 않은 곳에 등산로가 있는데, 세 시간 정도만 올라가면 큰 힘을 들이지 않고도 기념비적인 장소인 산 정상에 도달할 수 있다고 했다. 그 산은 어디에서나 보일 정도로 높았기에 산을 올라도 마치 계속 평지에 있는 듯한 느낌이 든다고 했다. 연구소는 최신식 콘크리트 건물로 직선이 주를 이루고 있었다. 알루미늄 띠들이 거대한 유리 벽을 지탱하고 있었는데 자연의 불규칙한 형상이 그대로 투영되는 유리 덕분에 건물의 딱딱한 구조가 부드럽게 보였다. 이 현대적인 건물 뒤에는 20세기 초에 지어진 것으로 추정되는 또 다른 대형 건물이 있었다. 건물 앞쪽의 운동장에서는 청소년들이 모여 축구를 하고 있었다. 아마도 과거에 학교가 아니었을까.

피로감이 밀려왔다. 이곳의 높은 고도 탓일 수도 있고, 아니면 최근 계속해서 피로가 누적되었기 때문일 수도 있다. 나는 앞으로 몇 주 동안 지내게 될 내 방으로 안내해 달라고 부탁했다. 최근 내 건강 상태로는 오후에 휴식이 필요했다. 오후 2시쯤 되면 어김없이 피로가 밀려왔고, 졸립고 무기력해졌다. 그럴 때면 하루가 무너진 듯한 느낌이 들었고, 우울감이 덮쳐와서 저녁까지 쉽게 회복되지 않았다. 그러다 7시쯤 되면, 마지못해 일어나서 자정까지 억지로 업무를 수행하곤 했다.

나는 가정을 꾸리지도 않았고, 집을 짓거나 나무를 심지도 않았다. 대신 내 모든 시간을 일과 끊임없는 연구에 바쳤고, 스스로의 감각보다 더 신뢰하는 복잡한 통계 절차를 활용하여 모든 업무를 수행했다. 내가 인생에서 이룩한 가장 큰 성과는 심리 테스트다. 아직 미래가 결정되지 않고 성인의 인격체로 자리 잡지 않은 미성숙한 대상의 심리적 특성을 연구하는 데 유용한 심리 검사. 내가 개발한 이 '발달 경향 테스트(TTR)'는 전 세계적으로 빠르게 인정받으며 널리 사용되었다. 덕분에 나는 명성을 얻게 되었고, 교수직을 맡아 평탄한 삶을 살며 검사 절차의 세부 항목들을 지속적으로 개선해 나갔다. 시간이 지남에 따라 TTR은 평균 이상의 예측력을 보인다는 것이 입증되었고, 이를 통해 누군가가 어떤 사람이 될지, 그리고 어떤 방향으로 발전해 나갈지를 높은 정확도로 예측할 수 있게 되었다.

평생 한 가지 일만 하면서 그 일에만 몰두하며 살아가게 될 줄은 나도 몰랐다. 항상 스스로를 불안한 영혼을 지닌 사람으로 여겼고, 열정이 금방 식는 유형이라고 생각했기 때문이다. 내가 어린아이였을 때 TTR로 나를 검사했더라면, 미래의 내가 한 가지 신념을 성실하고 끈기 있게 주창하고, 하나의 도구를 부단히 갈고 다듬는 사람이 되리라고 예측할 수 있었을지 사뭇 궁금하다.

그날 저녁, 우리 셋은 저녁 식사를 하기 위해 마을의 한 레스토랑에 갔다. 커다란 통창 너머로 호수가 바로 보이고, 도시의 반짝이는 불빛들이 어두운 수면 위로 쏟아지면서 손님들에게 평온한 풍경을 선사하는 곳이었다. 호수의 떨리는 심연이 내 시선을 사로잡아 대화 상대들로부터 자꾸만 멀어지게 했다. 우리는 전채로 꿀과 고르곤졸라 치즈를 곁들인 배를 선택했고, 주요리로는 가장 비싼 요리인 트러플 리소토를 먹었다. 최고급 화이트 와인도 곁들였다. 이야기를 주도하는 건 빅토르였는데, 그의 낮은 목소리가 고맙게도 어디선가 흘러나오는, 기계적이고 차가우면서 신경을 거슬리는 음악 소리를 잠재웠다. 그는 요즘 세상에는 카리스마 있는 인물이 부족하다면서 사람들이 다들 너무 평범해서 세상을 더 나은 곳으로 바꿀 힘이 부족하다고 불평했다. 체크무늬 셔츠를 걸친, 볼록하게 튀어나온 그의 배가 테이블 가장자리를 윤이 나도록 문지르고 있었다. 다니는 나를 정중하면서도 친근한 태도로 대했다. 그녀가 테이블 너머로 나를 향해 몸을 기울이자, 그녀의 스카프 끝자락에 달린 술이 접시 가장자리를 위태롭게 스치며 하마터면 적당히 녹은 고르곤졸라에 닿을 뻔했다. 나는 검사 대상 아이들에 대해 의례적인 질문을 했다. 어떤 아이들이며, 무엇 때문에 검사를 받아야 하는지, 그리고 '우리 프로젝트'의 개요가 어떤 것인지. 하지만 그때만 해도 사실 나는 큰 관심이 없었다. 연구진들과 대화를 나누면서도 내 주된 관심은 성냥개비 심지 정도 크기의 트러플 조각에서 우러나오는 풍미에 쏠려 있었다.

아이들은 '산악 학교'로 알려진 이곳에서 석 달 동안 학습과 놀이를 통해 자신의 능력과 역량을 검사받는 중이었다. 모두 입양된 아이들로, 이 프로젝트는 사회 자본이 개인의 성장과 발달에 미치는 영향(빅토르의 설명이었다.)과 다양한 환경 변수가 미래의 직업적 성과에 미치는 영향(다니의 설명이었다.)을 분석하는 것을 골자로 한다. 내 임무는 간단했다. 가능한 한 제일 광범위한 버전으로 테스트를 수행하는 것이다. 그들은 개별적인 아이들의 정확한 프로필과 미래에 대한 예측을 원했다. 연구는 민간 벤처사업으로 진행될 예정이며, 후원자들은 이미 필요한 인허가를 모두 취득한 상태였다. 프로젝트는 다년 과제로 진행되고 있으며 아직은 비밀이 잘 유지되고 있었다. 나는 고개를 끄덕이며 경청하고 이해하는 척했지만, 실은 내내 트러플의 맛을 음미하고 있었다. 발병 이후 내 미각은 잘게 세분화되어 각각의 식재료를 따로 인식하는 것만 같았다. 버섯, 밀가루로 만든 파스타 면, 올리브유, 파마산 치즈, 바삭한 마늘 조각…… 더 이상 요리라는 개념은 없고, 오직 느슨한 재료들의 결합체만이 존재하는 듯했다.

"당신 같은 유명 인사가 여기까지 와 주셔서 얼마나 감사한지 몰라요."

다니가 말했고, 우리는 와인 잔을 부딪쳤다.

와인이 혀를 꼬이게 만들 때까지 우리는 정중하면서도 느긋하게 대화를 나누며 음식을 즐겼다. 나는 미래를 예측하려는 모든 시도는 사람들을 매료시키면서도 동시에 비이성적인 저항을 불러일으킨다고 말했다. 폐소공포증과 같은 불안을 유발하고, 나아가 오이디푸스 이후 인류가 씨름해 온 운명에 대한 두려움을 자극하기 때문이다. 본질적으로 사람들은 미래를 알고 싶어 하지 않는다.

좋은 심리 측정 도구는 정교하게 설계된 일종의 덫과 같다고 나는 그들에게 말했다. 우리의 정신이 일단 그 덫에 걸리면 빠져나오기 위해 몸부림치면서 더 많은 흔적을 남기게 된다. 오늘날 우리는 인간이 다양한 잠재력을 내포한 폭탄과 같은 상태로 태어난다는 것을 알고 있다. 성장기란 새로운 것을 배우고 풍요롭게 만드는 시기가 아니라, 오히려 스스로의 가능성을 하나씩 제거해 나가는 과정인 것이다. 결국 우리는 무성하게 우거진 야생 식물의 상태에서 마치 분재 식물처럼 점점 왜소해지고, 모양이 다듬어지고, 경직된 자아의 미니어처가 되어 버린다. 내가 개발한 테스트가 다른 검사 도구들과 다른 점은 발전과 진보의 과정에서 얻는 것을 연구하지 않고, 잃어버리는 것에 초점을 맞추어 연구를 진행한다는 점이다. 우리의 무궁무진한 가능성이 제한되는 대신 우리가 어떤 사람이 될지 예측하기가 더 쉬워진다.

내 연구 경력은 조롱과 평가 절하, 초심리학[36]에 대한 의구심, 심지어 결과를 조작했다는 비난과 뗄 수 없는 관계를 맺고 있다. 내가 갈수록 의심이 많아지고 점점 방어적인 태도를 갖게 된 것은 아마도 그래서인 듯하다. 따라서 먼저 공격하고 상대를 도발하다가도 내가 한 짓에 대해 괴로워하며 물러서기 일쑤다. 나를 가장 화나게 만드는 것은 비합리적이라는 비난이다. 과학적 발견은 처음에는 대부분 비합리적으로 보인다. 왜냐하면 인식의

---

36 초심리학(parapsychology)은 일반 심리학으로 설명할 수 없는 정신 영역을 다루는 학문이다.

한계를 규정하는 것이 바로 합리성이기 때문이다. 하지만 그러한 한계를 뛰어넘기 위해서는 종종 합리성을 제쳐 두고 미지의 어두운 심연으로 뛰어들어야 한다. 그리고 단계별로 하나씩 합리적이고 납득할 수 있게 설명해야 한다. 전 세계를 돌아다니며 내 검사에 관해 강연할 때, 나는 매번 이런 말로 강의를 시작하곤 했다.

"네, 이 검사가 여러분을 혼란스럽게 하고 짜증을 유발한다는 걸 잘 압니다. 하지만 인간의 삶은 충분히 예측할 수 있습니다. 그것을 위한 도구가 엄연히 존재하니까요."

그때마다 긴장된 침묵이 감돌곤 했다.

우리가 휴게실에 들어섰을 때, 아이들은 어떤 장면을 연기하는 놀이에 한창이었다. 이미 복도에서부터 아이들의 웃음소리가 들려왔다. 아이들은 나를 맞이하기 위해 애써 진지한 표정을 지어 보였다. 아이들의 할머니뻘 되는 나이였으므로 나와 아이들 사이에는 일종의 훈훈한 거리감이 저절로 만들어졌다. 아이들은 나와 쉽게 친해지려 하지 않았다. 그 와중에 자그마한 체구에 당돌한 성향의 한 여자아이가 용기 내어 내게 몇 가지 질문을 던졌다. 어디에서 왔는지? 내 엄마는 어떤 언어를 사용했으며, 스위스에는 처음 온 것인지? 내가 사는 곳은 공해가 얼마나 심각한지? 개나 고양이를 기르는지? 그리고 연구는 어떻게 진행되는지? 따분하지는 않은지?

나는 질문에 차례차례 대답했다. 나는 폴란드인이다. 엄마는 폴란드어를 사용했고, 스위스에는 전에도 몇 번 와 본 적이 있으며, 이곳 베른 대학교에서도 나를 잘 알고 있다. 내가 사는 곳의 대기 오염은 상당하지만, 그래도 내가 이사하기 전에 살던 도시보다는 훨씬 덜한 것 같다. 겨울철에는 북반구에서 스모그가 몇 배나 더 많이 발생하기 때문이다. 내가 사는 시골에서는 굳이 마스크를 쓸 필요가 없다. 연구는 꽤 재미있을 것이다. 지극히 평범한 주제와 관련된 몇 가지 온라인 테스트를 진행할 예정이다. 예를 들면 좋아하는 것들과 싫어하는 것들에 대한 검사다. 또한 여러분은 이상한 모양의 삼차원 도형을 보고 그것이 무엇을 의미하는지 설명해야 한다. 일부 검사에서는 최첨단 장비를 사용할 예정인데, 아프거나 하지는 않고 기껏해야 간지러운 정도다. 따분할 일은 절대 없을 것이다. 며칠 동안은 수면을 모니터링하기 위해 밤에 특수 모자를 착용하고 자게 될 것이다. 어떤 질문들은 매우 개인적이라고 느껴질 수도 있겠지만, 연구자로서 우리는 반드시 비밀을 엄수할 것이다. 그러므로 언제나 최대한 솔직하게 대답해 주기를 부탁한다. 일부 검사는 수행 과제의 형태로 이루어지는데, 그것들은 게임과 비슷할 것이다. 나는 우리가 함께 즐거운 시간을 보낼 것이라고 확신한다. 아, 그리고 나는 개와 함께 살았지만 몇 년 전에 개가 세상을 떠났다. 그래서 이제는 더 이상 동물을 기르고 싶지 않다.

"혹시 개를 복제할 생각은 안 해 보셨나요?"

내게 질문한 총명한 소녀가 다시 물었다. 이름이 미리였다.

나는 뭐라고 대답해야 좋을지 몰랐다. 그런 생각은 한 번도

해 본 적이 없었으므로.

"중국에서는 이미 대량으로 복제하고 있다고 들었어요."

까무잡잡하고 갸름한 얼굴을 가진 키 큰 소년이 말했다.

개의 복제와 관련하여 잠시 왁자지껄 난상 토론이 벌어졌고, 아이들은 초면에 지켜야 할 예의를 다했다고 판단했는지 다시 자신들의 놀이로 돌아갔다. 그들은 우리가 놀이에 참여하는 것을 허락했는데, 내가 이해한 바에 따르면, 그것은 말없이 몸짓으로만 메시지를 전달해야 하는 일종의 '제스처 게임'이었다. 우리는 팀을 나누지 않고 개별적으로 게임에 참여했다. 나는 아무것도 맞히지 못했다. 아이들이 몸짓으로 보여 준 것은 내가 모르는 게임이나 영화의 장면들이었다. 마치 다른 행성에서 온 것처럼 아이들은 신속하고 간단하게 사고하며 내게는 완전히 낯선 세계를 언급하고 있었다.

나는 그들을 바라보며, 어리고 부드럽고 탄력적이며 생명의 원천과 직접 연결된 싱그러운 무언가를 감상하는 기쁨을 느꼈다. 미처 경계가 확립되지 않은, 불확실한 존재에 내포된 날것 그대로의 순수함. 그들 안에서는 아직 아무것도 부패되지 않았고, 화석화되거나 종기처럼 단단히 굳어 버린 것도 없었다. 그들의 몸은 그저 환희에 차서 앞으로 나아가는 중이고, 저 멀리 정상이 있다는 사실에 들떠서 위를 향해 날아오르고 있었다.

이제 와서 그날의 장면을 떠올려 보니, 티에리와 미리의 모습이 기억 속에 선명하게 떠오른다. 티에리는 큰 키에 햇볕에 그을린 피부를 가졌으며, 무거운 눈꺼풀 때문에 매사에 지루해하고 잠에서 완전히 깨지 않은 것처럼 보였다. 반면 미리는 몸집이 작고 용수철처럼 탄력 있으며 집중력이 뛰어난 아이였다. 나는 쌍둥이들도 유심히 살펴보았다. 두 쌍 이상의 일란성 쌍둥이가 함께 있는 방에 들어서면 그 순간 이상스러운 비현실감을 느끼게 마련이다. 이곳에서도 마찬가지였다. 첫 번째 쌍둥이는 서로 멀리 떨어져 앉아 있는 남자아이들, 줄스와 막스였다. 둘 다 탄탄한 체구에 짙은 갈색 눈동자, 검은 곱슬머리와 큼지막한 손을 가진 아이들이었다. 두 번째 쌍둥이는 키가 크고 금발인 아멜리아와 줄리아였는데, 똑같은 옷을 입고 서로 어깨가 닿을 정도로 나란히 앉아 예의 바른 태도를 잃지 않고 집중하고 있었다. 나도 모르게 쌍둥이들을 구별할 수 있게 해 주는 세부 항목들을 찾으며, 나는 그 아이들을 매혹된 눈빛으로 찬찬히 바라보았다. 세 번째 쌍둥이는 비토와 오토였는데, 한 명은 고슴도치 같은 더벅머리, 다른 한 명은 긴 머리였다. 비토는 검은색 셔츠에 긴 바지, 오토는 무지개 티셔츠에 반바지를 입는 등 서로 똑같아 보이지 않으려고 노력한 듯했다. 그래서 그들이 쌍둥이라는 사실을 깨닫는 데 잠시 시간이 걸렸고, 신기하게 바라볼 수밖에 없었다. 그들도 그런 시선이 익숙한지 나를 보며 미소를 지어 보였다. 미리 옆에는 열일곱 살인 한나가 앉아 있었는데, 모델 같은 몸매와 중성적인 아름다움을 지닌 키가 큰 소녀였다. 한나는 놀이에는 거의 참여하지 않고, 어떤 생각에 잠겨 있는 것처럼 옅은 미소를 머금고 있었다. 호리호리하고 키가 큰 아드리안은 지나치게 활동적이고 신경질적이며 리더십이 남달라서 매번 제일 먼저 답을 맞히려고 나서는 통에 다른 아이들의 놀이를 방해하곤 했다. 그리고 어머니 같은 말투로 아드리안을 다독이며 분위기를 진정시키려고 애쓰는 에바가 있었다. 대부분 스카우트 캠프에 가면 흔히 볼 수 있는 그런 아이들이었다.

다음 날 나는 정신 신경학적 매개 변수에 관한 연구의 첫 단계를 시작했다. 기억력과 인지 능력을 측정하는 간단한 테스트였는데, 다소 기계적인 작업이었다. 블록을 올바른 순서로 배치하고, 이상한 모양의 그림을 한쪽 눈, 다음엔 반대쪽 눈으로 번갈아 바라보고 해석하는 검사였다. 내가 처음에 약속했던 대로 아이들은 즐거워했다. 저녁이 되어 오늘 수집한 데이터를 컴퓨터에 입력하고 있는데, 빅토르가 찾아와 내게 말했다.

"비밀 유지 조항을 상기시켜 드리려고 왔습니다. 첫날 서명하셨던 조항 말이에요. 정보를 저장할 땐 연구소 내부의 저장 장치만 사용해야 합니다. 개인 저장 장치는 안 됩니다."

그의 말에 나는 짜증이 났다. 어딘지 무례하게 느껴졌던 것이다.

그 후 테라스로 나가서 늘 그랬던 것처럼 궐련초를 말아 피우고 있는데, 빅토르가 근심 가득한 표정으로 다시 문간에 나타났다.

"이건 합법적인 거예요. 처방전도 갖고 있어요."

내가 설명했다. 빅토르는 내가 건넨 궐련초를 받아 들더니 깊고 능숙하게 들이마셨다. 그는 연기를 입에 문 채 완전히 다른 초점, 모든 것이 놀랍도록 부드러운 윤곽선으로 둘러싸인 시야에 대비하려는 듯, 눈을 가늘게 뜨며 찡그렸다.

"당신들이 나를 고용한 이유가 내 생명이 얼마 남지 않아서 인가요? 오직 그것 때문이었나요? 비밀을 지킬 수 있는 최고의 보장, 무덤까지 입을 다물도록 말이죠. 안 그래요?"

빅토르는 연기를 조금만 내뱉고 나머지는 삼켜 버렸다. 그러고는 마치 방금 거짓말을 하다 들킨 사람처럼 바닥을 응시하며 잠시 머뭇거리더니 주제를 바꾸었다. 어떤 테스트를 바탕으로 인간의 미래를 예측하는 것은 상식에 어긋나는 일이라고 생각한다고 빅토르가 말했다. 하지만 자신은 연구소의 충실한 직원이자 연구 의뢰자가 선임한 매니저로서 아무 이의도 표명하지 않을 것이라고 덧붙였다.

"제발 말해 주세요. 이 연구가 도대체 무엇에 관한 거죠?"

내가 물었다.

"설사 내가 안다 해도 말할 수 없어요. 그것이 이곳의 방식이니 받아들이세요. 주어진 임무를 수행하면서 스위스의 신선한 공기를 마음껏 마시는 거예요. 그게 당신에게 좋을 겁니다."

빅토르의 말로 미루어 그가 내 병에 대해 알고 있다는 사실을 확인할 수 있었다. 그 후 그는 아무 말도 하지 않았고, 흡연에만 집중했다.

"여기서 수녀원까지는 어떻게 가나요?"

한참 뒤 내가 물었다. 그가 말없이 수첩을 꺼내더니 지름길을 그려 주었다.

산에서 수녀원까지 초원 사이로 구불구불 이어진 지름길을 따라 빠른 걸음으로 내려가면 약 이십 분 정도 걸렸다. 내려가는 동안 소 떼를 위해 만든 작은 문 몇 개와 전기가 흐르는 울타리 옆을 지나쳐야 했다. 봄 햇살에 취한 채, 녹아내리는 눈 속에서 꼼짝 않고 서 있는 말들을 쓰다듬느라 잠시 시간이 지체되었다. 이상 기후의 모순에 당황한 말들이 자신의 크고 느슨한 뇌로 상황 파악에 필요한 실마리를 찾으려고 애쓰는 것처럼 보였다.

안나 수녀가 하얀 앞치마를 두르고 나를 맞이했다. 그녀는 마침 스와티 수녀와 함께 청소를 하는 중이었다. 두 수녀는 복도 의자에 놓인 문서 상자의 먼지를 털어낸 뒤, 지하실로 옮기기 위해 카트에 싣고 있었다. 나를 보자 수녀원장은 반가워하며 기꺼이 청소를 중단하고 새로 설치된 엘리베이터로 안내했다. 우리는 유리로 만든 엘리베이터를 탄 채, 수녀원 주거 구역에서 예배당까지 한 층의 거리를 몇 번이나 오르내렸다. 위, 그리고 아래 — 단 두 개뿐인 엘리베이터의 버튼을 바라보고 있자니 선택지가 생각보다 많지 않다는 사실에 뭔가 안도감이 느껴졌다.

그 후 안나 수녀는 내게 수녀원의 회랑을 보여 주면서 두 손을 펼쳐서 예전에 철창이 있던 자리의 흔적들을 가리켰다. 그 철창은 한때 세상과의 경계를 나타내는 표징이었다.

"우리는 이쪽에 앉았고, 저쪽에는 방문객들이 서 있었어요. 이 철창을 통해 그들과 대화를 나누고, 신부님도 이 철창 너머로 우리에게 고해성사를 주셨습니다. 믿어지나요? 1960년대까지도 그랬답니다. 우리는 마치 하느님의 동물원에 갇힌 동물들 같았어요. 매년 사진사가 와서 이 철창 너머로 우리의 사진을 찍었답니다."

수녀는 얇은 액자 틀에 끼워진 사진들을 보여 주었다. 벽에 빼곡히 걸린 그 사진들 속에는 수녀복을 입은 채 단체로 포즈를 취한 여성들의 모습이 담겨 있었다. 어떤 이들은 앞줄에 앉아 있고, 다른 이들은 그 뒤에 서 있었다. 사진 중앙에는 어김없이 원장 수녀가 있었는데, 신기하게도 항상 다른 사람들보다 조금 더 크고 강건해 보였다. 몇몇 수녀들의 몸은 교차된 철창으로 인해 분할된 것처럼 보였지만, 그래도 사진사가 얼굴이 철창에 가리지 않도록 노력했다는 게 느껴졌다. 복도를 따라 이동하며, 시간을 거슬러 올라갈수록 사진 속 수녀들의 숫자는 점점 많아졌고, 그들이 걸친 수녀복과 머릿수건이 갈수록 선명하고 강렬하게 느껴졌다. 그렇게 제복과 머릿수건이 사진 속 공간을 점령했고, 급기야 수녀들의 얼굴은 짙은 흑연색 식탁보 위에 흩어진 흰 밥알처럼 보였다. 이제는 존재하지도 않는 그 얼굴들을 가까이 다가가 자세히 들여다보며, 문득 이 여성들의 삶에는 저마다 신의 목소리를 듣고, 자신을 온전히 원하는 신의 부름을 받은 순간이 있었으리라는 사실에 부러움이 느껴졌다. 지금껏 나는 종교를 가져 본 적도, 형이상학적인 신의 존재감을 느껴 본 적도 없었다.

이 수녀원은 1611년 북쪽에서 온 두 명의 수녀가 산골짜기의 민가에 도착하면서 설립되었다. 그들은 '성가정의 카푸친 수녀회' 소속으로 교황의 인증서를 갖고 있었고, 부유층 후원자들도 확보하고 있었다. 수녀들은 이 년 만에 자금을 모아 1613년 봄, 수녀원 건축 공사를 시작했다. 초반에는 수녀들을 위한 작은 방과 업무 공간만 갖춘 소규모 건물뿐이었지만 그 규모가 급속도로 확장되었다. 백년의 세월이 흐르면서 주변 지역, 골짜기와 인근 숲이 모두 수녀들의 소유가 되었다. 수녀원 주변으로 아담한 마을이 형성되었고, 수녀원에 부분적으로 경제를 의존하게 되었다. 호숫가라는 좋은 입지에 도로망까지 갖추고 있어서 교역이 활발해졌고, 마을 주민들도 점차 부유해졌다.

교회법에 따라 '재속 수녀'라고 불리는 일부 수녀들은 세상과 꽤 긴밀한 접촉을 허용받았다. 반면에 '봉쇄 수녀'로 불리는 이들은 수녀원 봉쇄 구역을 벗어나지 못했고, 드물게 철창 너머로 보이는 그들의 모습은 마치 오래된 틱택토 게임의 일부, 예측할 수 없는 신비로운 요소처럼 보였다. 봉쇄 수녀들은 머리부터 발끝까지 기도에 함몰되어 있었다. 그들의 입술은 끊임없이 움직였고, 그들의 몸은 순종적으로 예배당의 차가운 돌바닥에 바짝 붙어 십자가처럼 펼쳐져 있었다. 그렇게 수녀들은 은총의 물결에 휩싸였다. 은총이 이 외딴 산간 지역에 지속적인 번영을 가져다주었으며, 수녀들에게는 수녀원의 재산이 불어나는 축복을 안겨 주었다. 어쩌면 삼각형으로 갈라진 하늘의 틈새로 세상을 예측하는 신성한 눈[目]이 내려와 경건한 봉쇄 수녀들에게 깃들었는지도 모른다. 그 눈은 훗날 1달러 지폐에서 발견되는 '섭리의 눈'[37]과 같은 눈이었으리라.

37 섭리의 눈(Eye of providence)은 세상을 예견하는 신성한 눈으로 고대 제사장이 삼각형의 높은 피라미드에서 세상을 미리 보는 의미를 가진다. 미국 1달러 지폐에도 그 문양이 새겨져 있다.

재속 수녀들은 잉크로 얼룩진 손가락으로 깃펜을 적셔 가며 자신들의 사업을 운영했다. 그들은 장부에 계란이나 고기, 아마포 등을 구매한 내역을 기록했고, 새로운 구호소 건물을 짓는 일꾼들에게 주는 보수와 고아들을 위한 신발을 만든 구두공들에게 지불한 대금도 세세히 적었다. 안나 수녀는 이 모든 것을 마치 자신의 가족사를 털어놓듯이 애정을 담아 이야기했다. 또한 과거에 수녀들이 저지른 사소한 잘못들과 지나친 사업적 관심까지도 이해하고 용서하며 이야기를 전했다. 수녀원은 번창하는 기업처럼 성장하여 호수를 포함한 주변의 모든 땅을 차지하게 되었다. 수도회의 몰락은 전쟁 이후인 20세기에 이르러 시작되었다. 도시가 점점 확장되면서 주택 단지와 공공 건물을 짓기 위한 땅이 더 필요해졌고, 사람들은 점차 신앙을 잃어 갔다. 1968년부터 지금까지 수녀원에는 스와티 수녀를 제외하고는 단 한 명의 수녀도 새로 들어오지 않았다. 1990년에 안나 수녀가 원장 수녀가 되었을 때, 이곳의 총인원은 서른일곱 명이었다.

수녀원의 넓은 부지는 재정 악화를 막기 위해 조금씩 매각되면서 갈수록 줄어들었고, 결국 수녀들이 거주하는 건물 한 채만 남게 되었다. 나머지 토지는 몇몇 농부들에게 임대되었고, 지금은 그 땅에서 소들을 방목하고 있다. 건강 식품 가게의 주인이 정원을 가꾸었고, 수녀들은 채소와 우유를 공급받는 대가로 그가 수도원의 이름을 제품에 사용할 수 있도록 허락했다. 그러나 그들은 수녀원의 전통적인 조리법에 내포된 상업적 성공의 가능성을 너무 늦게 알아차렸다. 시장은 이미 오래전에 베네딕토회,

시토회, 보니파시오회와 같은 다른 수도회들이 점령했으며, 그들은 이곳의 수녀회가 자신들의 경쟁자로 떠오를 가능성을 간파하고는 남성들끼리 연합해서 수녀들을 시장에서 몰아냈다. 이후 수녀원은 수익성 있는 협동 조합으로 전환해 보려고 했지만 역시 실패로 끝나고 말았다. 교회 옆에 있는 별도의 건물은 초등학교로 넘어갔고, 정원 한쪽에 있는 작은 건물은 현재 시에서 관리하는 호스텔이 들어섰다. 수녀들이 나이를 먹어 감에 따라 좁은 돌계단을 오르내리는 게 점점 더 힘들어지자 작년에 임대료로 얻은 수익으로 1층까지 연결되는 통유리 엘리베이터를 설치했다. 이제 하루에 몇 차례씩 예배당으로 가기 위해 수 미터의 층고를 오르내리는 수녀들의 모습을 유리 상자 속에서 볼 수 있게 되었다.

원장 수녀는 수녀원 구석구석을 보여 주며 이 모든 이야기를 들려주었다. 그녀를 따라가면서 나는 수녀복에서 풍기는 특유의 체취를 맡을 수 있었다. 그것은 오랫동안 라벤더 주머니를 걸어 놓은 옷장 냄새와 비슷했다. 나는 기분 좋은 안도감을 느끼며 아이들의 머리에 전극을 붙이는 대신 이곳에 남아서 오후의 나머지 시간을 보내고 싶은 마음이 들었다. 마치 따뜻한 후광이 안나 수녀를 둘러싸고 있는 듯했고, 그녀 주위의 공기가 힘차게 박동하는 것만 같았다. 원장 수녀가 그 후광을 낚아채서 유리병에 담아 팔았다면 틀림없이 큰돈을 벌었으리라는 생각이 들었다.

원장 수녀는 바닥에서 왁스 냄새가 풍기는, 말끔히 청소된 복도로 나를 빠르게 이끌었다. 그 복도는 수많은 문과 반 층짜리

계단, 그리고 반짝반짝 윤이 나는 성인들의 조각상이 세워진 벽
감들로 이루어져 있었다. 나는 이 복잡한 미로 속에서 즉시 길을
잃고 말았다.

우리는 마치 복제한 것처럼 닮은꼴 얼굴을 가진 원장 수녀
들의 초상화가 전시된 갤러리로 들어섰다. 봉쇄 수녀들을 위한
내부 예배당 입구에는 굵은 고딕체로 다음과 같은 문구가 새겨
져 있었다.

"Wie geschrieben stehet: Der erste Mensch Adam ist gemacht
mit einer Seele die dem Leib ein thierlich leben gibt: und der letzte
Adam mit deinem Geist der da lebendig macht."[38]

발밑에서 바닥이 삐걱거렸고, 난간과 문고리는 오랜 세월
사람들이 손바닥으로 하도 만지작거리는 바람에 반질반질 닳아
있었다.

우리는 큼지막한 중이층[39] 같은 곳에 도착했다. 나무 바닥
또한 어찌나 낡고 닳았는지, 아예 페인트칠을 한 적이 없는 것 같
았다. 거기에 빨래가 널려 있었는데, 이불 커버와 시트 사이로 베
아트릭스 수녀와 잉게보르 수녀의 모습이 보였다. 그들은 손에
바늘을 쥐고 빨래하다 떨어진 단추들을 꿰매고 있었다. 관절염으
로 뒤틀린 노쇠한 손가락들이 힘겹게 단춧구멍과 씨름 중이었다.

38 「고린도전서」 15장 45절 — 가톨릭 성서에는 이렇게 기록되어 있다.
    "성경에 기록된 대로 첫 인간 아담은 살아 있는 영혼이 되었고, 마지
    막 아담은 생명을 주는 영이 되었다."(원주)
39 보통의 이층보다는 낮고 단층보다는 좀 높게 지은 층이다.

"살베,[40] 수녀님들."

원장 수녀가 그들에게 인사했다.

"이분에게 우리 옥시를 소개해 줄까요?"

그러자 나이 든 수녀들이 갑자기 활기를 되찾았고, 연로한 베아트릭스는 마치 소녀처럼 날카롭게 소리를 질렀다. 안나 수녀가 새하얀 커튼 쪽으로 재빨리 다가가더니 단 한 번의 우아한 동작으로 커튼을 걷어내며 그 너머에 있는 것을 드러냈다.

"짜잔!"

그녀가 외쳤다.

그러자 움푹 들어간 작은 틈바구니가 나타났고, 그 안에 어떤 형체가 어렴풋이 보였다. 분명 인간의 형상이었지만, 왜소하고 어딘지 모르게 비인간적인 모습이었다. 나는 겁에 질린 나머지 뒷걸음질 쳤다. 원장 수녀는 효과에 만족하며 웃음을 터뜨렸다. 이런 식의 반응에 익숙해져서 은근히 즐기는 것 같았다.

"이게 바로 우리 옥시입니다."

원장 수녀가 나를 탐색하는 듯한 눈빛으로 바라보면서도 얼굴에는 의기양양한 기색을 띠며 말했다.

"맙소사!"

나는 폴란드어로 한숨을 내쉬었다. 수녀들이 웃음을 터뜨렸으므로 나는 난처한 표정을 지을 수밖에 없었다. 내 앞에 있는 것은 인간의 몸, 정확히 말하면 피부로 덮인 해골, 인간 미라, 즉 똑

40 성모를 찬양하는 인사말이다.

바로 세워진 채 호화롭게 장식된 시체였다. 공포의 순간이 지나고 나니 세부 사항들이 눈에 들어왔다. 수녀들은 여전히 내 뒤에서 낄낄거리고 있었다.

사람의 손으로 직접 엮고 뜨개질한 장신구들이 해골의 온몸을 덮고 있었다. 양쪽 눈구멍에는 커다란 준보석이 박혀 있었고, 대머리 두개골 위에는 비즈가 박힌 실로 뜨개질한 장식용 모자가 얹혀 있었다. 목 아래에는 얇은 바티스트[41]로 만들어진 자수 스카프를 두르고 있었는데, 한때는 순백색이었겠지만 지금은 잿빛으로 변해 더럽고 칙칙한 가을 안개를 연상시켰다. 말라붙어 쭈글쭈글해진 해골의 거죽이 위풍당당하게 늘어뜨린 18세기풍의 길고도 화려한 재킷 아래에서 군데군데 드러났다. 재킷의 은백색 무늬는 유리창에 맺힌 서리의 문양을 떠올리게 했다. 소매 끝에는 레이스로 된 커프스가 삐져나와 있었는데, 그 아래로 갈고리 같은 손에 씌워진, 닳아빠진 미텐스 장갑[42]이 살짝 보였다. 미텐스 장갑이라니! 뒤틀린 다리는 흰 스타킹으로 감싸인 채 쭈글쭈글한 장화 속에서 불안하게 자리 잡고 있었다. 신발의 금속 버클도 준보석으로 장식되어 있었다.

연구자가 피험자와의 관계에서 지나치게 감정적으로 얽매이지 않도록 한다는 권고사항을 우리는 항상 준수했다. 내 성향

---

41 얇고 흰 고급 삼베. 처음으로 만든 13세기 프랑스인 바티스트(Baptiste de Camrai)의 이름에서 유래하였다.
42 엄지손가락과 나머지 네 손가락을 따로 끼우게 만든 장갑이다.

에 딱 맞는 지침이었다. 나는 오직 연구 중에만 아이들을 만났다. 젊은 세대 또한 철저하게 지시에 따랐다. 예의 바른 아이들이었다. 다만 상상력을 발휘해야 하는 투사 검사와 같은 테스트를 시행하는 과정에서 몇몇 아이들이 수행 과제를 이해하는 데 어려움을 겪기도 했다. 얼마 후부터는 뇌파를 추적하는 세션이 시작되었고, 수면 중에도 뇌파를 측정해야만 했기에 방마다 적절한 장비를 가져다 설치해야 했다. 나는 일주일 넘게 외출도 하지 못한 채 오직 내 발코니에서만 여름의 절정을 감상할 수 있었다. 그곳에서 나는 심신을 편안하게 해 주는 궐련초를 들이마셨다. 정기적으로 나를 찾아오는 빅토르 때문에 내가 소지하고 있던 약초는 점점 빠르게 줄었다.

빅토르는 나와 이런저런 대화를 나누다가 수녀원이 '생물학적 이유'로 폐쇄될 위기에 처해 있다면서 스와티에 대한 이야기를 들려주었다.

인도에는 여전히 성스러움이 남아 있어서 역사의 광풍과 아우슈비츠의 연기도 그 신성함을 앗아 가지 못했다는 이야기를 들은 안나 수녀는 어린아이 같은 천진난만함으로 그 말을 받아들였다. 장비를 아이들 방으로 옮기느라 지친 나와 빅토르는 내 방 발코니에 마주 앉았다. 빅토르는 타오르는 궐련초의 끝자락을 바라보며 죄책감에 사로잡혔다.

"안 되겠어요. 이런 식으로 당신과 여기 앉아 이걸 피울 순 없어요. 당신에게는 약이지만 내겐 그저 단순한 쾌락일 뿐이니까요."

195

나는 어깨를 으쓱했다.

"왜 하필 인도인가요? 어디서 그런 생각을 떠올리게 되었을까요?"

"실은 내가 그녀에게 말했어요."

그가 잠시 머뭇거리다가 말을 이었다.

"만약 이 세상에 진정한 영성이 남아 있는 곳이 있다면 그곳은 분명 인도일 거라고 말했죠. 신이 인도로 옮겨 갔다고요."

"당신은 그걸 믿나요?"

내가 곧바로 물었다. 내 입에서 뿜어져 나온 연기가 아름다운 모양의 구름을 만들어 냈다.

"당연히 안 믿죠. 그저 낙관적인 이야기로 안나 수녀를 안심시키고 싶었을 뿐입니다. 하지만 그녀가 생각보다 행동이 앞서는 사람이라는 걸 간과했어요. 안나 수녀는 일흔이 넘은 나이에 홀로 인도로 떠났습니다. 수녀원에 데려올 수녀들을 찾으러 말이죠."

머릿속으로 금방 상상이 되었다. 델리의 모스크 아래, 잿빛의 하절기 수녀복을 입은 안나 수녀가 인력거들이 지나다니는 혼잡 속에서 주인 없는 개들과 신성한 소들의 틈바구니, 먼지와 진흙더미 속에서 서성이는 모습이 떠올랐다. 하지만 조금도 우습지 않았다. 마리화나가 내게서 웃음을 앗아간 지 이미 오래였기 때문이다. 하지만 빅토르는 낄낄거렸다.

"안나 수녀는 수백 킬로미터를 이동해 가며 인도 각지의 수도원을 돌아다녔어요, 유럽으로 데려갈 신입 수녀를 찾기 위해서 말이죠. 그러다 결국 단 한 명, 스와티라는 이름의 신실한 수녀를 찾은 거예요. 이해하시겠어요? 인도까지 가서 수녀를 데려온 겁니다!"

다음 날 내 책상 위에는 깔끔하고 간결하며 전문적으로 정리된 문서 파일이 놓여 있었다. 각 파일에는 연구 대상 아이들의 데이터가 담겨 있었는데, 내가 빅토르에게 요청한 자료였다. 그런데 파일마다 아이들의 이름과 성 대신에 'Hd 1.2.2' 혹은 'JhC 1.1.2/JhC 1.1.1'과 같은 기호가 스티커 메모로 붙어 있었다. 보는 순간 이상하다는 생각이 들었다. 나는 놀라움을 금치 못하며 파일을 열어 보았다. 어쩌면 내게 보여 주면 안 되는 자료를 빅토르가 실수로 가져다 놓은 게 아닐까. 나는 이 코드들의 의미를 전혀 이해하지 못했다. 데이터 안에는 생물학적 매개 변수표 외에도 유전자표와 내가 해독할 수 없는 그래프들도 있었다. 나는 이 자료들로부터 내가 연구하고 있는 아이들을 식별해 내려고 시도해 보았지만, 아무리 그래프와 도표를 들여다봐도 떠오르는 게 없었다. 아마도 그것들은 현실을 뭔가 다른 층위에서, 그러니까 보다 추상적인 수준에서 묘사하고 있는 듯했다. 그렇다. 분명 빅토르의 실수다. 내가 기다리던 문서가 아닌 다른 자료를 놓아둔 게 틀림없다. 나는 파일들을 그의 사무실에 도로 갖다 놓으려다가 갑작스러운 충동에 이끌려 잠시 내 자리로 돌아와 그 이상한 기호들을 오래된 신문의 여백에 적어 두었다. 나중에 생년월일도 적어 두면 좋겠다는 생각이 들었다. 내가 파일을 책상 위에 올려

놓을 때 마침 빅토르의 사무실은 비어 있었다. 열린 창문 사이로 들어온 바람이 블라인드의 플레이트를 흔들었고, 그 소리가 마치 매미들의 합창처럼 들렸다.

다음 날 아침, 내가 오래전부터 요청했던 가정 환경 조사 인터뷰와 신상 관련 데이터가 내부 네트워크를 통해 도착했다. 파일명은 아이들의 이름과 성으로 표시되어 있었다.

티에리 B.. 2000년 12월 2일 출생. 양부모는 스위스인, 작은 시골 마을에 거주. 남편은 교사이고, 아내는 사서다. 알레르기 체질. 뇌 검사 결과에 대한 상세한 설명. 경미한 간질 진단 이력. 혈액형. 기본 심리 테스트 결과지. 양부모가 작성한 일지, 꼼꼼히 작성되었지만 딱히 흥미롭지는 않았다. 난독증. 교정기에 대한 상세한 설명. 필체 샘플. 사진. 학교에서 아이가 쓴 글들. 지속적으로 철저히 건강 검진을 받은 정상적인 어린이. 생물학적 부모에 대한 정보는 누락되어 있다.

미리 C.. 2001년 3월 21일 출생. 위와 동일한 내용. 상세한 체중 및 신장 차트. 피부 질환 관련 자료들 — 사진과 진단서 등. 중산층 양부모. 남편은 소상공인, 아내는 화가. 아이가 그린 그림들. 그 밖에 수많은 참조 문서들이 첨부되어 있었는데 꼼꼼하게 번호가 매겨진 채 잘 분류되어 있었다.

쌍둥이 줄스와 맥스. 2001년 9월 9일 출생. 바이에른 출신. 양부모는 사업가로 섬유 공장을 소유한 상류 중산층. 출생 전후에 일부 합병증이 있었으며, 이로 인해 두 아이 모두 낮은 아프가 점수[43]를 받았다. 줄스는 절대 음감의 소유자로 음악 학교에 재학 중이다. 맥스는 일곱 살 때 교통사고로 자동차에 치여 다리에 복잡한 골절상을 입었다. 음악적 재능은 평범하다.

어제 신문 귀퉁이에 적어 둔 메모를 무심코 집어 들다가 나는 쌍둥이의 생일이 두 개의 기호인 'Fr 1.1.2'와 'Fr 1.1.1'을 가리킨다는 사실을 발견했다. 이제 비로소 이해하기가 쉬워졌다.

아드리안 T.. 2000년 5월 29일 출생. 그의 생일에 맞춰 부여된 기호는 Jn 1.2.1. 로잔 출신. 양부모는 모두 공무원. 이 소년은 법적 분쟁을 겪었다. 가정환경 조사. 경찰 보고서에 따르면, 수영장에 무단 침입하여 장비를 파손한 사건이 있었다. 몇 명의 형제자매가 있다.

에바 H.. 기호는 Tr 1.1.1. 양부모는 에바가 아홉 살 때 이혼했고, 교사인 어머니에 의해 양육되었다. 에바는 뛰어난 학생이자 농구 선수였다. 영화에 관심이 많고 시를 쓴다. 음악적 재능이 있으며, 청소년기에 류마티스 관절염 치료를 받았다.

나는 보고서들을 대충 훑어보면서 내용의 상세함에 놀랐다. 어린 십 대들의 삶을 마치 스파이나 천재, 혹은 혁명가라도 양성하듯 다양한 관점에서 철저히 조사했다는 사실에 감탄을 금할 수 없었다.

---

43 아프가(Apgar) 점수는 신생아의 심장 박동수, 호흡 속도 등을 기준으로 신체 상태를 측정하는 수치다.

안나 수녀는 내가 옥시의 사진을 찍도록 허락해 주었다. 그래서 나는 하루하루 삭아 가는 옥시의 몸을 세세히 사진으로 남길 수 있었다. 나는 마을 잡화점에서 사진을 인화하여 내 책상 위에 매달아 두었다. 이제는 눈을 들어 바라보기만 하면, 여러 세대에 걸쳐 수녀들이 죽음의 공포를 감추기 위해 어린아이처럼 천진난만하게 시신의 구석구석을 빠짐없이 세밀하게 장식했던 정교한 기술을 감상할 수 있었다. 단추와 레이스, 자수, 스티치 장식, 아플리케, 털실 방울, 레이스 소맷단, 칼라, 주머니, 장식 핀과 브로치, 스팽글, 구슬. 절박한 생명의 흔적들.

약국에서 약초를 구입하려면 며칠이나 기다려야 했기에, 내가 아는 방법으로 현지 딜러를 수배해 두세 번 정도 복용할 분량을 우선 확보했다. 그것은 약효가 강력했으므로 일반 담배와 섞어 피워야만 했다. 항암 요법 이후 통증은 많이 사라졌지만, 그래도 여전히 내 몸 어디선가 금속 스프링처럼 꼬여 있다가 언제라도 튕겨 나와 내 몸을 갈가리 찢어 놓을 것만 같은 두려움이 남아 있었다. 마리화나를 피우면 그러한 두려움이 종이로 만든 기다란 띠처럼 변했고, 세상은 온통 기호로 가득 찼다. 멀리 떨어진 것들이 서로 기묘한 메시지와 신호를 주고받으며 의미를 연결하고, 관계를 맺는 것처럼 보였고, 모든 것이 서로 은밀하게 눈짓을 보내는 듯했다. 덕분에 나는 충만해진 세상을 마음껏 즐기며 포만감을 만끽했다.

나는 두 번의 항암 치료를 받았는데 그때마다 잠을 잘 수가 없었다. 내 몸을 통제하기 힘들었고, 내게 남은 유일한 에너지는 두려움뿐이었다. 의사는 "삼 개월에서 삼 년"이라고 선고했다. 지금 내게는 집중할 만한 뭔가가 필요하다는 걸 깨달았기에 이곳까지 오게 되었다. 내가 처한 상황에서 돈이 삶을 연장하는 데 도움이 된다는 것도 알았지만, 그렇다고 반드시 돈 때문만은 아니었다. 테스트를 진행하는 데는 특별한 체력이 요구되지 않았다. 나는 거의 기계적으로 검사를 수행했다.

아이들이 오전에 수업이 있는 날이면, 나는 일찍 일어나 수녀원으로 향하곤 했다. 5월 말의 어느 날, 나는 운동장 울타리 위에 혼자 앉아 있는 미리를 보았다. 미리는 생리 중이라 체육 수업에서 빠졌다고 말했다. 그녀가 푸른색 옷을 입고 있었던 것이 기억난다. 파란색 청바지, 파란색 티셔츠, 그리고 파란색 운동화. 나는 무슨 말을 해야 할지 몰랐지만 그냥 그녀에게 다가갔다.

"선생님은 슬퍼 보이는군요."

미리가 약간 도전적인 태도로 내게 말했다.

"항상 그래요. 심지어 웃을 때조차."

미리는 내가 혼자 있을 때, 평소의 자신감 넘치는 표정을 벗어던지는 순간을 정확히 포착했다. 나는 작고 가벼운 소녀의 몸이 마치 새처럼 울타리에서 날렵하게 뛰어내리는 모습을 바라보았다. 마치 아무런 무게도 나가지 않는 것처럼 보였다. 미리는 집에 돌아가고 싶다고, 부모님과 자신의 개가 그립다고 말했다. 집에는 자기 방이 따로 있지만 여기서는 에바와 방을 함께 써야 한다고 했다. 항상 형제자매가 있기를 바랐지만, 여기 와 보니 다른 사람들이 자신의 삶을 방해한다는 사실을 알게 된 것이다.

"선생님은 우리를 검사하면서 무언가를 찾고 있죠. 우리도 여기 온 이유가 궁금해요. 저는 아이큐가 꽤 높은 편이어서 사실들을 연관 지을 수 있거든요. 저는 우리가 모두 입양되었다는 사실이 이 검사와 관련이 있다고 생각해요. 어쩌면 우리에게는 어떤 공통된 유전자가 있을지도 모르죠. 선생님은 우리를 보며 뭘 발견했나요? 우리에게서 뭔가 이상한 점이 보이나요? 내가 대체 다른 아이들과 무슨 관련이 있죠? 아무런 연관성도 없잖아요."

미리는 나를 배웅하며 학교에 대해 이야기하기 시작했다. 음악 학교에 재학 중인데 바이올린을 연주한다고 했다. 그러면서 '애도의 날들'을 좋아한다는 특별한 이야기를 들려주었다. 요즘은 기후 재난이나 테러 때문에 그런 날들이 점점 더 많아지고 있는데, 그때마다 미디어에서는 내내 슬픈 음악을 틀어 준다는 것이다. 종종 모든 게 짜증스럽고 세상이 너무 복잡하고 과하다고 느껴져서, 그런 우울한 날들이 오히려 자기에게는 휴식이 된다고 말했다. 사람들이 자신을 조금은 돌아봤으면 좋겠다고 소녀가 덧붙였다. 미리는 헨델을 좋아하는데, 특히 리사 제라드[44]가 부른 「라르고」를 즐겨 들으며, 그 밖에도 말러의 가곡들, 그중에서도 그가 자식들을 잃고 쓴 곡들을 좋아한다고 했다.

내 입가에 나도 모르게 미소가 피어올랐다. 멜랑콜리한 아

---

44 Lisa Gerrad(1961~). 오스트레일리아의 가수이자 작곡가. 브랜든 페리와 함께 그룹 데드 캔 댄스를 결성하여 이름을 알렸다.

이구나.

"그래서 내게 끌리는 거니?"

미리는 말들이 풀을 뜯고 있는 목초지까지 잠시 나와 함께 걸어 내려갔다. 가는 길에 그녀는 강아지풀의 꼭지를 따서 아직 보드랍고 채 영글지 않은 씨앗들을 공중에 흩뿌렸다.

"선생님은 가발을 쓰신 거죠, 그렇죠?"

미리가 내 쪽을 쳐다보지도 않은 채 갑자기 말을 꺼냈다.

"병에 걸려 죽어 가고 있잖아요."

미리의 말이 내 명치를 호되게 때렸다. 눈물이 차오르는 걸 느꼈기에, 나는 미리에게서 몸을 돌려 수녀원을 향해 서둘러 걸음을 옮겼다.

아이들이 수업을 듣는 아침, 수녀원에서 보내는 시간은 나를 진정시켜 주었다. 삶에 대해 온화한 태도를 가진 평온한 여성들과 함께 있으니 마음이 편안해졌다. 커피를 마시고 자질구레한 쓰레기들을 열심히 분류하는 수녀들의 여윈 손가락들이 흐트러진 질서를 회복시켜 주었다. 언젠가, 머지않아 나 또한 어떤 손길에 의해 내 몸의 모든 요소가 분해되어, 나를 이루고 있던 모든 것들이 제자리로 돌아가게 되리라. 이것이야말로 최종적인 재활용이다. 정화의 의식이 끝나고 나면 커피에 넣었던 크림 덩어리는 커피에서 분리되어 개별적인 존재가 되어 다른 범주에 속하게 된다. 함께 어우러져 만든 맛과 질감은 어디로 갔을까? 방금까지도 조화롭게 공존하던 그 무언가는 어디로 사라졌을까?

부엌에 앉아 있으면 안나 수녀가 종종 멍하니 생각에 잠겨 있다가 내 호기심 가득한 질문들에 대답해 주곤 했다. 그녀의 기억 속에서 얽히고설킨 이야기 실타래가 우리를 어디로 이끌지 알 수 없었다. 그때마다 이와 비슷한 방식으로 이야기를 늘어놓던 엄마가 떠올랐다. 폭넓고 다채롭게 두서없이 구불구불 이어지던 엄마의 이야기. 나이 든 여성들에게는 마치 거대한 직물처럼 이야기로 세상을 덮어 버리는 놀라운 능력이 있었다. 사소한 일들에 묵묵히 몰두하고 있는 다른 수녀들의 존재감은 그들을 진실의 보증인 시간의 회계사처럼 느끼도록 만들었다.

옥시에 관한 모든 정보는 수녀원 연대기에 기록되어 있었다. 내 요청으로 안나 수녀는 여러 권의 책 중에서 관련된 대목을 찾아내어 주방 커피 테이블에 펼쳐놓았다. 그녀는 정확한 날짜를 발견했다. 1629년 2월 28일.

그날 수녀들과 마을 주민들은 도시로 향하는 남쪽 도로변에 나란히 서서 로마로 갔던 사신들이 돌아오기를 기다리고 있었다. 해가 저물기 직전 산 너머에서 작은 기병 행렬이 모습을 드러냈고, 그 뒤로 물에 젖어 더러워진, 화려한 천으로 장식된 나무 수레가 따라왔다. 천 밑에는 가죽끈으로 단단히 묶인 관이 실려 있었다. 수레를 장식한 화환의 잔해가 젖은 눈 위에 흩뿌려져 있고, 지친 기병들은 추위에 몸을 떨고 있었다. 시장과 특별히 초대된 주교가 주민들을 대표하여 성인에게 도시의 열쇠를 상징적으로 헌정했다. 이후 새하얀 제복을 입은 소년들이 오랫동안 연습한 환영의 성가를 불렀다. 그러나 날씨가 험악한 겨울날이어서

이 특별한 선물을 적절히 기리기 위한 꽃이 없었다. 그래서 시민들은 수레바퀴 아래로 전나무 가지를 던졌다. 그날 저녁, 마을에서는 성대한 미사가 열렸고, 다가오는 주일 대미사 직후, 즉 사흘 뒤에 성 옥센티우스[45]의 시신을 공개하겠노라 공표되었다. 그때까지 수녀들은 긴 여행으로 고난을 겪은 성유물(聖遺物)[46]을 정리하고 관리하는 일을 맡았다.

수녀들이 마주한 광경은 끔찍했다. 호기심에 차서 관 속을 들여다보자마자 그들은 본능적으로 뒷걸음질 쳤다. 수녀들은 무엇을 기대했을까? 그들의 상상력은 이전에는 들어 본 적도 없는 이 순교자의 시신을 어떤 기적으로 포장했을까? 난방도 안 되는 방에서 갈라진 손에 벙어리장갑을 끼고 수녀복 아래 두꺼운 털 양말을 신은 채 떨고 있던 가여운 카푸친 수녀들은 과연 무엇을 보기를 원했을까?

예배당의 아치형 천장 아래에서 실망과 탄식의 한숨 소리가 울려 퍼졌다. 성 옥센티우스의 시신은 이미 잘 건조되어 여느 시신과 다름없이 평범했지만, 그의 드러난 치아와 텅 빈 눈구멍은 공포 내지는 혐오감을 불러일으키기에 충분했다.

45 4세기 밀라노에서 활동한 주교로서 존경받는 아리우스파 신학자였다.
46 성인의 유체, 또는 그것에 접촉된 의복이나 소지품과 같은 물건은 성인 숭배의 표상이라고 할 수 있다. 주로 가톨릭에서 예로부터 순교자 숭배와 더불어 행해지고 있다. 4세기경 그리스도의 십자가와 성유물이 발견되고, 콘스탄티노플(이스탄불)로 성유골이 이전하게 된 것을 계기로 그 숭배열이 왕성해지면서 성유물의 교환 및 수집과 순례가 행해졌다.

안나 수녀는 사흘로는 충분치 않았다고 말했다. 그 순간부터 수녀들은 300년이 넘는 세월 동안 계속해서 대를 이어 죽은 사내의 시신을 돌봐 왔다. 그들은 자잘한 농담과 애칭, 그리고 장식품들로 시신이 불러일으키는 공포에 스스로를 길들였다. 안나 수녀는 젊은 시절에 시신의 레이스 소맷단을 직접 짠 적이 있다고 했다. 이전 소매는 너무 낡아 너덜너덜해졌기 때문이었다. 그것이 이 성인의 의상에서 마지막으로 교체된 부분이었다. 스와티는 순종 서약을 했음에도 불구하고 미라의 옷을 수선하기를 거부했고, 안나 수녀는 그녀의 의견을 존중했다.

방으로 돌아와서 나는 인터넷 검색에 빠져들었다. 16세기에 로마가 본격적으로 확장되기 시작하면서, 신축 건물의 기초 공사를 위해 땅을 파다 카타콤이 자주 발견되었고, 그 안에서 많은 시신들이 발굴되었다. 다른 오래된 도시와 마찬가지로 로마 또한 무덤 위에 세워져 있었던 것이다. 일꾼들의 곡괭이가 무덤 천장을 부수면서 수백 년 만에 처음으로 햇빛이 지하 무덤을 비추었다. 사람들은 자발적으로 카타콤에 들어가기 시작했고, 그들의 열띤 상상력은 묘지를 신비한 이야기들로 채워 나갔다. 기독교 순교자들 말고 그곳에 누워 있을 만한 사람들이 누가 있겠는가?

정교하게 진열된 망자들의 시신은 세월이 흐를수록 그 가치가 더욱 특별하게 무르익는 최상급 와인과 같은 진귀함을 뽐냈다. 그들은 시간의 엔트로피 작용, 즉 인간의 얼굴을 해골로, 몸을 뼈대로 변하게 하는 파괴적인 작용 따위에는 개의치 않는 것처럼 보였다. 오히려 시신이 수축하고 썩어 가면서 더 높은 질서로 승화되어, 부패한 시체라는 혐오감보다는 위대한 인간의 미라와 같은 존재로서 경외심과 존경심을 자아내게 했다.

네크로폴리스[47]의 발견은 이런저런 문제를 유발했다. 그곳에서 발굴된 유골을 다시 매장하려는 시도가 있었지만 그 숫자가 어마어마했다. 아름답게 잘 보존된 미라화된 시신들, 그리고 우아한 포즈로 가지런히 정렬된 해골들이 끝없이 발견되었다. 사람들의 눈은 금세 유골의 모습에 익숙해졌고, 이내 인간의 고유한 습성대로, 특별히 아름답고 조화로우며 잘 보존된 것들을 선별하기 시작했다. 그렇게 어떤 시신에서 독특한 아름다움이 발견되면 그것에 특별한 가치를 부여하는 것은 시간 문제였다. 엄숙하고 우울했던 교황 그레고리오 13세는 한 서신에서 예기치 못한 '시신 풍년'에 대해 다음과 같이 고찰했다.

"이 어려운 시기에 마치 거대한 주님의 군대가 땅속에서 깨어난 듯하다. 하지만 우리는 그들에게 감사를 표하기는커녕 다시 무덤의 어둠 속으로 밀어 넣고 있다. 오늘날 진정한 신앙이 위협받는 이 고난의 시대, 사방에서 분열이 우리를 위협하고, 검과 불로도 저주받은 루터교 이단을 물리칠 수 없을 때, 죽은 자들이 우리와 함께 싸울 수 있으리라……."

교황의 말에 따라 그의 관리 중 한 명(누군지 정확히 알려지지는 않았으나, 교황의 신뢰를 받던 사제 베르디아니인 듯하며, 그

---

47 고대 도시의 대규모 공동묘지를 말한다.

는 사업적 감각이 뛰어났다.)이 수천 명의 죽은 자들을 활용할 방도를 찾아냈다. 곧바로 전도유망하고 상상력이 풍부한 총명한 성직자들을 모아 서기로 고용하고, 특수 사무국을 설립했다. 또한 입이 무겁고 근면 성실한 수녀들까지 동원되어 수 세기 동안 시신에 쌓인 때와 얼룩을 참을성 있게 씻어내는 작업을 맡았다. 이 모든 과정은 철저히 비밀리에 진행되었다.

성인들은 그렇게 준비된 모습으로 나타났다. 대부분 깔끔하게 정돈된 상태로, 먼지와 거미줄, 잡초와 흙덩이를 제거하고 깨끗한 천으로 단정하게 덮인 채 소박한 관에 누워 있었다. 각각의 성인에게는 이름과 출신 지역이 기재된 명찰과 함께 꼼꼼히 작성된 전기와 순교의 상황에 대한 기록, 그리고 사후 역사와 기타 사항들, 즉 해당 성인에게 중재를 요청할 사안이 무엇이며, 어떤 기도를 바치면 되는지에 대한 정보가 첨부되었다. 마치 오늘날 컴퓨터 게임에 등장하는 영웅들처럼 성인마다 고유한 특성과 은총의 영역이 지정되어 있었다. 용기를 북돋는 성인이 있는가 하면, 행운을 가져다주는 성인도 있었다. 술꾼들을 수호하는 성인, 설치류를 퇴치하는 성인도 있었다.

유럽 각지에서 주문이 쇄도하기까지는 그리 오래 걸리지 않았다. 교황에게 보내는 각종 탄원서, 그의 가장 신성한 권위에 호소하는 대부분의 요청은 성유물을 보내 달라는 내용이었고, 교황청은 이를 적절한 헌금과 맞바꿨다. 개신교의 공격으로 세력이 약해졌다가 재건 중인 가톨릭교회는 덕분에 즉시 권위를 회복할 수 있었다. 사람들은 성막의 지붕 아래로 몰려들어 고대 순교자들의 성스러움에 빠져들며 지상의 모든 것이 하느님의 왕국에 비하면 아무것도 아님을 다시금 상기하게 되었다. 그리고 메멘토 모리(memento mori), 죽음을 기억했다.

로마에서 성스러운 순교자들을 추모하고 기리는 전통은 오랜 세월 이어졌다. 총명하고 상상력이 풍부한 사제들이 사무국을 떠나 교황청 대사나 추기경이 되었고, 입이 무겁고 근면 성실한 수녀들은 조용한 탄식과 함께 생을 마감했다. 교황들은 마치 일력의 종잇장처럼 때마다 바뀌어 과거 속으로 사라졌다. 식스토, 우르바노, 그레고리오, 이노첸시오, 클레멘스, 레오, 바오로, 그리고 다시 그레고리오, 결국 우르바노 8세까지. 1629년에도 성인을 채택하는 부서는 여전히 존재했고, 작업의 효율성을 높이기 위해 사무국의 사제들은 도표와 목록을 동원하여 보조 자료를 만들었다. 고문 방법이나 사망 유형, 순교에 이르게 된 상황, 이름, 그리고 성인으로서의 특성이 너무 자주 반복되지 않도록 하기 위함이었다.

다음 날 안나 수녀는 자신의 수녀원에서 수백 킬로미터 떨어진 어느 교회에서 한 성인의 이야기를 들은 적이 있는데, 너무 놀라웠다고 말했다. 리우스라는 이름의 외국 성인이 지나온 발자취와 순교의 과정이 자신들의 옥센티우스와 어찌나 비슷한지 속상했다는 것이다. 아마도 과거에 명찰을 만든 사람들의 상상력이 부족했던 듯하다. 그녀는 또한 거룩한 순교자들의 현상을 과학적으로 다룬 전문적인 저작물을 20세기에 본 적이 있다고 고백했다. 그 책에 따르면 오랜 시간 전통이 지속되면서, 시기별로 고유한 '유행'이라고 볼 수 있는 공통된 특징들이 정기적으로 반복되었는데, 예를 들어 16세기 말 몇 년 동안은 많은 성인이 이교도에 의해 말뚝에 박혀 순교했으며, 그들이 겪은 고통에 대한 묘사 또한 매우 생생하고 다채로웠다. 익명의 서기가 지닌 문학적 재능 덕분에 독자는 간담이 서늘해지는 공포를 맛보았다. 동시에 그 시기의 여자 성인들은 주로 가슴을 잘리는 수난을 겪었으며, 이러한 이미지는 이후 여자 성인들의 표상이 되었다. 통상 잘린 가슴은 쟁반 위에 올려져 성인들 앞에 놓이곤 했다. 1820년대에는 참수형이 인기를 끌었다. 하지만 잘려 나간 머리는 몸통을 찾아 절묘하게 결합되곤 했다.

"당신은 심리학자니까 이런 순교 방법을 고안해 낸 사람들의 마음을 잘 이해하겠군요. 끔찍한 공포를 창조하면서도 그것을 쓰는 작가에게는 약간의 희열이 필요하겠죠?"

나는 우리에게 주어진 세상보다 더 나쁜 세상이 존재한다는 사실을 인식하는 것만으로도 이미 치유가 된다고 대답했다.

"그것만으로도 우리는 창조주께 말로 표현할 수 없을 정도로 감사해야 합니다."

안나 수녀가 덧붙였다.

세월이 흐르면서 성인들의 이름들도 점점 더 기이해졌다. 아마도 보편적이고 대중적인 이름들은 이미 고갈되었기 때문이리라. 그래서 성 오스얀나, 마그덴츠야, 하마르티아, 앙구스티아, 비올란타 같은 성녀들이 등장했고, 남성들 사이에서는 아보렌티우스, 밀루포, 퀸틸리온, 그리고 1629년 이른 봄에 이곳의 수녀원에 등장한 성 옥센티우스 같은 이름들이 생겨났다.

"수녀님, 저기서는 뭘 하는지 아세요?"

수녀원을 다시 방문했을 때 나는 산속에 있는 작은 연구소 건물을 가리키며 수녀들에게 물었다. 대답은 똑같았다. 뭔가 중요한 연구를 하는 중이라고만 들었다는 것이다.

나는 수녀들과 함께 베갯잇과 침대 시트를 사용하는 곳, 이불과 베개, 잠옷이 있는 곳이라면 이 세상 어디에서나 흔히 통용되는, 제일 잘 알려진 방법으로 침구를 개기 시작했다. 서로 마주 서서 커다란 직사각형의 리넨과 면을 대각선으로 팽팽하게 잡아당기면 건조된 후에도 형태가 망가지지 않았다. 우리는 부지런히 역할을 분담하고 마치 의식을 거행하듯 일사불란하게 손을 놀렸다. 먼저 대각선으로 당기고, 옆쪽에 주름을 잡은 뒤, 빠르고 짧은 동작으로 팽팽하게 잡아당긴 후, 반으로 접고 다시 대각선으로 포갠 뒤 마지막으로 서로를 향해 몇 걸음을 다가가서 침구를 깔끔한 묶음으로 접었다. 그러고는 다른 시트를 들고 처음부터 같은 작업을 되풀이했다.

"우리가 짐작은 할 수 있지만 그래도 아는 것과는 다를 수도 있겠지요."

안나 수녀는 늘 자신을 복수형으로 표현했다. 수도원에서 수십 년을 보내면서 그녀의 정체성은 이미 폐쇄적이었고, 집단적이었다.

"하지만 아무 걱정 마세요. 교회는 항상 좋은 의도를 갖고 있으니까요."

덧붙이는 그녀의 목소리가 다정하게 들렸다.

옥시는 빛바랜 무채색 비단으로 만든 눈꺼풀과 안구에 박힌 준보석 눈알로 우리를 바라보고 있었다. 검붉은 보석으로 만들어진 눈썹은 불신과 차가움을 담아 위로 치켜 올라 있었다.

밤이 되면 인터넷은 나를 더욱 다채로운 여정, 즉 성인들의 사후 역사, 좀 더 정확히 말하면 세속화된 그들의 유골과 관련된 일화들로 나를 이끌었다. 손가락과 발목뼈, 머리카락 뭉치, 몸통에서 꺼낸 심장, 잘려 나간 머리통에 대한 숭배. 사등분으로 조각난 성 아달베르트의 유해는 교회와 수도원에 성물로 배포되었고, 성 야누아리우스의 피는 주기적으로 신비한 화학적 변화를 겪으며 상태와 형질을 바꾸었다고 전해진다. 그 밖에 성스러운 시신의 도난 사건, 유해를 쪼개어 성유물로 만드는 과정, 기적적으로 늘어나는 심장과 손, 라틴어로 '사크룸 프레푸티움(sacrum preputium)'이라 불리는 아기 예수의 포피[48]까지. 경매 웹사이트의 아카이브에는 성인들의 유골 조각이 올라와 있었다. 내가 제일 먼저 발견한 건, 중고품 경매 사이트에서 680즈워티에 판매 중인 카피스트라노의 성 요한의 유골이 담긴 상자였다.

마지막으로 다락방 건조대에서 내가 처음으로 마주친 우리의 주인공. 순교 성인 옥센티우스는 네로 시대에 기독교인들

---

48 성기의 귀두(龜頭) 부위를 싸고 있는 가죽을 말한다.

을 먹이로 삼던 사자들의 조련사였다. 어느 날 밤, 사자들 중 하나가 인간의 목소리로 그에게 말을 걸었다. 예수 그리스도의 목소리였다. 그리스도의 음성으로 사자가 무슨 말을 했는지는 기록되지 않았지만, 이튿날 아침 옥센티우스는 기독교로 개종하였고, 사자들을 도시 외곽의 숲으로 데려가서 풀어 주었다. 그러고는 곧바로 체포되었다. 한때 가해자였던 인물이 희생자가 된 것이다. 사자들은 다시 붙잡혔고, 옥센티우스는 다른 기독교인들과 함께 사자들에게 던져져 먹잇감이 되었다. 하지만 사자들은 자신의 전 주인을 해치려 하지 않았고, 결국 그는 네로의 병사들에 의해 칼에 찔려 죽고 말았다. 사자들 또한 검으로 죽임을 당했다. 옥센티우스가 숨을 거둔 후, 기독교인들은 그의 시신을 훔쳐서 은밀히 카타콤에 매장했다.

"호텔 앞에 서서 한 발짝도 내딛기가 두려웠어요."

안나 수녀가 말했다.

우리는 널찍하고 텅 빈 주방에 앉아 있었다. 다른 수녀들은 이미 자리를 떠났고, 정성스레 분리된 쓰레기들도 사라진 뒤였다. 창틀에 걸터앉은 안나 수녀는 놀랍도록 젊어 보였다.

"인도는 무덥고 후텁지근했어요. 가벼운 여행용 수녀복이 몸에 끈적끈적 달라붙을 정도였죠. 눈앞에 펼쳐진 광경이 어찌나 무서웠는지 마치 온몸이 마비된 것 같았어요."

그녀는 적당한 표현을 찾기 위해 잠시 말을 멈추었다.

"엄청난 빈곤, 생존을 위한 필사적인 몸부림, 잔혹함. 개와

소, 사람들, 어둡고 사나운 얼굴을 한 인력거꾼들, 불구가 된 거지들. 마치 본인들의 의지와는 상관없이 억지로 생명을 부여받은 존재들처럼 보였고, 산다는 게 결국 나락과 형벌인 것처럼 느껴졌어요."

그녀는 창문을 향해 돌아서서 나를 쳐다보지도 않고 말을 이었다.

"그곳에서 나는 가장 큰 죄를 저질렀어요. 비록 그 죄에 대해 참회했지만 용서받았는지는 확신할 수 없어요. 내게 고해성사를 준 신부님은 내 말을 제대로 이해하지 못한 듯했어요."

그녀는 창밖을 바라보았다.

"거기엔 내가 기대했던 그 어떤 성스러움도 없었어요. 또한 그 모든 고통을 정당화할 만한 그 무엇도 찾지 못했죠. 내가 본 것은 그저 기계적이고 생물학적인 세계, 마치 개미집처럼 어리석고 무기력한 질서 속에 구축된 세상이었죠. 거기서 나는 무언가 끔찍한 것을 발견했어요. 신께서 부디 저를 용서해 주시기를."

그제야 그녀는 몸을 돌려 나를 바라보았고, 마치 위로를 구하는 것 같았다.

"나는 호텔로 돌아가서 하루 종일 거기에 머물렀어요. 기도조차 할 수 없었어요. 다음 날, 약속대로 시 외곽에 있는 수녀원의 수녀님들이 와서 나를 그곳으로 데려갔어요. 우리는 쓰레기더미와 말라죽은 나무들로 가득한, 메마른 황톳빛 공간을 가로질러 갔어요. 우리는 침묵을 지켰고, 수녀들도 내 상태를 이해한 것 같았어요. 어쩌면 그들도 한때 나와 같은 경험을 했을지도 모르죠. 도중 어딘가에서 수평선까지 뻗어 있는 작은 둔덕들이 서로 몇 미터 간격으로 떨어져 있는 광경을 보았어요. 수녀들은 그 것이 성스러운 소들의 묘지라고 했지만 나는 무슨 뜻인지 이해하지 못했어요. 그래서 그들이 한 말을 다시 물어보았죠. 그들은 그곳이 도시를 오염시키지 않기 위해 불가촉천민들이 성스러운 소들의 시체를 가져오는 장소라고 말했어요. 작열하는 태양 아래 시체를 쌓아 놓으면 자연이 알아서 처리해 준다더군요. 나는 잠시 멈춰 달라고 부탁한 뒤, 경악을 금치 못하며 그 고분 가까이 다가갔습니다. 햇볕에 말라 버린 유골과 거죽, 뼈의 잔해일 것이라고 예상했지만, 가까이에서 보니 예상과는 전혀 다른 광경이 펼쳐졌어요. 뒤틀리고 반쯤 소화된 듯한 플라스틱 봉지들, 유명 브랜드의 선명한 로고가 새겨진 쇼핑백, 끈과 고무줄, 뚜껑, 조그만 일회용 컵들이었어요. 그 어떤 유기적인 소화액도 인간이 만든 고도의 화학물질을 이겨 낼 수 없었습니다. 쓰레기를 삼킨 소들이 그것들을 소화시키지 못한 채 위장에 지니고 있었던 거예요. 소들에게서 남겨진 잔해는 그것뿐이라는 거예요. 소의 몸뚱이는 곤충과 포식자들에게 곧바로 먹혀 사라집니다. 영원한 것만이 남는 거죠. 바로 쓰레기입니다."

이곳을 떠나기 며칠 전, 나는 수녀님들과 작별 인사를 나누었다. 막판까지 서류를 분류하고 장비를 정리하며 최종 정산을 마무리해야 했다. 수녀원에서 내가 마지막으로 기억하는 장면은 유리 상자 같은 엘리베이터 안에 빽빽이 들어찬 할머니들이 미사에 참석하기 위해 위층으로 올라가는 모습이었다. 마치 히에로니무스 보스[49]의 그림 속, 저승으로, 시간의 끝으로 여행을 떠나는 천국의 주민들처럼 보였다.

연구소로 돌아가기 위해 언덕길을 올라가는데, 머릿속에 문득 명쾌하면서도 단순한 생각이 떠올랐다. 이곳에서 나를 그렇게 괴롭혔지만 아무도 대답해 주지 않았던 질문에 대한 실질적인 답변이었다. 내가 마치 넉넉한 보수를 받는 충성스러운 군인처럼 성실하게 참여하고 있는 이 연구는 도대체 무엇인가? 머릿속에 떠오른 생각은 단순하면서도 동시에 광기 어린 것이었고, 아마도 그래서 사실일 가능성이 높았다. 그곳에 도착한 첫날, 미리가 했던 순수한 질문이 다시금 떠올랐다.

"혹시 개를 복제할 생각은 안 해 보셨나요? 중국에서는 이미 그런 걸 한다고 들었어요."

나는 아이들의 파일을 펼쳐 놓고 담배를 피웠다. 그들의 생년월일과 함께 태어난 시간과 장소까지 기재되어 있었다. 마치 연구의 일환으로 아이들에게 별자리를 만들어 주려는 것처럼 느껴졌다. 사실 누가 알겠는가, 어쩌면 그것도 계획의 일부였을지 모른다. 나는 연필로 각각의 이름과 날짜에 서명을 부여했다.

---

49 Hieronymus Bosch(1450?~1516). 15~16세기에 네덜란드에서 활동하며 독자적 화풍을 구축한 화가로서 상상 속 풍경을 담은 작품들로 유명하다.

나는 연구를 완료하고, 프로필도 대략 완성한 상태에서 최종 데이터를 기다리고 있었다. 그 데이터는 보통 열다섯 개 내외의 예측선으로 이루어진 그래픽 형태로 산출되는데, 가능성의 높고 낮음에 따라 그 모양이 다르게 나타난다. 컴퓨터는 모든 특성을 계산하고 나서, 스스로 만든 축을 중심으로 그것들을 결집하여 구체화한다. 그래서 기본적인 그래프의 모양은 굵기가 서로 다른, 다양한 가지로 이루어진 나무를 닮았다. 두껍고 윤곽이 뚜렷하게 그려진 가지들일수록 가능성이 높았다. 나는 이미 수백 개의 가지를 친 바오밥 나무처럼 수많은 가능성의 가지들을 뻗은 나무들을 본 적이 있다. 또한 하나의 두꺼운 가지로 우뚝 솟은 나무도 보았다. 아이들, 예쁘고 똑똑한 인간의 후손들이 나무로 변해 버린 것이다.

그룹별로 데이터를 정리하며 아이들의 파일을 옮기고 있었는데, 갑자기 익숙한 고통이 나를 엄습했다. 마치 사물의 질서를 지키는 파수꾼처럼 그 고통은 내게 자신의 존재를 상기시켰다. 고통의 경계선에서 괴로워하다 예상했던 안도의 순간이 깃들기 바로 직전, 갑자기 내 머릿속에서 파일과 기호들, 연구 대상인 청소년들을 명시하는 날짜와 서명들, 수녀원 정문 위에 새겨진 문구, 다니의 미소, 검은 트러플 조각, 그리고 죽은 개에 대해 물어보던 미리의 근심스런 눈빛 — 이 모든 것들이 마치 끈적끈적한 눈덩이처럼 한데 뭉쳐 굴러가기 시작했다. 그렇게 멈춤없이 계속해서 굴러가며 주위의 모든 것을 낚아챈 눈덩이는 점점 더 크고 단단해졌다. 상황은 점점 명확해졌다. 단지 글자 뒤의 숫자가 정확히 무엇을 의미하는지는 알 수 없었다. 아마도 실험의 횟수나 어떤 버전을 의미하는 것일지도 모른다. 미리 — Kl 1.2.1, 줄스 — Fr 1.1.1, 맥스 — Fr 1.1.2, 한나 — Chl 1.1.1, 아멜리아와 줄리아 — Hd 1.2.2와 Hd 1.2.1, 에바 — Tr 1.1.1, 비토와 오토 — JhC 1.1.2/JhC 1.1.1, 아드리안 — Jn 1.2.1, 티에리 — JK 1.1.1.

간단했다.

아시시의 성녀 클라라 — 부패의 흔적이 전혀 없는 시신이 19세기 중반부터 성녀 클라라 성당의 크리스털 진열장에 전시되어 있다. 다양한 종류의 성유물과 잘 보존된 밝은 머리카락. 성 프란치스코 — 양호한 상태의 골격이 아시시의 성 프란치스코 대성당에 보존되어 있다. 실레지아의 성녀 야드비가 — 역시 골격이 잘 보존되어 있고, 성유물은 크라쿠프 교구에 의해 전 세계에 보내지고 있으며, 서부 폴란드의 한 교회에 약지의 뼈가 있다. 성 힐데가르드의 뼛조각. 그리고 '소화 데레사'로 불리는 성녀 데레사의 유해 조각들이 전 세계를 끊임없이 순례하고 있다. 그 밖에 정체를 알 수 없는 세 개의 남은 조각들. 하지만 클릭 몇 번으로 곧 그것들의 정체를 알아낼 수 있을 것이다. 나는 방금 틱택토 게임의 격자무늬에 아름다운 동그라미를 그려 넣은 듯한 기분이 들었다.

아침이 되자 나는 부지런히 짐을 챙긴 뒤, 한 달여 전 나를 이곳으로 데려다주었던 바로 그 택시를 다시 불렀다. 학교 앞에서 택시를 기다리는데 울타리에 앉아 있는 미리가 보였다. 나를 향해 미소를 보내는 소녀에게 내가 다가갔다. 나는 벅찬 감정에 휩싸여 아무런 말도 하지 못했다. 그저 걱정스러운 표정을 짓고 있는 미리의 소녀다운 순수한 얼굴과 그녀의 붉어진 두 뺨을 물끄러미 바라보기만 했다.

"클라라?"

마침내 내가 거의 들리지 않을 정도로 작게 속삭였다.

나는 잠시 망설이다 아이의 손을 잡고 내 이마에 올려놓았다. 하지만 소녀는 조금도 놀라지 않았다. 몇 초가 흐른 뒤에야 그녀는 내 말을 알아듣고는 내 눈과 귀를 어루만졌다. 그러고는 두 손을 내 심장 위에 올렸다. 바로 거기, 내가 그녀의 손길을 가장 필요로 하던 곳에.

인간의 축일력(祝日曆)

겨울. 잿빛 나날들

마사지사 일론은 모노디코스(Monodikos)의 몸을 누구보다 잘 알고 있다. 그는 대가이자 대체 불가의 존재다. 모노디코스의 몸 구석구석을 속속들이 알고 있으며, 양손을 뻗어 손끝으로 그 몸을 되살릴 수 있다. 혈액 순환을 촉진하는 부드러운 손길과 미세한 어루만짐, 그리고 가벼운 두드림으로 만질 수 없는 환각도 재현해 낼 수 있다. 일론은 각 흉터의 위치와 그 치료 단계까지도 정확히 꿰뚫는다. 어느 게 끊어졌던 힘줄인지, 이제 완전히 붙었는지, 멍들었다 사라진 자리까지도 정확히 알고 있다. 몸 안의 모든 굴곡과 함몰, 봉합선, 골절의 흔적, 근육의 뭉침 — 이 모든 것이 바로 그가 스물네 해 동안 정성껏 관리해 온 그의 자산이다. 이전에는 그의 아버지가 했던 일들이었다. 일론은 언젠가 자신이 이 일에서 손을 떼게 되리라는 걸 알고 있다. 자신의 직업을 전수할 아들이 없기 때문이다.

그러나 그에게는 딸이 하나 있다. 얼마 전, 경찰이 딸을 집으로 데려왔다. 그때부터 마사지사 일론은 매일 딸이 몇 시에 집에 돌아오는지 확인했다. 꼼꼼히 냄새를 맡았고, 마약 검사를 한 적도 있었다. 그러나 아무것도 검출되지 않았다. 오레스타의 문제는 또래와 성향이 다르다는 데 있었다. 분노성 우울증을 겪고 있는 것처럼 보였는데, 이는 질풍노도의 사춘기와 호르몬 때문일 가능성이 컸다.

딸에 대한 일론의 죄책감은 오랜 세월에 걸쳐 지속되어 왔고, 시간이 갈수록 더욱 깊어지고 있었다. 아이 엄마의 병을 고치지 못했고, 죽음을 막지 못했기 때문만은 아니었다. 그렇다고 딸과 함께할 시간이 부족해서도 아니었고, 일이 없어서 집에 있을 때 딸과 대화하는 방법을 모르거나, 혹은 대화를 시작하더라도 무슨 말을 해야 할지 전혀 몰랐기 때문도 아니었다. 문제의 핵심은 다른 데 있었다. 마사지사 일론은 오레스타의 출생 자체가 유감스러웠다. 딸의 인생이 평탄하지 않을 듯했기 때문이다. 그는 딸을 낳은 것을 깊이 후회하며, 아내와 아이를 가질 계획을 세웠던 것을 매우 유감스럽게 여겼다. 딸은 그의 실수이자 죄악이었다.

오레스타는 이제 막 열여섯 살이 되었지만 여전히 어린아이처럼 보였다. 긴 곱슬머리를 늘어뜨린 그녀는 일론을 빼닮아서인지 그리 예쁘지는 않았다. 그는 딸의 미래를 걱정했고, 딸이 자신의 일을 이어받지 못한다는 걸 알면서도 그녀에게 마사지 기술을 가르쳤다. 하지만 딸에게는 배우려는 의욕이 조금도 없었다.

어느 날 일론이 막 나가려던 참에 평소보다 일찍 학교에서 돌아온 딸이 이렇게 말했다.

"아빠, 오늘 내 친구가 우리 집에서 자고 갈 거야."

그는 당황했다. 손님의 눈으로 둘러보니 집 안이 어수선하고 어두컴컴했다. 하지만 딱히 반대하지는 않고 묵묵히 여분의 열쇠를 찾았다. 친구 이름은 필리파, 몇 달 전부터 친해졌노라고 딸이 말했다.

그날 저녁, 집을 찾아온 친구의 모습에 일론은 적잖이 놀랐다. 소녀는 자신의 나이보다 훨씬 조숙해 보였고, 소년 같은 체격에도 불구하고 성숙한 여인의 분위기를 물씬 풍겼다. 두 아이는 입술에 키스하며 인사를 나누었다. 그러고는 필리파가 일론에게 손을 내밀며 그를 정면으로 마주 보았다. 순간 그 시선이 너무 강렬한 나머지 일론은 눈길을 피하고 말았다. 이후 두 아이는 깔깔대며 오레스타의 방으로 사라졌다. 다음 날 아침 그가 일어났을 때 딸의 방은 아직 고요했다.

마사지사 일론이 집에서 직장까지 가는 길은 걸어서 약 이십 분 정도 걸렸다. 먼저 그는 성난 물살이 시커멓게 넘실대는, 심하게 오염된 강변을 따라 걸었다. 그러고는 날마다 사람들이 모여 시위하는 다리를 건넜다. 그들은 오래전에 시작된 어떤 시위를 이어받아 집회를 열고 있었는데, 오가는 행인들은 그 내용이 무엇인지조차 기억하지 못했다. 시위자들은 아침부터 정오까지 입에 검은 마스크를 쓴 채 침묵하며 서 있었고, 점심시간이 지나면 다른 시위자들과 교대했다.

다리를 건너면 정부 청사 단지가 나왔다. 그곳에 들어가려면 출입증을 제시해야 했다. 단지는 거의 비어 있었다. 도시의 번잡스러운 소음이 자갈로 포장된 골목길에 스며들어 칠이 벗겨진 처마 끝에서 굴절되고, 대문에 반사되어 웅장한 안뜰에서 기묘한 메아리로 변했다.

때때로 마사지사 일론은 물웅덩이와 석고 외벽의 얼룩이 서로 연관 짓고 있는 듯한 불안감에 시달리곤 했다. 그것들이 서로 소통하고, 자기들만의 형태를 가지고 놀며, 이 어두운 도시의 사람들, 주민들에 대해 수군거리는 듯했다. 이곳에 올 때면 항상 무언가를 수리하는 시설 보수팀이 눈에 띄었다. 그들이 용접을 하면 잠시나마 주위가 아름다워지곤 했다. 불꽃이 사방으로 튀어오르는 순간 녹물이 흥건한 웅덩이가 그 빛을 포착하여 자신의 화면에 반짝이는 광채를 투사했다.

철두철미하고 시간을 낭비하지 않는 일론은 자신의 왕국에 도착하자마자 즉시 장비를 준비하고 오일을 섞고 연고를 만드는 일에 착수했다. 이따금 청소부들이 청소를 꼼꼼히 하지 않는 것이 못마땅해서 직접 청소에 나설 때도 있었다. '잿빛 나날들'에 일론은 집중적으로 일했다. 하루에 두 번, 아침과 저녁에 전신 마사지를 했고, 지압이 포함된 발 마사지도 병행했다. 이때는 특별히 배정된 또 다른 레콘, 즉 요양과 재활에 특화된 마사지사의 도움을 받았다. 며칠 전 일론은 '플레시 전류'라 불리는 방법을 적용하기로 결정했다. 지난 십 년 동안 대학에 재직 중인 한 과학자가 발명한 것으로, 결합 조직을 놀라운 방식으로 자극하는 신기술이었다. 마사지가 끝나면 매번 자신이 만든 '몸-지도'에 가장 사소한 변화까지도 기록으로 남겼다. 일론은 도구를 손질하는 데 저녁 시간을 할애하곤 했다.

전통에 따르면, 매 시즌이 끝난 후 도구들은 금속으로 특수 제작된 금고에 넣어 보관해야 한다. 그래서 마사지사 일론은 매년 '위대한 날'이 지나면 늘 같은 작업을 되풀이한다. 다가올 시즌에 사용할 도구를 넣어 둔 금고의 녹슨 나사를 푸는 일이다. 심한 습기 탓에 녹슨 나사를 건드리면 짙은 붉은색 가루가 떨어졌다. 어렸을 때 일론은 자신과 같은 일에 종사하던 아버지에게 나사가 피를 흘린다고 말하곤 했다. 그의 아버지는 삼십팔 년 동안 레콘으로 일하다가 세상을 떠났고, 그 후 전통에 따라 일론이 그의 뒤를 이었다. 하지만 안타깝게도 일론에게는 딸만 있었기에, 장차 자신의 기술을 다른 누군가에게 전수해야만 한다. 아마도 그의 후계자는 동료 레콘 중 한 명의 아들인 알도가 될 것이다. 그는 재능 있는 젊은이였다. 일론은 인내심을 갖고 그를 가르쳤지만, 마음 한구석에는 이젠 어느 정도 익숙해진 해묵은 아픔이 자리 잡고 있었다.

손가락에 녹가루가 떨어졌고, 미세한 먼지가 소매에 묻었다. 금속으로 제작된 금고는 부식되어 문이 제대로 맞지 않았다. 한때는 플라스틱으로 금고를 만들기도 했지만 특수 배양된 박테리아가 플라스틱을 갉아 먹었다. 처음에는 이 박테리아를 바다에 방출하여 플라스틱 쓰레기를 분해하게 했으나, 시간이 지나면서 육지로 이동하여 전 세계의 모든 플라스틱을 먹어 치웠다. 그렇게 플라스틱이 사라진 뒤, 바스러진 뼈대만이 잔해로 남아 인류 문명의 환영처럼 존재하게 되었다. 박테리아를 박멸하지 못했기에 사람들은 다시금 금속을 사용하기 시작했다. 하지만 금속은 여전히 공급량이 부족해서 가격이 비쌌다. 그래서 가능한 곳에서는 금속 대신 고무나 나무가 사용되었다. 마사지사 일론의 금고는 최고급 금속으로 만들어졌지만 어디에나 존재하는 녹을 피할 수는 없었다. 또 다른 문제는 헤드가 달린 볼트로 나사가 고정되었다는 점이다. 세월이 흐르며 헤드가 마모되고 홈이 얇아져 나사를 조이고 풀려면 상당히 힘들었다.

'위대한 날' 직후는 외과와 정형외과 의사들의 시간이었다. 골절과 타박상을 진단하고, 긴급 상황에 맞춰 응급 처치를 시행해야 했다. 골절된 부위에 깁스를 하고, 면역력을 강화시키고, 뇌와 심장을 정밀 진단하고, 혈액의 성분을 검사했다. 십이 년 전 모노디코스가 대사성 산증[50]에 걸렸을 때처럼 위급한 상황이 발생해서는 안 되기 때문이다. 그 당시 엄청난 혼란이 벌어졌었다. 일론은 며칠씩이나 지속된 불길한 시간 동안 의사들의 분투를 지켜보기만 할 뿐 아무것도 할 수 없었다.

매일 다양한 전문가들로 이루어진 팀원들이 모여 진행하는 짧은 회의가 열렸다. 일론은 유독 약사들과 친하게 지냈는데, 그

---

50 대사와 관련된 어떤 원인에 의해 산성 물질의 증가로 수소 이온이 증가하고 중탄산 이온이 감소하는 증상. 산혈증을 유발하는 대표적인 원인 중 하나다.

들의 사고방식이 마음에 들었기 때문이다. 그들은 어떤 문제든 해결 방법이 있게 마련이며, 해결책이 없는 상황이란 없다고 믿었다. 그래서 일론은 자주 약사들을 찾아가곤 했다. 그들은 부지런히 약을 끓이고 갈고 섞었다. 습포제를 준비하는 커다란 솥을 향해 몸을 기울이면 귀한 벌꿀을 섞은 밀랍 향이 박하와 유칼립투스 향에 섞여 그의 코를 자극했다. 일론이 가장 관심을 가진 것은 흉터였다. 때로는 흉터가 너무 두껍고 깊어서 모든 걸 꿰뚫어 보는 그의 손이 근육에 접근하는 것을 방해했다. 그럴 때면 암초 사이를 항해하는 배처럼 흉터 사이를 조심스럽게 헤쳐 나가야 했다. 손이나 팔뚝과 같은 부위에는 결코 완벽하게 아물지 못하는 흉터가 남기도 했다. 그래서 일론은 최고급 고무로 만들어진 '몸-지도'를 놓고 연습했다. 모노디코스의 몸, 가장 세세한 부분까지도 정밀하게 재현해 낸 마네킹을 통해 그는 모든 동작을 철저하게 계획하며 마사지를 준비했다.

오레스타를 제외하고는 아무도 모르는 일이고 불법이긴 했지만, 일론은 자신의 집에 또 하나의 '몸-지도'를 갖고 있었다. 그는 아파트 베란다에 작업 공간을 만들고 그곳에 '몸-지도'를 보관했다. 담요로 덮어 두긴 했지만 덮개 아래로 인간의 형태가 슬며시 드러나 이따금 그에게 죄책감을 불러일으켰다. 모노디코스의 살아 있는 실제 몸은 청사 지하에 마련된 특별한 공간에 있었다. 특수 냉방 시설을 갖추고, 지속적인 소독이 이뤄지는 병실에서 필요한 모든 장비에 둘러싸인 채 각종 링거에 연결되어 광선을 쬐며 회복 중이었다. 마사지사 일론의 집에 있는 사적인 불법 '몸-지도'는 완벽한 인간 모형이었다. 그는 그것을 아버지에게 물려받았고, 오랜 세월에 걸쳐 성능과 정밀도를 개선해 왔다. 일론은 고무로 된 인형과 함께 하루에도 몇 시간씩 보내며 실제 몸의 구석구석을 정확히 재현하고, 변화가 생길 때마다 꼼꼼히 기록했다. 그의 '몸-지도'는 부드러운 고무로 만든 마네킹이었다. 한때는 매우 유연하고 탄력 있었지만 오늘날에는 안타깝게도 부서지고 갈라지기 시작했다. 고무는 만져 보면 인간의 피부를 닮아 연약한 듯하지만 강력한 저항력을 갖고 있다.

일론은 '몸-지도'를 꺼내어 마사지 테이블에 올려놓을 때마다 자신이 어떤 의식에 참여하는 듯한 느낌을 맛보았고, 일상을 벗어나 뭔가 특별하고 신성한 행위를 하는 것만 같았다. 그는 이러한 기묘한 감정을 억누르기보다는 인정하는 편이 낫다고 생각했다. 그래서 마네킹을 테이블에 올려놓고 담요를 걷어 고무로 된 알몸이 드러나는 순간, 한 걸음 물러나 황급히 몸을 숙여 절을 하곤 했다. 그러고는 모노디코스의 실제 몸을 만지기 전과 똑같은 정화 의식을 치렀다. 이런 절차가 터무니없다는 것을 알면서도 의식을 치르고 나면 실습에 좀 더 집중할 수 있었고, 자신의 손에 온전히 의탁할 수 있었다.

아내가 세상을 떠난 지 얼마 되지 않았던 무렵이었는지, 그보다 훨씬 나중에 더 이상 아내를 떠올리지 않게 되었을 때였는지는 정확히 기억나지 않는다. 분명한 건 그에게 남겨진 슬픔의 흔적은 영원히 지워지지 않았다는 것이다. 일론은 밀려드는 슬픔을 잠재우기 위해 모노디코스의 얼굴을 조형화하며 침묵 속에서 꽤 오랜 시간을 보냈다. 그는 모노디코스의 갸름한 윤곽선, 커다란 눈과 길고 섬세한 코, 인간적이면서 동시에 비인간적인 안면 윤곽을 재현하는 데 성공했다. 그는 자신이 신성 모독 행위를 저질렀다는 사실을 알고 있었다. 그래서 흉터 부위를 어루만질 때면 검정과 노랑 줄무늬가 있는 털실로 뜬 목도리로 모노디코스의 얼굴을 덮곤 했다. 그는 오레스타가 연습할 수 있도록 '몸-지도'를 소중히 보관했다. 그러나 그 얼굴은 자신을 위해 만든 것이었다. 마음에 불편함을 느끼며 자신이 무슨 일을 하고 있는지 분명히 인식하기 위해서였다.

습기가 사방에서 밀려와 나사와 경첩, 이음새와 용접 부위가 부식되는 우울한 '잿빛 나날들'을 보내며 일론과 딸의 관계는 정상으로 돌아왔다. 어쩌면 밤마다 그들의 집에서 점점 더 자주 머물게 된 필리파 덕분일지도 모른다. 얼마 전부터 오레스타는 베란다에서 작업하는 일론에게 다가오기 시작했다. 그러고는 말 없이 그가 도구를 준비하고 '몸-지도'에 정보를 기록하는 모습을 지켜보았다.

오레스타는 녹슨 나사를 풀고 금고를 청소할 때마다 일론을 도왔다. 그럴 때면 그는 딸의 손이 이 일에 적합한지 슬며시 살펴보곤 했다. 적합했다. 오레스타는 예쁜 손톱이 돋보이는 커다란 손을 갖고 있었다. 너무 가늘지 않은 손가락은 확실한 장점이었다. 게다가 강하고 단단했으며 항상 따뜻했다.

하지만 일론은 스스로 도구를 닦는 걸 선호했다. 항상 도구의 미세한 부분까지 꼼꼼하게 닦아 냈다. 근육을 자극하기 위한 오래된 전극, 스트레칭 기구, 확장기, 고무 패드, 척추를 따뜻하게 하는 화산석, 그 밖에 마사지에 사용되는 다양한 도구들. 이 모든 것은 아버지에게서 물려받은 것으로, 곧 알도에게 넘겨줄 예정이었다. 오레스타는 일론에게 걸레를 건네고, 세척제가 든 병뚜껑을 열어 주곤 했다. 때로는 식초 물로 패드의 표면을 닦기도 했다. 둘은 그다지 많은 대화를 나누지 않았다. 일론은 그녀가 사방에서 몰려오는 습기로 인해 생긴 변색과 얼룩을 거친 종이로 문지르면서 금방 지루해한다는 것을 알 수 있었다.

"오레스타, 이리 와서 연습하자."

일론은 끊임없이 그녀를 설득했다. 때때로 그는 자신도 모르게 딸의 어깨에 자연스레 손을 얹곤 했다. 자신이 결국 그녀의 아버지이며 그녀를 보살펴야 한다는 의미를 담은 몸짓이었다.

"무엇 때문에요? 시간 낭비일 뿐인데."

평소 그녀의 대답은 늘 이랬다.

그런데 이번에는 자리에서 순순히 일어섰다. 하지만 마사지 연습을 하기 위해서는 아니었다. 딸은 그를 향해 몸을 돌리고는 마치 어렸을 때처럼 아빠의 가슴에 머리를 기대었다. 일론은 감동과 놀라움이 섞인 표정으로 가만히 서 있었다.

"아빠, 이 일은 언제 끝나? 언제까지나 이렇게 계속할 수는 없잖아요."

그녀는 일론을 보지 않고, 갈비뼈와 가슴 부근에 얼굴을 묻은 채 물었다. 그의 심장이 두근거렸다.

지금껏 오레스타는 그에게 여러 번 같은 질문을 했지만, 그는 한 번도 대답하지 않았다.

소녀가 '몸-지도' 쪽으로 다가가서 덮어 놓은 담요를 바닥으로 밀쳤다. 그러자 배와 가슴에 그려진 다양한 표시가 드러났다. 수많은 선과 동그라미, 지그재그, 음영을 넣어 강조한 영역들이 마치 전쟁 중에 전선을 명시한 지도처럼 보였다. 형형색색의 색연필을 사용한 덕분에 파괴가 어떻게 진행되고 있는지 너욱 선명하게 드러났다.

"이게 뭐야?"

그녀가 회색으로 음영 처리된 손바닥 크기의 구획을 가리키며 물었다.

"또 칼에 베인 거예요?"

일론은 딸이 자신이 가르친 용어들을 기억하고 있다는 사실이 대견했다. 그는 오레스타를 쳐다보지도 않고 대답했다.

"아니, 여기는 무감각한 부위야. 몇 년 전보다 훨씬 늘었어."

일론은 딸에게 모든 걸 말해 줄 수 없었다. 오 년 전, 모노디코스에게서 활력의 징후가 사흘간 나타났다가 다시 점점 약해지며 사라졌을 때 무슨 일이 있었는지 그녀에게 절대 말하지 않았다. 네 번의 격렬한 심폐소생술도 소용없었다. 그러다 혈전이 생겼다. 결국 죽은 몸을 수술해야만 했고, 시체가 깨어나기를 바랄 수밖에 없었다. 간신히 생명은 돌아왔지만, 모든 게 너무 급진적으로 진행된 탓에 뇌는 다시 한번 치명적인 손상을 입었다. 그 일이 있은 후 얼굴을 포함하여 몸의 오른쪽에 마비가 왔고, 육안으로도 장애가 보였다. 모든 게 예상과 다르게 흘러가 버렸다.

"그러니까 이제는 여기에 아무 감각이 없다는 거네, 맞아요? 신경이 손상된 거죠?"

그녀가 물었다. 그가 고개를 끄덕였다.

"담요를 덮어 줘요."

그는 그녀를 바라보았다. 마네킹을 바라보며 몸 선을 따라 천천히 손가락을 움직이는 그녀의 보드라운 두 뺨이 발그레하게 물들었다. 검은 머리카락이 그녀의 얼굴 절반을 가렸다. 일론은 갑작스러운 감정에 휩싸였다. 그 누구도 그녀만큼 사랑한 적이 없었다. 그는 침을 삼켜야 했다.

"좋아, 다시 연습을 시작하자. 매일 너를 가르칠 거야."

일론은 걸레를 내려놓고 그녀에게 다가갔다.

"손 좀 줘 봐."

그녀가 반사적으로 손을 내밀었다. 그는 그녀의 손을 꽉 잡고는 잠시 쓰다듬더니 자신의 입술을 거기에 대고 따뜻한 숨결을 내뱉었다. 그녀는 예상치 못한 애정 표현에 당황하며 손을 확 빼냈다.

"너는 정말 좋은 손을 가졌어. 큼직하고 탄탄하고 따뜻해. 게다가 너는 강인하고 영리한 아이야. 촉감을 시각화할 줄도 알고, 상상력을 발휘하면 훌륭한 '몸-지도'도 만들 수 있을 거야."

"아빠, 말도 안 돼요…… 난 이 일이 역겨워요."

그녀는 돌아서더니 곧장 밖으로 뛰쳐나가려다 베란다 문 옆에 섰다. 그러고는 잠시 생각에 잠겼다가 다시 입을 열었다.

"난 아빠가 하는 일이 역겹다고요."

이른 봄

그가 세상에 나타난 것은 지금으로부터 삼백십이 년 전이다. 다른 사람들도 있었다고는 하지만 대부분은 그 다른 이들을 상상하는 데 어려움을 겪는다. 그와 똑같은 사람들이라고? 그게 어떻게 가능하지? 그는 단 하나, 오직 그뿐이다. 모노디코스. 독창적이고 유일하며 완전한 존재. 아이들에게 '완전무결한 존재'로 알려진 모노디코스로 인해 아이들은 자신의 불완전함과 결핍을 자각하며 성장했다. '모노디코스'라는 이름에는 복수형이 존재하지 않는다. 이 유일무이함이 신성함의 조건이었기에 다른 존재들에 대해서는 침묵했다. 만약 다른 이들이 있었다면 사람들은 다신론으로 빠졌으리라. 즉 기적이 보편적일 수 있고 반복될 수 있다는, 원시적이고 유치한 신앙의 단계로 갔을 것이다. 하지만 그렇게 되면 기적은 더 이상 기적이 아니다. 그래서 다른 이들에 대해선 모두가 함구했다.

그는 모두가 그를 가장 필요로 했던 순간에 세상에 왔다. 플라스틱으로 인한 재앙이 집과 공장, 병원뿐만 아니라 몇몇 개념들까지 파괴했을 때였다. 파괴의 단계를 완결한 것은 전쟁이었다. 위성들이 떨어질 때 그것들은 마치 지구를 겨냥한 포탄이나 칼날처럼 보였다. 사람들은 어휘를 떠올리지 못했고, 어휘가 없으니 표현할 수도 없었으며, 그래서 무의 단계로 사라져 가는 세상의 일부분을 설명할 수도 없었다. 설명할 길이 없으니 생각하지 않았고, 생각하지 않으니 잊혔다. 무존재(無存在), 존재하지 않음을 훈련하는 간단한 방식이었다.

다들 그가 자신들의 간청에 응답해서 왔고, 자신들의 탄원에 대답했다고 굳게 믿었다. 대축일마다 성가를 부르며 "그때 지옥의 문이 열렸다."라고 노래하는데, 그렇다면 '지옥'의 반대말이 무엇인지 오랫동안 논쟁이 이어졌지만 그런 단어는 없었다. 적어도 아무도 기억하지 못했으므로. 일론에게 '지옥'이란 언제나 금고의 나사와 연관되었고, 그는 성가를 통해 지옥의 문이 열릴 때마다 자신의 금고처럼 끔찍한 쇳소리가 나는 것을 상상하곤 했다. 다만 그 소리는 온 세상에 들릴 만큼 무시무시하게 클 것이다. 그렇게 모노디코스가 세상에 왔고, 마사지사 일론의 견해로는 그와 함께 다른 이들이 있었는지, 어디서 어떻게 왔는지에 관한 이야기 따위는 침묵으로 남겨 둬야 마땅했다. 그것은 고등학생들의 토론 주제일 뿐 성인들에게는 그런 말장난 따위는 필요하지 않다.

세상에 강림한 모노디코스는 자신을 포로로 잡아가도록 허락하고, 사람들의 손에 스스로를 맡겼다. 그 순간부터 세상의 모든 악이 멈추었다. 아니, 적어도 모두가 그렇다고 믿었다.

오레스타는 요즘 거의 집에 없었다. 그럴 때마다 그는 그녀의 방으로 들어가 방 한가운데 서서 그녀의 물건들을 살펴보곤 했다. 책들, 낡은 의자 등받이에 걸쳐져 있는 잠옷, 몇 가닥의 머리카락이 엉켜 있는 솔빗. 그녀가 말을 제대로 깨우치기도 전에 이름을 붙였던 노란색 강아지 인형 '피에로제크'. 어머니로부터 물려받은 화장품들을 정성껏 늘어놓은 화장대, 나무 케이스에 담긴 마른 립스틱들, 그리고 이미 오래전에 향이 날아가 버린 빈 향수병들도 보였다. 그의 시선이 그녀의 책장 위에 놓여 있는 여전히 유치한 취향의 책들, 삽화가 그려진 동화 속 주인공들의 모험담과 핑크색 드레스를 차려입은 공주의 이야기들을 훑고 지나갔다. 그때 그는 오레스타의 교과서 책갈피에서 붉은색 표지에 조잡한 인쇄로 제작된 작은 팸플릿 묶음을 발견했다. 그중 하나의 제목은 '바꿀 수 있는 세상. 부드러운 혁명의 철학'이었다. 팸플릿을 펼치자마자 그의 눈길이 속표지로 향했다. 거기에 연필로 몇 개의 문장이 적혀 있었는데 각 문장마다 물음표가 하나씩 붙어 있었다. 그때부터 그는 자신의 의지와는 상관없이 그 문장들을 기억하게 되었고, 그의 마음을 내내 괴롭히는 그 문장들을 잊지 못하는 자신에게 화가 났다.

"세상이 인간에게 맞춰 만들어졌다면 왜 우리는 세상이 우리를 압도한다고 느끼는 걸까? 무엇 때문에 자연스러운 일들이 두렵거나 부끄럽게 느껴질까? 무엇이 옳고 무엇이 그른지 어떻게 알 수 있을까? 우리 안에 있는 엄격한 판단력은 어디에서 비롯되는 걸까? 세상은 왜 결핍으로 가득 차 있을까? 음식도 돈도 행복도 왜 항상 부족할까? 잔혹한 행위는 어째서 벌어지는 걸까? 그래야만 할 합리적인 이유가 전혀 없는데. 왜 우리는 스스로를 낯선 사람처럼 바라볼 수 있는 걸까? 보는 눈과 보이는 눈은 같은 눈일까? 우리는 누구이며, 어디에서 왔을까? 모노디코스는 누구인가? 모노디코스는 선한 존재인가? 그렇다면 그는 어째서 그처럼 나약하고, 자신에게 벌어지는 그 모든 일을 허용하는 걸까? 우리가 사는 세상은 구원받은 걸까?"

그는 아직 어린아이처럼 서툰 그녀의 필체를 바라보았다. 철자 'g'와 'j' 아래로 부드럽게 꼬리들이 내려와 있었다. 가지런히 적힌 글자들 아래로 물방울처럼 대롱대롱 매달린 꼬리들을 보니 마치 모든 질문이 녹아 금방이라도 빗물처럼 흘러내릴 것만 같았다.

어느 날 밤, 늦게 귀가한 일론은 오레스타의 방에 아직 불이 켜져 있는 것을 보았다. 그는 조용히 그녀의 방문을 두드렸다. 그러자 그녀는 재빨리 불을 끄더니 자는 척했다. 하지만 그는 속지 않고 방에 들어가 그녀의 침대에 걸터앉았다. 그는 그녀의 얼굴에서 머리카락을 쓸어 넘겨 주며, 그녀가 궁금해하는 모든 질문에 아는 대로 답해 주리라 결심했다. 하지만 그러다 혹시라도 그녀의 물건을 뒤진 게 들통날까 봐 두렵기도 했다.

"구원의 경제학이라는 게 있단다."

그가 입을 열었다.

"좋은 것은 전부 대가를 치러야 해. 하지만 우리는 그러한 경제학에 대해 알지도 못했고, 그걸 활용할 줄도 몰랐어. 그러니까 우리는 모든 걸 좁은 시야로만 보고 제대로 이해하지 못하는 형편없는 회계사들이었어. 좋은 게 있으면 대가를 지불해야 해. 그것이 이 경제학의 핵심이야. 단순하고 당연하며, 삼백십이 년 전부터 지금까지 너무나도 명백한 것. 그래서 매년 가장 큰 어둠 속에서 '위대한 날'이 돌아오고, 그날을 앞두고선 언제나 어김없이 그 일이 벌어지는 거야. 이해하겠니?"

그가 말하는 동안 그녀는 눈을 뜨지 않았지만, 그녀의 눈꺼 풀이 파르르 떨리는 게 보였다. 잠시 후 그녀가 말했다.

"아빠, 필리파가 당분간 우리와 함께 지낼 거예요. 내 방에서 잘 거야."

그 말에 공들여 쌓은 친밀한 순간이 와르르 깨져 버렸다.

"나는 레콘이야. 거리의 사람들을 내 집에 받아들일 수는 없어."

"아빠, 며칠만요. 기껏해야 한 주나 두 주 정도예요. 필리파는 갈 곳이 없어. 남편이 그녀를 때리고 아이도 빼앗아 갔다고요."

일론은 세상이 갑작스럽게 그의 집에 침입했다는 사실에 소 스라치게 놀라며 자리에서 벌떡 일어섰다.

"대체 너는 그런 애를 어디서 알게 된 거니? 네가 사귈 만한 친구가 아니야."

오레스타가 코웃음을 쳤다.

"나는 자유인이에요. 그리고 이 집도 내 집이라고요, 엄마에 게서 물려받은 집."

그녀가 벽을 향해 돌아누우며 말했다.

봄. 세상을 향한 현시(顯示)

올해의 현시 행사는 다소 소박했다. 폭우로 인해 카메라가

지켜보는 가운데 청사에서 진행되었다. 화려한 의상을 입고 미래를 짊어진 자, 포로스[51]로 변신한 모노디코스의 모습은 티브이 중계로만 볼 수 있었다. 드러난 어깨와 가슴은 반짝반짝 빛났는데, 메이크업 아티스트들이 수십 시간 공들여 작업했으리라는 걸 짐작하는 사람은 거의 없었다. 물론 독특한 아름다움이 서린 모노디코스의 얼굴도 특별해 보였다. 게다가 카메라는 절대 모노디코스에게 가까이 다가가지 않았다.

일론은 알도와 함께 스튜디오에서 자신의 작업 결과를 지켜보며 자부심을 느꼈다. 모노디코스는 아직 걷지 못했지만 척추 상태는 양호했고, 부러진 상완골도 놀랍도록 빠르게 회복되었다. 현시 행사의 모든 의식이 끝난 직후, 모노디코스는 청사의 병실로 돌아갔고, 일론은 더 이상 마사지로 그를 아프게 할 필요가 없었다. 모노디코스는 홀로 저녁을 먹을 예정이었다.

일론 역시 혼자 집으로 돌아가는 중이었다. 겨울의 잿빛 나날들이 지나고 사람들이 창백해진 얼굴로 거리에 나오기 시작했다. 그들은 장을 봤고, 첫 번째 봄꽃들이 가판대에 진열되기 시작했다. 오랫동안 기다려 온 대축일이 시작되었다. 먹고 마시는 즐거운 잔치, 사랑의 축제, 아이를 잉태하고 미래를 계획하는 축제가 열렸다. 현시 행사는 세상이 해묵은 일상으로 돌아간다는 걸 의미했으며, 모든 것이 예정대로 잘되어 가고 있다는 확신을 사

---

51 그리스 로마 신화에서 어떤 상황에서도 살길을 찾아 나가는 능력을 상징하는 신이자 풍요와 부의 신. '방도', '방편'을 뜻하는 라틴어 단어에서 유래했다.

람들에게 심어 주었다.

일론은 천천히 걸으며 도시를 바라보았다. 주어진 의무를 성공적으로 수행한 데 대해 뿌듯함을 느꼈다. 이러한 감정이야 말로 그를 우울증에 빠지지 않도록 지켜 주는 효과적인 치료제나 다름없었다. 빗물이 어디에나 퍼져 있는 녹을 씻어 내며 붉은 물줄기들을 만들었고, 그것들은 줄줄이 본능에 이끌려 강으로 합류하기 위해 끊임없이 흘러갔다. 축제 때문에 시위가 없었으므로 다리가 묘하게 텅 빈 것처럼 느껴졌다. 그는 이제 막 나온 봄 채소와 개나리 한 다발을 샀다. 필리파가 집에서 요리를 시작한 이후로 그는 장을 보지 않았고, 대신 식탁 위에 현금을 놓아두곤 했다. 돈이 두 여자의 손에 들어가면 놀랍게도 맛있는 요리로 탈바꿈했다. 오늘은 필리파가 무슨 요리를 만들까? 필리파가 만들 수 없는 음식이 과연 있을까? 자주 늦게 귀가하는 일론을 위해 그들은 냉장고에 남은 음식을 넣어 두곤 했다. 사실 일론은 그들과 함께 식사하고 싶지 않아서 일부러 늦게 들어갈 때도 많았다. 필리파의 존재가 불편했기 때문이다. 그녀가 어설프게 누군가를 흉내 내며 다른 누군가의 삶을 모방하는 것처럼 느껴졌다. 마치 나무가 더 이상 존재하지 않는데도 나방의 날개에는 나무 껍질 무늬가 새겨져 있는 것처럼.

일론은 계속해서 모노디코스의 몸에 대해 생각하고 있었다.

모노디코스는 팔과 종아리 부근이 특히 갈색을 띤 건성 피부를 갖고 있었는데, 워낙 거칠어서 아무리 좋은 보습제를 발라도 잘 흡수하지 못했다. 보습제 중에는 청사의 실험실에서 특별히 그를 위해 제조한 혼합물들도 있었다. 약사들로 구성된 팀 전체가 그의 피부를 연구하며 매년 새로운 제품을 준비했다. 상처 투성이에 가냘프기 짝이 없는 모노디코스의 몸은 수많은 센서를 부착한 채 테이블 위에 반듯이 누워 있었다. 그는 규칙적으로 숨을 쉬었는데, 잠을 잘 때는 분당 서른세 번, 깨어 있을 때는 마흔 번을 고르게 호흡했다. 일론은 그 리듬을 누구보다 잘 알고 있었다. 모노디코스의 숨소리를 들으면 그는 즉시 마음이 안정되었고, 심지어 명상에 가까운 상태에 이를 때도 있었다.

다음 날 그들은 본격적인 작업을 시작했다.

"오일을 줘."

일론이 알도를 향해 고개를 돌리며 속삭였다. 젊은 청년 알도는 조심스럽게 일론의 손바닥에 오일 몇 방울을 떨어뜨렸다. 코를 통해 강렬하고도 맵싸한 향이 느껴졌다. 모노디코스의 등이 심호흡을 내쉬듯 들썩였다. 알도는 스승의 손에 시선을 고정시킨 채 손과 손가락의 모든 움직임을 살폈다. 그 작은 움직임들이 미묘한 치유의 파동을 만들어 내고 있었다. 알도는 영민했고, 학교에서 사 년 동안 물리치료를 배웠기에 직업에 대한 준비가 잘된 학생이었다. 그는 그리스어로 표기되는 자잘한 모든 근육의 이름을 꿰고 있었다. 일론은 이따금 알도를 힐끗 바라보며 그의 감탄하는 표정에서 만족감을 느꼈다. 그는 알도를 친아들처럼 사랑하려고 애썼다. 사랑이 없다면 이 일에서 가장 중요한 본질을 그에게 전수할 수 없다는 사실을 잘 알고 있기 때문이다. 몸 속 깊은 곳에서 갑자기 발현되어 우리의 '자아'로 하여금 경계를 해제시킬 준비를 하게 만드는 기묘하고 부드러운 감정. 그것은 바로 연민이다. 연민 없이는 아무도 도울 수 없다. 알도에겐 그것이 있었고, 재능뿐 아니라 감수성도 풍부했다. 그러나 일론은 여전히 지금 이 자리에 오레스타가 있기를 바랐다.

마사지사 일론이 제자에게 말했다.

"알겠니? 마사지는 시간을 안정시키는 일이야. 왜냐하면 몸의 시간만이 진짜 시간이거든. 그것을 망치는 건 얼마나 쉬운 일인지 몰라. 마사지사가 없다면 세상은 혼돈에 빠졌을 거야."

오늘 모노디코스는 평온하면서도 차분하게 이완된 상태를 유지했다. 아마도 엊저녁에 마신 와인의 효과일 것이다. 아마 그는 잠들었을 것이다. 일론은 마사지를 할 때 결코 말을 걸지 않았다. 모노디코스가 별로 좋아하지 않았기 때문이다. 예전에 아버지와 일할 땐 그에게 음악을 틀어 주곤 했다. 하지만 그 후로는 음악을 틀지 않게 되었다. 일론은 모노디코스가 이십오 년 전 머리에 강한 충격을 받은 이후 청력을 거의 잃었다는 사실을 알고 있었다. 측두골 전체에 금이 갔고, 부서진 일부 뼛조각들이 그의 뇌를 손상시켰기 때문이다. 수술은 오랜 시간이 걸렸고, 거대한 현미경이 동원되어 최고의 전문가들이 머리카락보다 가느다란 신경을 하나하나 연결했다. 그 이후로 모노디코스는 말을 하지 못했다. 검사 결과에 따르면 손상된 뇌의 부위는 재생되었지만, 모노디코스는 주변과의 소통에 흥미를 잃은 듯 입을 벌려 말하려는 시도조차 하지 않았다. 아주 오래전, 근무 첫해에 모노디코스의 목소리를 들은 적이 있었지만, 일론은 어느덧 그 목소리가 기억나지 않았다. 단지 그 목소리가 '갈라지고 거칠었다.'라는 느낌만 떠오를 뿐 실제로 어떻게 들렸는지는 잊고 말았다.

알도는 마사지사 일론, 회복과 재활의 대가이자 훗날 자신이 일을 계승하게 될 레콘의 손을 경외심 가득한 표정으로 바라보고 있었다. 그는 잠시 후면 스스로가 '몸-지도'를 앞에 놓고 몸을 만지고 쓰다듬고 주무르는 과정을 재현해야 한다는 걸 알고 있었다. 일론이 조용히 말했다.

"내가 하는 걸 잘 봐. 단 한 번의 움직임으로 내가 어떻게 피부 표면 아래, 근육 사이로 좀 더 깊숙이 도달하는지 보라고. 나는 근육 자체의 에너지와 부착근을 손끝에서 구별할 수 있어. 그것들은 서로 다르거든. 여길 봐, 이 근육은 각기 다른 파동으로 약간씩 진동하고 있어. 하지만 부착근은 그렇지 않아. 이것은 혈액을 운반하는 혈관과 관련이 있어. 혈액은 놀라운 발명품이야, 알도."

일론은 헛기침을 하면서 자신의 음성이 거의 들리지 않을 정도의 속삭임으로 낮추고는 입술만 움직이며 말했다.

"그의 혈액은 약간 다른 성분을 가지고 있어, 산소를 확실히 더 많이 운반하거든. 이것도 손가락으로 느낄 수 있어."

"산소를 느끼시는 거예요?"

"아니, 산소를 느끼는 건 아냐. 언젠가 너도 직접 경험하게 될 거야. 몸에는 더 많은 의지와 에너지가 깃들어 있거든. 직접 깨닫게 될 날이 올 거야."

청년은 침묵했다. 얼마 후 '몸-지도'를 놓고 함께 작업하면서 일론은 혈액에 대한 이야기를 다시 꺼냈다.

"약 사십 년 전에 우리는 그의 혈액을 정밀 검사했어. 그의 혈액을 구성하는 성분에 대해서는 알아냈지만, 그러한 구성으로 어떤 결과물이 나오는지는 완전히 파악하지 못했어. 일반인들의 혈액과 크게 다르지는 않지만 너무 산화되어 있어서 아마도 우리가 활용할 수는 없을 거야. 가능했다면 이미 다각도로 실험해 봤겠지."

일론은 청년이 좀 더 잘 볼 수 있도록 뒤로 살짝 물러났다.

"그리고 만약 그 혈액이 치유의 가치를 지녔다면 아마도 따로 혈액을 배양했겠지."

일론은 자신이 덧붙인 말에 스스로 놀랐다.

청년은 그를 불안한 눈길로 바라보다가 아무 말도 못 들은 것처럼 시선을 돌렸다.

일론은 자신의 불안이 어디서 기인하는지 잘 알고 있었기에 그것에 대해 더 이상 생각하지 않으려고 했다. 과거에 모노디코스와 관련된 의학 실험이 허용되었던 시기에는 그의 혈액에서 추출한 혈청을 사람들에게 주입하면 모든 질병을 치유할 수 있으리라는 믿음이 있었다. 그러나 정권이 바뀌면서 이러한 실험은 중단되었고, 솔직히 말하면 그것은 일론에게 안도감을 주었다. 지금은 모든 실험이 모노디코스의 몸을 기반으로 하면서도 동시에 모노디코스가 몸을 갖고 있다는 건 아예 고려되지 않은 채 진행 중이다. 그래서 그가 '피를 흘렸다.'라고 하지 않고, '붉게 물들었다.'라고 말한다. 뭔가에 '맞았다.' 대신 '부딪쳤다.'라고 하며, '다리가 부러졌다.'라고 하지 않고 '부서졌다.'라고 표현한다. 그래서 일론과 레콘들, 그리고 약사들은 존재하는지조차 불분명한 대상을 다루는 일종의 비밀 조직원들처럼 활동하게 되었다. 예를 들어 우리의 형제 모노디코스, 미래를 짊어진 자, 포로스의 간(肝) 상태에 대해 미디어에서 토론이 벌어진다면 아마도 엄청난 파장을 불러일으킬 것이다.

일론은 진료 클리닉에 마련된 황량한 구내식당에서 점심을 먹으며 알도를 훔쳐보았다. 문득 알도를 오레스타에게 소개할 수도 있겠다는 엉뚱한 생각이 들었다. 만약 그가 오레스타의 남편이 된다면 그녀도 클리닉에 출입할 수 있을 테니 둘이 함께 일할 수 있을 것이다. 알도는 오레스타보다 어렸고 거의 소년처럼 보였다. 그래서 둘이 식을 올리면 마치 아이들이 결혼하는 것처럼 보일 것이다.

그는 테이블 너머로 손을 내밀어 알도에게 자신의 손바닥을 보여 주었다. 거기에 아직 모노디코스의 손길이 닿은 흔적이 남아 있는 것처럼 느껴졌다. 모노디코스는 항상 손가락으로 그의 손바닥을 살며시 스치며 감사의 뜻을 전했다. 일론은 손바닥 한가운데에서 십 분이 넘도록 미세한 전류에 감전된 듯한 진동을 느끼곤 했다. 알도는 망설이며 손끝으로 그 자리를 만져 보았다. 그러다 미묘한 진동을 느꼈는지 경탄과 존경의 눈빛으로 스승을 바라보았다. 알도는 보조원이면서 목격자의 자격으로만 마사지에 참여하고 있었기에 아직 모노디코스의 몸을 직접 만질 수 없었다. 할 수 있는 거라고는 가까운 위치에서 최대한 많이 보려고 고개를 한껏 뻗는 것뿐이었다. 일론은 알도를 볼 때마다 오래전 아버지를 따라다니던 자신의 모습을 떠올렸다.

일론의 아버지는 기억이 신체와 밀접하게 연결되어 있다는 이론을 창시한 인물이었다. 그가 정립한 개념은 현재 마사지사들의 의식에 확고히 자리 잡았다. 하지만 삼십 년 전만 해도 그러한 아이디어는 오류나 거짓으로 치부되었다. 아버지는 신체 구석구석을 자극하면 각 부위에서 고유한 기억이 떠오른다고 주장했으며, 신체 표피에는 기억의 흐름을 활성화하는 지점들이 있다고 주장했다. 수백 명을 대상으로 연구를 진행한 결과, 기억을 촉진하는 감각은 표피의 바깥쪽에만 있는 것이 아니라 여러 층위마다 존재한다는 사실을 발견했고, 이를 바탕으로 다차원 지도를 만들었다. 피부 기억 모델은 다차원적일 수밖에 없다는 것이 아버지의 주장이었다.

시간이 흐르면서 우리의 몸이 과거의 사건과 경험에 대한 기억을 마치 아카이브에 저장하듯 보존한다는 사실이 널리 받아들여졌다. 이제는 아무도 '체세포학'이라는 학문이 명백히 규명되었음을 부정하지 않는다. 또한 일론의 아버지 테오의 이름을 딴 기본적인 법칙, 즉 신체의 근육층이 깊고 태양 신경총에 가까울수록 더 오래된 기억을 담고 있다는 법칙에 대해서도 반박하지 않는다. 오늘날 의사들, 그리고 마사지사와 심리 치료사들은 적절한 압박과 마사지를 통해 가장 미묘한 기억을 몸에서 방출시킬 수 있다는 것을 이해하면서 몸의 지도를 널리 활용하게 되었다.

일론의 아버지는 바로 이런 방법으로 모노디코스와 함께 작업했다. 당시 모노디코스는 아직 말을 할 수 있었다. 그렇다면 테오는 무슨 이야기를 들었을까? 모노디코스는 어떤 기억을 갖고 있었을까? 아버지는 이따금 메모를 했지만 그것들을 아들에게 남기지는 않았다. 어쩌면 그 기록들은 파기되었을지도 모른다. 아니면 모노디코스가 어디에서 왔고, 누구인지 더 이상 알 필요가 없었을지도. 그에겐 과거가 없어야 했기에 그런 질문은 아예 하지 않는 편이 더 나았을 수도 있다. 모노디코스의 이야기는 그가 삼백십이 년 전, 사막에서 발견된 그날부터 시작되기 때문이다.

그러나 마사지사 일론은 베란다에 숨겨져 있던 사적인 지도, 테오로부터 물려받았고, 언젠가는 오레스타에게 넘겨주게 될 '몸-지도'에서 아버지가 그에게 남긴 내용 없는 기호들의 바다, 알파에서 오메가까지의 가능한 모든 조합을 보았다.

봄

봄이 오자 필리파는 그들의 집에 완전히 눌러앉았다. 욕실에는 늘 그녀의 젖은 속옷이 걸려 있었는데, 그것을 볼 때마다 일론은 얼굴이 붉어졌다. 냉장고에는 필리파를 위한 항알레르기 식품이 담긴 용기들이 그녀의 전용 칸에 따로 보관되어 있었다. 그녀는 새벽에 일하러 나갔다. (일론은 그녀가 무슨 일을 하는지 여전히 몰랐고, 필리파는 항상 답변을 피하곤 했다.) 그는 필리파를 거의 보지 못했으며, 일주일에 한 번, 휴일에 함께 점심을 먹을 때만 얼굴을 마주했다. 오레스타는 차분해졌고, 학업에 몰두했다. 일 년 후에 있을 시험에 통과해서 더 높은 수준의 고등 교육을 받기 원했기에 열심히 준비 중이었다. 하지만 여학생들은 정원 부족 탓에 남학생들보다 높은 점수를 확보해야 했다. 일론은 자신의 지위를 이용해 오레스타가 원하는 공부를 계속할 수 있기를 바랐다. 그래서 용기를 내어 레콘의 수장에게 지원을 요청했다. 수장은 이해한다는 듯이 고개를 끄덕였다. 호의적으로 느껴지긴 했지만 그의 몸짓에서 숨길 수 없는 우월감이 드러났다. 그에게는 세 아들이 있었는데, 모두 레콘이 되기 위한 교육 과정을 밟고 있었다. 그중 한 명은 장차 아버지의 뒤를 이어 수장의 자리에 오를 예정이었다.

일론은 거의 매일 수장 레콘을 만났다. 큰 키에 회색 수염을 기른 그 남자는 자신의 감정을 절대 드러내지 않았다. 올해 들어 모노디코스의 회복이 평소보다 더뎠고 상처들이 예전처럼 빠르게 아물지 않아서 다들 일이 많았다. 수장은 정밀 검사를 지시했다. 감염이 의심되었지만 치료 방법은 미궁이었다. 그때까지만 해도 모노디코스가 감염될 가능성에 대해서는 전혀 예측하지 못한 것이다. 일론은 최대한 부드럽게 마사지하려고 노력했다. 때로는 엉망진창이 된 그 쇠약한 몸뚱이에 손을 대는 게 너무 겁이 나서, 진정을 위해 가볍게 쓰다듬는 정도로만 마사지를 끝내곤 했다. 약사들은 재생과 활력에 좋다고 알려진 북방의 이끼로 만든 새로운 습포제를 제조했다. 매일 아침 모노디코스는 반쯤 누운 자세로 짙은 녹색 이끼에 뒤덮인 조각상처럼 변했고, 그 앞에는 치료를 돕는 향기로운 에센스가 담긴 작은 그릇들이 줄지어 놓여 있었다.

그해 봄 일론은 자신의 '몸-지도'에 새로운 기호들을 계속해서 그려 넣었다. 테오가 '유년기-물'이라는 신비로운 문구를 적어 놓은 자리에 그의 아들 일론은 '파열된 이두근'이라고 썼다. '검은 태양의 풍경'이라고 적힌 곳에는 '끊어진 아킬레스건'이라는 내용을 추가했다. '어머니(물음표와 함께)'라고 쓴 작은 글씨 바로 아래에는 '엉덩이 위 혈종(커다란 보랏빛 멍, 몇 달에 걸쳐 아물고 있지만 아직도 남아 있음)'이라고 적어 넣었다. 그 옆, '여행의 동반자들', '바다의 하얀 새벽', '착륙'이라는 글귀 주변으로 각각 '왼손 중수골 골절', '발목 관절 탈구', '무릎 슬개골 골절', '내출혈(그에겐 특별한 징후가 있음)', '췌장 손상'이라는 메모가 더해졌다. 고통의 기록이 늘어나면서 고무의 흔적은 점점 자취를 감췄다.

최근 몇 년간 그의 '귀환'은 미세하지만 점진적으로 몇 초씩 늦어졌다. 레콘들은 매우 불안해했지만, 막상 '위대한 날'을 생중계하기 위해 전 세계의 카메라들이 모노디코스의 손에 초점을 맞추고 그의 손가락이 움직이기를 기다리는 순간이 되면 거의 아무도 눈치채지 못했다. 과연 지구촌 방방곡곡의 수많은 시청자 중 누군가가 이 같은 지연을 알아차렸을까? 그럴 리 없다고 일론은 생각했다. 그런 이야기를 공식적으로 언급한 사람은 아무도 없었고, 설령 누군가 알아차렸더라도 이를 공개적으로 발설하지는 못했을 것이다. 다들 냉장고에 음식을 마련해 놓고, 곧 점화하게 될 촛불과 성냥개비를 챙기고, 가족과 함께 「손님이 우리의 소박한 집에 오셨네」를 노래하고 연주하기 위해 악기를 조율하는 데 몰두해 있었다. 오직 레콘들만이 지연되는 몇 초에 연연해하고, 구리선과 전구가 복잡하게 얽혀 있는 민감한 기기들의 측정 덕분에 첫 신경 자극이 미약하다는 사실을 인지하고 있었다. 일론은 언젠가 이 일이 실패해서 '현시'가 이루어지지 못할까 봐 두려웠다. 그렇게 되면 그것은 분명 세상의 종말을 의미할 것이다. 문득 자신이 죄인처럼, 신앙이 약한 사람처럼 느껴졌다. 그러나 삼백십이 년 동안 매년 규칙적으로 똑같은 기적이 일어났고, 모노디코스, 포로스, 미래를 짊어진 자는 깨어났다. 그리고 그 무렵부터 마사지사 일론은 거의 일터를 떠나지 않았다. 질서와 풍요, 만족감이 지배하는 세이라 축일 기간 내내 자리를 지켰고, 모노디코스는 레콘들이 연대하여 혼신을 다한 덕분에 조금씩 회복되었다.

하지(夏至). 조화

'조화의 시간'은 연중 유일하게 도시를 산책하는 의식으로 시작된다. 언뜻 지극히 자연스럽고 즉흥적인 것처럼 보이지만 실은 철저히 준비된 행사였다. 사복 경찰들이 일정한 거리를 유지하며 시민들의 크고 작은 행렬들을 은밀히 지켜보고 있었다.

옆면에 '꽃'이라 적힌 배송용 밴의 내부에는 구급차용 최첨단 장비가 갖추어져 있었다. 그 뒤에는 짙은 유리창을 끼운 대형 버스 한 대가 서 있었는데, 그 안은 군인들로 가득 차 있었다.

오후에 황사비가 쏟아질 거라는 기상학자들의 경고에 따라 군인들은 정오가 되기 직전, 청사에서 조금 일찍 출발했다. 화창한 여름 햇살을 즐기기 위해서였다. 모노디코스는 휠체어에 앉아 있었고, 수행원들이 곳곳에 배치되어 있었다. 휠체어는 수장 레콘이 직접 밀었고, 그 뒤를 경호원들이 조용히 따라갔다. 일론과 알도 역시 부산한 인파에 섞여 조금 뒤처져 걸었다. 일론이 서 있는 위치에서는 모노디코스의 넓은 등과 후드를 쓴 머리통이 보였다. 커다란 선글라스는 작고 갸름한 얼굴의 거의 절반을 가렸다.

행렬은 매년 그랬듯이 시장을 통과했다. 사람들은 이른 아침부터 그곳에 나와 기다리고 있었지만 눈에 띄게 환호를 표현하는 것은 금지되어 있었다. 그에게 접근하는 것조차 허락되지 않았지만, 인파는 친근하게 서로를 밀치며 어떻게든 가까이 가려고 움직였다. 모노디코스 주변은 항상 분위기가 좋았고, 덩달아 사람들의 기분도 흥겨워지면서 서로 간의 신뢰도 높아졌다. 다들 약간의 취기를 느끼는 듯했다. 우리의 형제 모노는 후드 밑에서 살짝 일그러지고 아픈 듯한 미소로 사람들에게 화답했다. 그러나 후드가 모든 것을 가리지는 못했다. 사람들은 경호원들에게 꽃다발이나 초콜릿, 닳은 고무로 만든 오래된 곰 인형 같은 자질구레한 선물을 건넸다. 수장 레콘은 그것들을 받아 뒤쪽으로 넘겼고, 경호원들이 보안 파우치 속에 집어넣었다.

일론은 기회를 틈타 낮은 목소리로 들떠 있는 젊은 알도를 가르쳤다.

"그의 머리가 얼마나 잘 고정되어 있는지 봐. 어제 내가 목을 마사지했더니 바로 효과가 나타났어. 지금과 같은 시기에는 가벼우면서도 편안하게 마사지해야 해. 근육이 거의 완전히 회복되었고, 피부 아래에는 얇은 지방층이 생겨서 피부가 부드럽고 촉촉해진 상태이니까……."

알도는 일론의 이야기를 한 귀로만 듣고 있었다. 그는 군중 사이로 몸을 내밀어 앞에서 무슨 일이 일어났는지 보려고 했다. 뭔가 소동이 벌어졌는지 행렬이 전부 멈춰 버린 것이다.

모노디코스는 매년 티셔츠를 파는 가판대 앞에서 멈춰 섰고, 그곳에서는 항상 작은 쇼가 열렸다. 세금을 성실히 납부하여 모범 시민으로 선정된 상인들은 모노디코스 앞에서 재치 있는 문구를 새긴 티셔츠를 자랑하며 퍼레이드를 펼쳤다. 모노디코스는 고개를 살짝 숙인 채 눈으로 그들을 좇았다. 그의 지능은 인간과는 달랐다. 뭔가 합성적이라고 해야 할까. 그래서인지 신문이나 짧막한 티브이 뉴스 대신 티셔츠와 같은 기괴한 미디어가 그의 취향에 부합했는지도 모른다. 티셔츠에는 우리가 사는 세상과 거기에서 일어나는 갖가지 문제들이 가장 응축된 형태로, 아이러니와 풍자라는 최고의 조미료를 곁들여 표현되어 있었다. 그의 시선이 멈춘 티셔츠는 유행이 되었고, 판매량은 급증했다.

그러자 젊은이들 사이에서 우물쭈물하거나 지나치게 신중

한 경호막을 과감히 뚫고 이 런웨이에 뛰어드는 풍습이 생겨났다. 하지만 그들의 젊고 날씬한 가슴에 적힌 문구들은 웃음으로 넘겨 버릴 가벼운 사안이 아니었다. 그들은 주변에서 벌어지는 전쟁의 종식과 공정한 법 개정, 여성 평등, 그리고 전 세계를 집어삼키는 산성 녹을 멈추고 생태 재앙을 방지할 것을 당당히 요구했다. 통상 약간의 소란 후 모든 일은 잘 마무리되었고, 젊은이들은 부드럽게 그 자리에서 밀려났으며, 모노디코스가 탄 휠체어는 다시금 시장을 통과하여 광장으로 나아가곤 했다. 그곳에서 그는 비밀스런 방어선에 둘러싸인 채 잠시 혼자 남겨졌다. 자신이 지금 여기에 있고, 살아 있다는 사실을 우주에 드러내야 하는 것처럼 휠체어에 홀로 앉아 도시와 하늘을 향해 존재감을 뽐냈다.

그 후 산책 경로는 강가로 이어졌고, 행렬도 강변을 따라 이동했다. 모노디코스가 물을 바라보는 것을 좋아했기에 일행은 다시 한참 동안 멈춰 섰다. 일론은 자신이 처음 이 일을 시작했을 때를 기억했다. 그때 모노디코스는 아직 걸을 수 있었기에 종종 자리에서 일어나 물가로 걸어가곤 했다. 강물이 그의 신발 끝을 적실 정도로 강에 가까이 다가갔다. 그는 수면에 내리쬐는 빛의 유희에 매료된 듯 그 자리에 한참 동안 서서 보이지 않는 바람이 만들어 내는, 눈에 보이는 파도의 움직임을 응시하며 넋을 잃곤 했다. 언젠가 그가 아직 말을 할 수 있었을 때, "파도의 움직임은 지혜의 본보기."라는 유명한 말을 남겼다고 전해진다. 그것이 무슨 의미였는지는 몰라도.

이제 모노디코스는 더 이상 의자에서 일어날 수 없었다. 그의 머리는 한쪽으로 약간 기울어졌고, 일론은 그가 잠들었을지도 모른다는 생각에 순간적으로 덜컥 겁이 났다. 낮에 잠드는 건 좋은 징조가 아니었다. 어쩌면 모노의 체내 전해질에 문제가 생긴 건 아닐까……. 일론은 불안해졌고, 그의 몸속에서 점점 더 자주 찾아오는 낯설고도 불쾌한 느낌, 내면 깊은 곳에서 샘솟는 둔탁한 공포의 울림이 번져 갔다.

수장 레콘도 모노디코스의 머리가 기울어진 것을 알아차리고 귀환을 지시했다. 황급히 대열을 재정비한 행렬이 휠체어를 돌렸다. 그러고는 오랫동안 사용되지 않아 붉은 먼지가 덮인 정원을 가로질러 지름길을 통해 클리닉으로 향했다. 휠체어의 바퀴가 붉은 먼지 더미 속에 두 개의 평행선 자국을 남겼다. 일론은 응급 상황에 대비해야 한다는 것을 알고 있었지만, 대개는 링거와 약간의 안정을 취하는 것으로 충분했다. 하지만 일론과 알도는 모든 상황에 대비해 준비된 탁자 옆에서, 오일병들의 마개를 전부 열어 놓고 완벽한 준비 태세를 갖춘 채 헌신을 각오하고 기다렸다. 아마도 작년처럼 한동안 정형외과의 처방을 받아 목 보호대를 착용하는 것으로 끝날 것이다. 그러면 또 모든 게 무사히 넘어가겠지.

인간의 것이라고는 상상하기 힘든 모노디코스의 신뢰, 자발적이면서 희망으로 가득 차서 좋든 싫든 사람들의 손에 자신을 온전히 맡기는 태도는 일론을 항상 감동시켰다. 인간은 이러한 절대적인 희생 앞에서 무력해지고, 자신이 보유한 무한한 능력과 동시에 나약한 본성에 압도당한다. 일론은 가끔 오열을 터뜨리곤 했다. 그것은 마치 기침처럼 보였는데, 그의 몸이 자신에게 부여된 무한한 신뢰에 질식하는 것 같았다. 그것은 마치 그릇과도 같아서 그 안으로 흘러 들어오는 온화한 선(善)의 양을 감당하기 힘들었다. 넘치게 되면 결국엔 압력에 의해 깨질 수밖에 없으니까.

모노디코스의 몸은 놀라운 자가 치유 능력을 보유하고 있었다. 그들, 저 수많은 레콘들은 그저 그의 치유를 돕는 조력자일 뿐이었다. 그것이 진실이었다.

마침내 밤이 되어 집으로 돌아온 일론은 샤워를 하며 마흔두 살이 된 자신의 몸을 바라보았다. 그는 그것을 모노디코스의 몸과 비교하지 않으려고 애썼다. 그의 몸은 그저 평범한 인간의 것이었으니 확실히 일회용이었다.

추분(秋分). 적격자 선발

필리파의 존재는 사실 아무런 문제도 되지 않았다. 그녀는 아침에 나가서 저녁에 돌아왔다. 일론은 욕실에서 그녀의 칫솔과 싸구려 페이스 크림을 보았다. 오레스타와 필리파가 저녁을 먹고 있을 때 집에 돌아온 적도 몇 번 있었는데, 그럴 때면 식탁에 합류하여 자신이 특히 좋아하는 샐러드를 거의 혼자 먹어 치웠다.

"필리파가 만들었어요."

오레스타가 친구를 치켜세웠다. 필리파는 대체로 말이 없었고, 그저 존경과 반감이 뒤섞인 날카로운 시선으로 잠시 그를 쳐다볼 뿐이었다. 그는 오레스타로 인해 자신의 삶의 일부가 된 이 낯선 여자가 무슨 생각을 하는지 도무지 알 수가 없었다. 그녀의 감정에 대해서는 더욱 확신이 없었다. 그녀는 자신이 하는 일에 대해 거의 말이 없었는데, 나중에 알고 보니 그녀는 시립 도서관에서 일하고 있었다. 자신의 가정에 대해서는 한마디도 하지 않았다. 언젠가 딱 한 번, 일론이 조심스럽게 물어보았지만 그녀는 시선을 내리깐 채 계속 침묵을 고수했다. 그는 이 주제가 마치 모노디코스의 몸에서 나머지와 분리되어 표현 불가능한 곳으로 밀려난 '침묵의 영역'과 흡사하다고 생각했다. 그 후 다시는 묻지 않았다.

티브이에서는 지역별로 '적격자'를 선발하는 추첨이 계속 방영되고 있었다. 예선을 통과한 사람들은 수십 명씩 무리 지어 본선, 즉 '행운의 추첨'에 참가했다. 이 추첨은 9월 말, 살인적인 폭염이 끝나 세상의 열기가 가라앉고 곧 지루한 장대비가 시작되기 직전에 이루어졌다. 모든 방송국이 이 추첨을 중계했다. 그 후 연중 두 번째로 낮과 밤의 길이가 같아지는 '장엄한 날'에, 적격자들 중에서도 단 여섯 명을 선정하여 '스티그마52'를 구성했다. 스티그마의 상징, 즉 낫이나 갈고리를 닮은 고대의 문자는 티셔츠나 축하 카드, 광고, 컵에 이르기까지 어디서든 볼 수 있었다. 적격자들의 이력이 상세히 거론되고 논의되었으며, 그들의

---

52 스티그마(στίγμα)는 그리스어로 오명, 또는 낙인을 의미한다.

얼굴은 불과 이 주 만에 그 어떤 유명인보다 널리 알려졌다. 스티그마는 완벽히 정화된 상태에서 전통을 준수하기 위해 석 달 동안 격리 생활에 돌입하게 된다.

사실 일론은 두 여자와 함께 지내는 것이 편하고 좋았다. 욕실에는 화장품 향기가 가득했고, 식탁은 항상 깨끗이 닦여 있었으며, 냉장고는 음식으로 채워져 있었다. 집은 그들의 목소리로 생기를 되찾았다. 여자들은 이따금 그에게 말을 걸고, 빵이나 식욕, 날씨, 계획과 같은 평범한 질문들로 그를 붙잡아 두었다. 어느 날 저녁, 일론이 피곤하고 불안한 상태로 클리닉에서 돌아왔는데 그들이 맥주나 차를 마시자며 그를 불렀다. 그러고는 팔꿈치가 닿을 정도로 가까이 마주 앉아 노골적인 호기심을 드러내며 그의 눈을 빤히 쳐다보았다. 일론은 오레스타에게서 과거의 슬픔이 완전히 사라지고 반항심이 가라앉은 듯한 느낌을 받았다. 이제 그녀는 전보다 훨씬 자주 그와 농담을 주고받았고, 한층 여유로워졌다. 얼굴에는 홍조가 피어올랐다. 일론은 이런 딸의 모습을 바라보는 게 좋았다. 그는 둘 사이에 유대감이 새롭게 싹트고 있다고 느꼈다. 그는 자신이 딸을 얼마나 아끼는지 있는 그대로 드러내지 않으려고 노력했다. 당연하게도 두 여자는 세상에서 가장 은밀한 메커니즘의 내부가 어떤지 그가 말해 주기를 원했다. 딸이 그런 쪽에 관심을 보인다는 사실에 처음에는 놀랐지만, 나중에는 뭔가 자신이 중요한 사람이 된 것처럼 느껴져서 기쁘기도 했다. 그래서 말문을 열었고, 그들은 계속 질문을 던졌다. 모든 질문은 '그게 정말인가요……'라는 문장으로 시작되었다.

처음에는 성별에 대해 물었다.

일론은 모노디코스를 '그'라고 부르는 것이, 모든 면에서, 당연히 잘못된 표현이라는 걸 잘 아는 내부자 중 한 명이었다. 모노디코스만을 위한 별도의 단어, 특별한 대명사가 있어야 하는데 왜 여태껏 만들어지지 않았는지 알 수 없었다. 아마도 그를 지칭할 만한 마땅한 어휘가 아예 존재하지 않기 때문일 것이다. 기껏해야 일반적인 대명사에 대문자를 사용하거나 '미래를 짊어진 자'와 같은 은유적이고 동떨어진 표현을 쓰는 게 고작인데, 사실 이러한 표현들은 별 의미가 없다. 그 어떤 단어로도 그의 존재의 기적을 담아낼 수는 없으니까.

전설에 따르면 (물론 공공연하게 알려진 정보는 아니다.) 모노디코스는 팔십 년에서 구십 년마다 성별을 바꾼다고 한다. 그렇다고 완벽하게 전환되는 건 아니지만 이러한 그의 특성은 시간에 따라 요동친다. 일론은 아버지로부터 이 이야기를 들었는데, 아버지도 직접 본 게 아니라 자신의 아버지, 정확히 말하면 그의 양아버지였던 수장 레콘으로부터 오십 년 전에 들은 내용이었다. 그리고 아버지의 양아버지에게 그런 이야기를 들려준 사람은 그의 전임자였는데, 성별이 요동치는 과정을 직접 목격한 인물이었다. 그때 모노디코스는 여성 같은 존재였다. '~와 같은' 존재였음에도 사람들은 여전히 모노디코스를 '그'라고 불렀다. 마치 인간의 정신이 '우리의 형제'라는 개념에는 익숙하지만, '우리의 자매'라는 표현을 잘 받아들이지 못하는 것과 흡사했다.

언젠가 일론은 옛 시대의 그림들을 본 적이 있다. 그때는 아직 모노디코스의 몸을 그리는 것이 허용되었고, 그에 관한 다양한 연구가 한창 진행 중이었다. 당시에는 성별이 대개 무시되었고, 소문만이 무성했다. 일론 또한 날마다 몇 시간에 걸쳐 모노디코스의 몸을 들여다보면서도 성별에 대해서는 전혀 생각하지 못했다. 그저 여위고 고통받고 괴로워하는 몸뚱이를 가능한 한 빨리 나은 상태로 회복시켜야 한다고만 생각했다. 모노디코스의 특별함은 당연하게도 그 무엇과도 비교하기 힘들었다. 일론은 이런 주제들을 좋아하지 않았다. 성별은 그에게는 항상 추상적인 사족 같은 것, 피상적이면서 본질적으로 무의미한 특성에 불과했다. 더군다나 그에게는 딸이 있었다. 아들이 있었다면 생각이 달랐을지도 모른다. 일론은 여자들의 질문에 대충 얼버무리며 넘어가려 했고, 그들의 눈빛에서 실망감을 읽었다.

"특별 위원회가 사망을 선언하는 것만으로는 충분하지 않고, 모노디코스의 죽음을 명확히 확인하기 위해 세계 최고의 병원에 그의 뇌 스캔을 보낸다는 게 사실인가요?"

필리파가 물었다.

"그의 죽음은 어떤 모습인가요? 어떻게 그가 죽었다는 걸 알 수 있죠?"

오레스타가 연이어 질문했다.

일론은 좀전의 질문에 대한 부족한 답변으로 실망한 그들의 마음을 달래기 위해 복잡한 절차를 상세히 설명해 주었다. 죽음은 수장 레콘과 전 세계 전문가들로 구성된 특별 위원회에 의해 선언된다. 그들이 도시와 하늘에 이 소식을 알리는 순간, 모든 미디어의 전원이 꺼진다. 그렇게 사십 시간 동안 모노디코스는 죽은 상태가 된다. 뇌를 포함한 신체의 모든 기능이 움직임을 멈추고, 심지어 사반(死斑)[53]까지 생기기 시작해, 나중에는 멍이 되어 오랫동안 흔적을 남긴다. 이 순간이야말로 마사지사 일론에게는 커다란 도전이다. 그런 다음, 누구나 알고 있듯이, 사십 시간에서 사십사 시간 사이에 모노디코스는 되살아난다.

일론이 설명하는 도중 필리파는 불안하게 몸을 움직였다.

"어릴 때는 그게 그냥 비유라고 생각했어요. 실제로 일어나는 일이 아니라고."

일론은 미소를 지으며 맥주를 한 모금 들이켰다. 늘 그렇듯 금속 맛이 났다.

"그의 귀환을 본 적이 있어요? 그건 어떤 모습인가요?"

"티브이에서 봐서 알고 있잖니?"

그가 대답했다.

누구나 티브이를 통해 이 사실을 알고 있다. 사망 소식이 확인 및 발표되고 나면, 모든 미디어는 삼십육 시간 동안 정지된다. 아무것도 방송되지 않는다. 바로 갈레네(Galene), 침묵의 시간이 도래하는 것이다. 사람들은 집에 머무르면서 어둠 속에서 촛불을 켠다. 아무것도 작동하지 않고, 아무것도 움직이지 않는다.

---

53 사람이 죽은 후에 피부에 생기는 반점. 혈관 속의 혈액이 사체의 아래쪽으로 내려가서 생기는 현상으로, 이를 통해 사망 시간을 추정할 수 있다.

모든 것이 폐쇄된다. 이 시간이 되면 많은 이들이 정신 착란을 일으켜서 정신 병원이 만원이 된다는 이야기를 들은 적이 있다. 법은 일시적으로 유명무실해지고, 많은 이들이 이를 악용한다. 갈레네가 끝나면, 이 시간 동안 저지른 모든 범죄가 두 배로 엄하게 처벌된다는 걸 전혀 개의치 않는 것처럼 사람들은 이상한 돌발 행동을 저지른다. 술을 마시고, 서로를 배신한다. 나중에 틀림없이 후회할 일을 결정하기도 한다. 그리고 이 시간에 자살 건수가 급격히 증가한다. 그렇게 매년 '존재하지 않기'를 위한 훈련이 반복된다. 세상은 그 고유한 속성을 잃고, 모든 삶은 중단된다. 그가 완벽히 재생되어야만 온 세상이 다시 움직일 수 있다. 모노디코스, 우리의 형제, 세상을 새롭게 만드는 그의 존재가 없다면 공허에 빠지고 말 것이다. 삼십육 시간째가 되면, 화면에 불이 들어오고, 카메라는 단 하나의 장면, 모노디코스의 손만 보여 준다. 그리고 모두가 초긴장 상태로 손가락의 움직임과 미세한 떨림을 기다린다. 다들 무슨 일이 일어날지 알고 있지만, 세상은 또다시 숨을 죽인다.

모두가 어린 시절을 떠올릴 때마다 갈레네의 몇 시간을 기억한다. 집집마다 티브이 화면에서 계속 같은 장면이 보인다. 검은 천 위에 놓인 손, 창백하고 기다란 손가락. '기다림의 시간'이다. 아이들은 따분해서 어쩔 줄 몰라 하며 왜 밖에 나가 뛰어놀면 안 되는지, 마당에서 거꾸로 매달려 놀거나, 틱택토처럼 유치하면서도 재미있는 보드게임을 하면 안 되는지 이해하지 못한다. 부모들은 돼지 족발이 냉장고에서 충분히 굳었는지, 올해 수확

한 오이가 제대로 절여졌는지 확인한다. 이제 곧 대축일이 시작
되면 주요리가 나오기 전 전채로 접시에 놓이게 될 테니까. 방금
닦은 창문 너머로 겨울 어스름이 빠르게 내려앉고, 도시 위로 주
황빛의 지저분한 반사광이 타오른다. 다들 부엌에서 방으로 이
동하며 테이블에 접시를 올려놓는다. 시간을 확인하고 옷매무새
를 가다듬는다. 불이 전부 꺼진 상태에서 빛이라고는 화면에서
흘러나오는 노란색과 푸른색의 광선뿐이라 사람들의 집이 마치
형광빛 바다 밑에 가라앉은 것처럼 보인다. 가족 중 누구든 티브
이 화면에서 손가락의 움직임, 거의 눈에 띄지 않는 그 미세한 떨
림을 제일 먼저 알아차린 사람은 이듬해 내내 행운이 따를 것이
라고 다들 믿었다.

필리파가 어딘가에서 적포도주 한 병을 꺼내 와서는 컵에
따랐다. 일론과 오레스타의 집에는 와인잔이 없었다. 일론은 긴
장을 풀고 조끼의 단추를 끌렀다. 필리파는 손으로 턱을 괴고 그
를 쳐다보았는데, 일론은 그녀의 표정을 경탄의 표시로 받아들
였다.

"티브이에서 보여 주는 것과 모든 것이 똑같나요?"

그녀가 일론에게 물었다. 그녀는 모노디코스가 손가락에서
부터 되살아나서 박동하는 심장의 리듬이 공중으로 퍼져 나가는
지 궁금해했다. 그리고 무엇 때문에 그의 얼굴을 보여 주지 않는
지도 물었다. 오레스타가 덧붙였다.

"모든 게 너무 싱거워서 항상 아쉬웠어요. 나팔 소리도 없
고, 조명도 비추지 않으니까요."

260

일론은 미소를 지었다. 그는 그 시간을 가족과 함께 집에서 보낸 적이 한 번도 없었다. 그날 모든 레콘은 비상 근무 상태에 돌입해야 했다. 다들 만반의 준비 태세를 갖춘 채, 재난 경보처럼 음산하게 울리게 될 사이렌 소리를 기다리며, 클리닉 안의 비좁고 어두운 방에서 대기하다가 벨이 울리는 순간, 자리에서 일어나 각자의 위치로 달려가야 했다. 에이나이(Einai)'라고 불리는 이 '위대한 날'의 어원은 '나는 존재한다.'라는 의미의 고어(古語)에서 비롯되었다. 하지만 레콘들이 겪는 이날의 실상은 생방송 중계와는 사뭇 다른 모습이었다. 무기력한 몸, 무수한 상흔, 움푹 들어간 눈과 관자놀이, 차가운 피부, 그러다 죽은 껍데기에서 느닷없이 박동하는 숨결. 손가락의 떨림, 신경 자극, 갑자기 맑아지면서 다시 흐르기 시작하는 혈액. 생중계가 끝나면 본격적인 사이렌이 울리고, 찰칵 소리와 함께 복도에 불이 켜지며, 모노디코스를 실은 침대가 소생실로 황급히 옮겨졌다.

조명이 훤히 밝혀진 복도를 따라 모노디코스의 육신을 옮길 때, 많은 레콘이 무릎을 꿇은 채 두 손으로 얼굴을 감싸 쥐었다. 어떤 이들은 고개를 폭 숙인 채 인간적인 무력함을 드러내기도 했다. 소생은 오레스타의 바람처럼 화려한 볼거리가 결코 아니었다. 모노디코스는 인간이 만든 각종 장치에 연결되어 느리지만 끈질기게 되살아났다. 생명은 처음에는 뇌에서 작은 맥박의 형태로 나타나고, 몇 분이 흐르면 다음에는 심장이 한 번, 또 한 번, 뛰기 시작하다가 마침내 연속적으로 또렷이 박동하게 된다. 밤이 되면 모든 방송국이 부활한 심장의 리듬, 쿵쿵거리는 소리를 전 세계로 송출했다. 그 순간 세상은 새벽까지 침묵한다. 그러다가 동이 트면, 환희와 탄성으로 다시 태어난 세상을 맞이하곤 했다.

"하지만,"

일론은 망설이다가 결국 누군가에게 비밀을 털어놓고 싶은 유혹을 참지 못하고 입을 열었다.

"올해 방송된 심장 박동은 이전에 녹음된 것이었어."

그는 '왜?'라는 질문이 나오기도 전에 곧바로 덧붙였다.

"왜냐하면 이번 심장 박동은 너무 약하고 불규칙해서 방송에 부적합했거든."

필리파가 일론의 컵에 포도주를 다시 채워 주었다. 오랜만에 마신 포도주가 그의 입맛에 맞았다.

"나는 그 일을 이십사 년 동안 가까이서 지켜보았지만, 즐거움이라고는 하나도 없다고 늘 말하곤 해."

그가 긴장이 풀린 채 말을 이었다.

"생명은 언제나 아주 느릿느릿, 마지못해 돌아오거든. 해마다 이번에는 실패하지 않을까, 모든 게 끝나 버리지는 않을까 두려움에 떨곤 하지. 그런데도 스물네 번이나 그 일이 일어나는 것을 지켜봤어. 너희도 그가 부활하는 순간, 감각이 마비되고 소름이 돋는 이상한 느낌이 드니? 내 생각엔 누구나 그런 느낌을 맛보는 것 같아. 그리고 이번에는 혹시 실패하지 않을까, 전 세계의 모두가 의심에 휩싸이곤 해. 기적이란 변덕스러울 권리가 있고, 다시 일어나지 않을 수도 있으니까. 하지만 결국 매년 성공했어. 하지만 그게 대체 어떻게 가능한지는 여전히 아무도 모르고 있지."

익숙하지 않은 포도주를 오랜만에 마셨기 때문인지 형언할 수 없는 감동이 밀려오는 것을 느끼며 일론의 두 눈에 눈물이 가득 고였다. 그는 밀려드는 뜨거운 감정의 파고에 휩싸인 자신이 부끄러워 한숨을 내쉬었다. 그가 테이블에 몸을 기대었다. 그러다 잠시 후 잠자리에 들기 위해 자리에서 막 일어나려는 순간, 뜻밖에도 필리파가 그의 손등에 자신의 손을 얹으며 속삭였다.

"우리와 함께 계세요."

갑자기 뭔가 잘못되었다는 것을 깨달았다. 그는 이 두 여자가 자신에게 뭔가를 원하고 있으며, 자신이 준비되지는 않았지만 곧 그것이 무엇인지 알게 될 순간이 다가오고 있음을 느꼈다. 그는 이 자리를 얼른 떠나고 싶었다.

"여기서 너희와 이런 이야기를 나누면 안 되는 건데. 이건 상당히 불건전한 관심이야. 우리 세계의 질서란 그런 것이고, 다른 건 없으니까."

"다른 질서가 있을 수도 있죠."

필리파가 조용히 말했다.

일론이 테이블에서 안경을 집어 들고 일어섰다. 오레스타가 그를 마주 보며 일어섰다.

"아빠, 우리는 그를 원래 있던 곳으로 돌려보낼 계획을 세우고 있어요."

일론은 딸의 말을 제대로 이해하지 못했다.

"'우리'라는 게 무슨 말이니?"

필리파가 차분하게 말했다.

"진정해요, 일론. 우리는 작은 조직, 조그만 단체예요……."

일론이 그녀의 말을 이해하는 데는 시간이 좀 걸렸다. 얼굴로 피가 확 쏠리면서 벌겋게 달아올랐다. 그의 육체는 상상 속의 투쟁을 준비하기 시작했고, 그의 생각들은 사방으로 흩어져 도저히 하나로 모이지 않았다.

"시위대의 계승자들 중 하나인가 보지?"

잠시 후 일론이 비꼬듯이 물었다. 빈정거림. 머릿속에 떠오르는 거라고는 그것뿐이었다. 그는 속았고 배신당한 기분이 들었다.

"우리는 이성과 마음이 이끄는 대로 행동해요."

필리파가 그의 눈을 뚫어지게 바라보며 말했다.

순간 일론의 머릿속에서 오레스타의 시뻘건 팸플릿 표지가 섬광처럼 어른거렸다.

"네가 오레스타를 세뇌시켰구나."

일론이 소리를 지르며 필리파의 어깨를 잡고 흔들었다. 필리파는 마치 작고 연약한 인형처럼 그에게 자신의 몸을 맡겼다. 의자가 쿵 소리를 내며 넘어졌다.

"내 딸을 홀려서 내게 접근하고, 범죄를 권유한 거야."

"진정해요, 일론. 이건 범죄가 아니라 단지 타인에 대한 평범한 연민일 뿐이에요."

그가 필리파를 놓아주었다.

"모노디코스는 인간이 아니야. 인간보다 위대한 존재라고. 이게 세상의 질서야."

일론은 분노에 떨며 말을 이었다.

"전 세계가 바로 이러한 질서 위에 세워져 있어. 그는 불멸이고, 그의 죽음은 결코 마지막이 아니라는 질서. 이유 없이 그냥 그런 거야. 만약 모노디코스가 없다면 혼돈이 세상을 지배할 거야. 예전에 딱 한 번 그렇게 된 적이 있었는데, 아무도 그 시간이 돌아오기를 원치 않아. 평온한 삶을 위해서는 무언가를 희생해야 해."

일론 앞에 서 있던 필리파가 갑자기 몸을 곧게 펴더니 두 손을 꽉 움켜쥐었다. 그 순간 그에게 그녀는 극도로 위험한 존재로 보였다. 아, 그래, 이 존재는 지금껏 자신이 아닌 다른 누군가인 척하고 있었던 거로군!

"당신도 다른 사람들과 결국 똑같아. 세상에 대해, 살아 있는 사람들에 대해 당신이 뭘 안다고. 당신이 하는 일이란 당신 같은 작자들이 '영원한 전통'이라는 이름으로 계속해서 죽일 수 있는 희생양을 길러 놓고, 그가 회복하도록 만드는 것뿐이잖아. 당신도 똑같은 살인자야. 아무리 당신이 그를 살린다고 생각할지라도."

일론이 필리파의 얼굴을 때렸다. 오레스타가 두 눈을 크게 부릅뜨고 그를 바라보았다.

"여기서 나가!"

일론은 필리파에게 소리치며 등을 돌렸다. 몇 초 후, 문이 쾅 닫히는 소리가 들렸다.

　오레스타는 자신의 방으로 달려가 정신없이 짐을 싸기 시작했다. 살짝 열린 문틈으로 오레스타가 방 한가운데에서 필리파의 빨간 셔츠에 얼굴을 파묻고 서 있는 모습이 보였다. 충격과 당혹감에 휩싸인 채 일론은 조용히 뒤로 물러섰다.

전환(轉換)

　일론은 녹슨 냉장고에 자석으로 붙여 놓은 달력에 다가가서, 마른 샌드위치를 씹으며 한 해의 일정을 나타내는 두 가지 색상의 나선형 곡선을 바라보았다. 첫 번째 나선형 곡선은 모노가 세상에 다시 돌아오는 '위대한 날'이 표시된 어두운 한겨울에서부터 시작되는데, 그 이후 시간의 흐름에 따라 개별적인 날들이 초봄의 잿빛 나날들로 이어지면서 모노디코스 또한 점차 건강을 회복하게 된다. 그 후 춘분의 시기가 되면 '현시'가 뒤따르고, 그 뒤로 '질서'를 의미하는 '세이라'가 봄꽃처럼 밝게 만개한다. 이 시기는 균형과 평온의 시간, 자연이 생명을 되찾아 깨어나고, 나무에 잎이 무성해지는 청록빛 계절이다. 이 시기는 하지 즈음의 '환희의 나날들'과 '조화의 시간'까지 계속된다. 이 시기를 기점으로 새로운 순환 곡선이 시작되는데, 앞의 나선형과 거울처럼 닮았지만, 이번에는 갈수록 점점 모양이 수축되면서 색이 어두워졌다. 가을의 시작, '적격자'를 선출하는 '장엄한 날'에는 어둠으로 들어가는 문이 열린다. 하루하루가 갈색으로 물들어 가며, 시간이 부식되어 마치 녹의 영원한 작용에 굴복하는 것처럼 보인다. 녹은 물질의 통일성을 무너뜨리고, 사물을 조각과 알갱이, 덩어리로 나눈 뒤 결국엔 가루로 만들어 버린다. 고대의 언어로 '전환'과 '침묵'을 뜻하는 '갈레네'라 불리는 시기는 달력의 두 번째 나선형에서 한가운데에 압축된 몇몇 검은 날들로, 암울한 핵심, 어둠의 둥지에 해당된다.

한겨울이었다. '전환'이 일어나기 하루 전날. 이미 여러 해 동안 눈은 내리지 않았고, 날씨는 습하고 바람은 거셌다. 집 위로 먹구름이 낮게 깔려서 지붕의 안테나들이 구름의 복부를 찢어발기는 것처럼 보였다. 눈 대신 녹이 흩날렸다. 하지만 지금은 풍요의 시기였다. 찢긴 먹구름 아래에서는 축제 준비가 한창이었다. 도시의 광장에는 바람에 삐걱대면서 대형 텔레빔 구조물이 설치되는 중이었다. 축일을 앞두고 집집마다 마지막으로 장을 봤고, 상점의 일부 진열대는 이미 텅 비어 있었다. 술집과 바는 인파로 가득 찼다. 이 시기에는 한 번쯤 취하는 게 관례였다.
일론은 선술집의 노천 테이블에서 맥주를 즐기며 시끄럽게 떠드는 사내들 사이를 지나쳤다. 대화의 가장 흔한 주제는 '적격자'의 이력에 관한 것이었다. 그들은 이미 9월부터 자신이 맡은 역할을 준비하기 시작했다. 올해 추첨으로 선발된 인물 중에는 유명인이 한 명도 없었다. 작년에는 저명한 배우가 스티그마에 포함되는 바람에 추첨이 조작되었다고 의심하는 이들도 있었다.

하지만 추첨 기계는 지구상에서 마흔 살 이상의 흠결 없는 남자 중에서 무작위로 적격자를 선발한다. 그러니 운명이 널리 알려진 배우를 선택할 가능성도 배제할 수 없다. 선택된 자들은 그때부터 엄격한 식단 관리를 시작하고, 특별한 명상 프로그램에 참여했다. 그들의 얼굴은 모든 뉴스 프로그램과 신문을 장식했다.

일론은 가게 앞을 지나면서 잠시 안으로 들어갈지 고민했다. 오늘은 앞으로 있을 사흘간의 금식을 앞두고 배불리 먹어야 하는 날이었다. 사람들은 기름진 음식과 여러 개의 달걀을 먹고, 새끼 양과 돼지도 잡아먹었다. 또한 냉장고와 팬트리에 있던 남은 음식을 모두 꺼내어 먹어 치우고, 꿀단지도 비웠다. 아주 독실한 사람들은 갈레네가 지속되는 사흘 동안 냉장고를 아예 비워 두어야 했으므로 음식들을 지하실로 옮겨 놓거나 아니면 자신보다 덜 독실한 이웃에게 보관을 부탁했다.

혼자가 된 이후 일론은 집에서 요리를 하지 않고, 클리닉의 구내식당에서 제공하는 음식만 먹었다. 오레스타가 떠난 뒤부터 그의 냉장고는 마치 뭔가를 기대하며 침묵 속에서 지금껏 지내 온 것처럼 줄곧 텅 비어 있었다. 오래되어 갈색으로 변한 머스터드 병 하나만이 냉장고 안에 덩그러니 놓여 있을 뿐이었다.

집에 도착하자마자 일론은 곧바로 욕실로 향했다. 녹이 섞여 붉어진 물에 몸을 담근 채, 물 밖으로 삐죽 나온 자신의 야윈 무릎을 바라보았다. 류머티즘 탓에 무릎이 붓고 아팠다.

전날 그는 수장 레콘과 함께 '전환' 준비에 한창인 현장을 방문했다. 그들은 돌들을 점검했다. 일 년 내내 안감을 부드럽게 덧댄 상자에 보관되어 있던 돌들은 깨끗하게 씻기고 소독되어 새까만 석탄 조각처럼 보였다. 각각의 무게는 대략 340그램에서 810그램 사이이고, 모서리가 상당히 날카로웠다. 일론은 손가락으로 그것들을 만질 때마다 아찔한 기분을 느꼈다. 응급실에는 각종 의료 장비와 압박 붕대, 봉합용 실, 바늘과 주사기, 수술 도구 세트, 고압 증기 멸균기, 소독액과 항생제가 담긴 병, 연고 상자, 링거 거치대와 유리 용기에 담긴 링거액이 준비되어 있었다. 수장 레콘은 주의 깊고 예리한 시선으로 모든 세부 사항을 훑어보았다. 일론은 그의 경직된 발걸음을 따라가며, 마치 박물관에서 전시품을 감상하듯 모든 걸 꼼꼼히 살폈다.

오늘 일론은 류머티즘 발작 때문에 일찍 퇴근하겠다고 말했다. 하지만 곧 다시 일하러 가야 한다는 걸 알고 있었다. 내일은 '전환의 날'이었으므로. 그는 어떻게든 마음을 가라앉히려고 노력했다. 목욕은 늘 그를 진정시키고 무릎을 안정시켜 주었다.

그때 누군가가 초인종을 누르더니 주인의 허락을 기다리지도 않은 채 안으로 들이닥쳤다. 일론은 깜짝 놀랐다. 오레스타가 돌아왔다고 확신한 것이다. 그의 눈앞에 잊힌 한 장면이 떠올랐다. 방 한가운데 서서 필리파의 빛바랜 빨간 셔츠 냄새를 맡던 딸의 모습. 그는 그 장면을 지우고 싶어서 눈을 껌뻑이곤 했다. 이제는 더 이상 분노도 당혹감도 느껴지지 않았다. 대신 딸을 영원히 잃었다는 슬픔이 그를 사로잡았고, 갈수록 깊어져서 도저히 감당할 수 없는 지경에 이르렀다. 그는 그 슬픔이 두려웠다. 자신의 슬픔이 어떻게든 모노디코스에게 전염될까 봐 걱정스러웠던 것이다. 마사지사의 손끝에서 흘러나온 슬픔이 불멸의 신성한 몸에 닿는 것을 그가 알아차릴까 봐 겁이 났다. 슬픔은 그에게 질병처럼 느껴졌다.

일론은 몸을 일으켜 수건을 집어 들고는 딸을 맞이하러 욕실 밖으로 나가려 했다. 그런데 낯선 남자들의 목소리가 바로 들려왔고, 잠시 후 욕실 문이 와락 열렸다. 문간에는 수장 레콘이 서 있었고, 그의 뒤로 평소 얼굴만 알고 지내던 경비원 몇 명이 보였다.

"일론, 그는 어디에 있죠?"

일론은 질문을 이해하지 못했다. 그들이 오레스타에 대해 묻는 거라고 생각했다.

"옷을 입어요."

수장 레콘이 벌거벗은 일론의 몸을 쳐다보며 말했다. 일론은 당황하며 수건으로 알몸을 감쌌다.

"우리는 당신이 개인적으로 '몸-지도'를 갖고 있다는 걸 오래전부터 알고 있었습니다. 이제 그걸 찾으러 왔어요."

일론은 본능적으로 몸을 떨기 시작했다. 추위 탓인지, 겁에 질린 탓인지, 이가 덜덜 떨려서 아래턱을 꽉 물었다. 경비원들이 거침없이 베란다로 들어가는 소리가 들려왔다. 공구 상자가 떨어지는 소리와 함께 유리 깨지는 소리가 들렸다. 수장 레콘은 일론이 옷을 입는 동안 천장을 바라보고 있었다.

"나는 아무런 잘못도 하지 않았습니다."

마사지사가 떨리는 목소리로 말했다.

"그냥 그걸로 연습했을 뿐이에요. 손가락을 연마하기 위해서요. 아무도 그 지도에 대해서 몰라요."

"우리도 알고 있어요. 그 정도면 충분합니다."

수장은 욕실 문을 닫고 겁에 질린 일론 앞에 섰다. 둘의 키가 얼추 비슷해서 서로의 시선이 같은 높이에서 마주쳤다. 수장의 눈빛에 경멸의 기색이 서려 있는 것만 같아서 일론은 시선을 얼른 아래로 떨구었다.

"그가 사라졌소."

일론은 자신이 무슨 말을 들었는지 바로 이해하지 못했다. 문득 수장의 얼굴이 백지장처럼 창백하다는 걸 알아차렸다. 듬성듬성 난 수염은 마치 거죽에 몇 가닥의 털을 아무렇게나 꽂아 놓은 우스꽝스러운 미술품 컬렉션처럼 보였다. 그는 비로소 수장이 두려워하고 있다는 걸 깨달았다.

"우리와 함께 가야 합니다. 아무 일도 없었던 것처럼 행동하시오."

경비원들은 오레스타의 침대에서 이불을 꺼내어 '몸-지도'를 덮은 뒤, 양탄자처럼 둘둘 말아 계단을 통해 거리까지 운반했다. 그러고는 작은 열을 만들어 '몸-지도'를 군용 차량에 실었다. 다른 차에는 수장 레콘과 일론이 탔다. 일론은 아직 코트의 단추를 채우지도 못한 상태였다. 거리는 텅 비어 있었고, 하늘은 서쪽에서부터 붉게 물들고 있었다.

"어떻게 된 일입니까?"

일론이 물었다.

271

"치밀하게 계획된 작업이었소. 엘리베이터, 그리고 행방이 묘연한 경비원까지 매수된 걸로 밝혀졌어요. 불행히도 가장 신뢰받던 인물 중 몇 명도 연루되었어요. 현재 수사가 진행 중이오."

수장은 일론을 외면한 채 허공에 대고 말했다. 갑작스러운 열기가 일론의 몸을 휩쓸었다. 온몸이 떨리고 손도 떨렸다.

"자, 도착하면 여러분은 '몸-지도'에 모노디코스의 옷을 입히세요. 고무는 부드러워서 인체와 비슷해 보이고, 그와 똑같은 비율로 제작되었으니까. 누군가가 이 마네킹에 최고의 메이크업을 해 줘야 합니다. 곧 도착합니다. 영상은 작년 녹화본을 틉시다."

일론은 그제야 그들이 뭘 하려는지 이해할 수 있었다. 티브이 방송을 조작하고 전 세계 수십억 명의 시청자를 속이려는 것이다.

"하지만……."

그는 항의하려고 했지만, 자신이 정확히 무엇에 반대하는지조차 알지 못했다. 모든 것이 그저 끔찍하게 느껴졌다.

당연히 오레스타의 얼굴이 떠올랐고, 이제 그녀를 다시는 볼 수 없으리라는 생각이 들었다. 딸이 지금 어디에 있을지 상상해 보려고 했지만, 이 순간 그의 모든 걱정과 관심은 모노디코스에게 집중되었다. 모노디코스는 다른 삶을 알지 못한다. 삼백 년이 넘도록 그의 세계는 오로지 클리닉의 살균된 공간뿐이었다. 그는 약을 복용해야 하고, 특별 식단을 준수해야 하며, 상처투성이인 몸을 치료하기 위해 약초로 목욕해야 한다. 정맥 주사를 맞고, 혈액 검사도 받아야 한다. 공황과도 같은 절망감이 폐를 짓누르는 듯했지만, 일론은 심호흡을 몇 번 하면서 마음을 가다듬었다.

일행을 태운 차는 검은 마스크로 입을 가린 사람들이 다시 모여 시위 중인 다리를 지나갔다. 아무도 그들에게 관심을 두지 않았다. 시위대의 일원들도 대축일을 준비하기 위해 하나둘씩 집으로 돌아가는 중이었다. 그들은 검은 마스크를 가방에 집어넣고, 현수막을 걷었다. 낡고 칙칙한 아파트 건물의 거의 모든 창문에서 희미한 티브이 불빛이 새어 나왔다. 모두가 이미 방송을 기다리고 있었다.

수장 레콘이 말했다.

"모든 것이 평소처럼 진행되어야 합니다. '적격자들'이 이제 '몸-지도'를 돌로 쳐 죽일 겁니다. 모노디코스에게 하듯이."

"그러고 나면요? 그다음엔 어떻게 되는 겁니까?"

일론은 자신의 두 귀에 들리는 모든 이야기를 믿을 수 없었다.

"아무 일도 없을 거요. 평소와 다름없을 테니까요. 그 뒤 우리는 모노디코스를 찾아내고, 테러리스트들을 처벌할 겁니다."

수장 레콘이 존엄한 어르신에게는 어울리지 않는 과격한 분노를 드러내며 말했다.

일행이 클리닉의 안뜰에 들어설 무렵, 일론은 떨리는 손가락으로 여전히 코트의 단추를 채우고 있었다. 어둠이 여느 때보다 빠르게 내려앉는 것만 같아 불쾌한 느낌이 들었다. 평소 환하게 빛나던 클리닉의 창문들조차 이제는 누렇게 변색되어 희미해졌다. 도시 전체가 어둠 속에서 윤곽을 잃어 가고 있었다. 어둠이 빠르게 내려앉았고, 어쩐지 이번에는 되돌릴 수 없을 것만 같았다.

옮긴이의 말

기묘하고 독창적인
토카르추크 월드에서
날아온 초대장

『기묘한 이야기들』(2018)은 올가 토카르추크가 『마지막 이야기들』(2004) 이후 십사 년 만에 내놓은 소설집으로 총 열 편의 중단편이 수록되어 있다. 『방랑자들』을 비롯하여 『태고의 시간들』, 『낮의 집, 밤의 집』과 같은 장편 소설에 짤막한 단편을 나열하는 미시서사 기법을 도입하며 새로운 시도를 거듭해 온 토카르추크는 이번 소설집에서도 '단편 장인'으로서의 면모를 아낌없이 발휘한다. 작가는 스웨덴 침공 시대의 볼히니아, 현대의 폴란드와 네덜란드, 스위스, 중국, 그리고 미래의 가상 공간을 배경으로 현실과 판타지, 익숙함과 기묘함 사이의 경계를 모호하게 만들며 우리를 편안하고 안락한 영역에서 기어이 끄집어내어 기이하고 독창적인 세계로 인도한다.

문학평론가 카밀 부이니가 언급했듯이 『기묘한 이야기들』은 각각의 이야기를 따로 음미하기보다는 한 권의 책으로 그 개

274

넘을 확장하여 다차원적인 관계성을 염두에 두고 읽을 때 더욱 흥미로운 책이다. 평소 토카르추크가 강조했듯이 "우리의 이야기들은 무한한 방식으로 서로를 불러올 수 있고, 그 속의 주인공들 또한 얼마든지 상호 관계를 맺을 수 있기 때문"(『다정한 서술자』, 361~362쪽)이다. '기묘함'을 공통 분모로 각각의 에피소드가 어떻게 은연중에 연관되는지 그 연결고리를 찾아보는 것은 이 책을 읽으며 얻는 또 다른 묘미가 될 것이다.

기묘함의 매혹

제목에서 확연히 드러나듯 이 책의 중심 테마는 '기묘함'이다. 토카르추크는 주류에서 벗어나 지금껏 보편적으로 통용되지 못했던 관점을 의식적으로 탐색하는 탈중심적인 자세, 기발하면서도 괴팍한 아이디어로 무장한 '기벽(奇癖)'을 발휘하는 것이 문학의 새로운 소명임을 꾸준히 강조해 왔다. 신작을 쓸 때마다 새로운 형식과 문학적 실험을 시도함으로써 '토카르추크 자체가 하나의 장르다.'라는 평가를 받는다. 그에게 '우리 시대 가장 기발하고 비범한 이야기꾼'이라는 수식어가 따라다니는 것도 이 때문이다. 익숙한 형식을 차용하기보다는 끊임없이 새로운 장르를 시도하고 도전을 거듭할 수 있었던 밑바탕에는 기벽을 소중히 가꾸고, 탈중심을 지향하는 작가의 문학관이 있다.

이 소설집에서 기묘함은 우리가 익숙하게 여겨왔던 현실

을 해체하고, 그 속에 깃들어 있는 비합리적이고 초현실적인 요소들을 드러내는 도구로 작용한다. 언뜻 보면 현실로부터 동떨어진 듯하지만, 어느 지점에서는 있음 직한 이야기로 다가오면서 우리가 현실에서 맞닥뜨리는 온갖 모순을 성찰하게 만드는 계기를 제공하기 때문이다. 토카르추크의 손에 이끌려 괴상하고 불가사의한 세계에 발을 들여놓는 순간, 우리의 인식을 초월하는 미지의 영역이 얼마나 광대한지, 그에 비해 인간의 이해력은 얼마나 보잘것없는지 실감하게 된다. 나아가 삶의 부조리를 수긍하게 되고, 논리와 이성 너머의 세계로 시야를 더욱 확장하게 된다.

현실과 판타지가 만나는 접점

토카르추크의 기묘함은 대체 현실을 창조하기 위한 장치가 아니다. 우리가 살고 있는 일상적인 세계를 해석하기 위해 초현실적인 요소가 도입되었을 뿐이다. 그렇기에 토카르추크 월드에서는 현실적인 것과 비현실적인 것, 진짜와 가짜, 정상적인 것과 비정상적인 것들이 천연덕스럽게 공존한다.

"문학은 일어난 일과 일어날 수 있는 일 사이의 공간을 창조합니다. 하지만 오늘날 '탈(脫)진실'의 시대를 살아가며 사람들은 문학이 일궈 낸 이 모호한 공간을 점점 잃어가는 것 같아요. 현실과 비현실의 경계를 넘나드는 것, 이것이 문학의 본질입니다."

— 올가 토카르추크

『기묘한 이야기들』에서 토카르추크 월드는 기이하고 낯설고 불안정한 요소들이 현실과 충돌하는 경계에 자리 잡고 있다. 각 이야기의 서사는 평범하고 일상적인 공간에서 시작되지만, 독자를 점차 비현실적이고 환상적인 영역으로 이끈다. 책의 서막을 장식하는 「승객」의 공간적 배경은 비행기 좌석이지만, 외부 세계와 차단된 이곳에서 옆자리의 승객과 대화를 나누는 동안 '나'는 그의 불안하고 두려운 기억 속으로 빨려 들어가게 된다. 그리고 우리의 눈앞에는 현실과 비현실이 교차하는 낯선 세계가 펼쳐진다.

이처럼 일상 속의 친밀한 대화나 여행, 업무, 방문 등 지극히 평범한 사건들이 서서히 몽환적인 분위기를 조성하며 다층적이면서 불가해한, 때로는 공포스러운 상황으로 탈바꿈한다. 이러한 전환은 매우 미묘한 방식으로 이루어져서 독자가 그것을 깨닫는 순간, 특별한 긴장이 유발된다. 일상을 감싸고 있던 피상적인 막이 벗겨지면 안온한 현실이 언제라도 낯설고 예측 불가능한 상태로 돌변할 수 있다는 통렬한 깨달음을 안겨 주기 때문이다. 학술대회 참가를 위해 외국에 나갔다가 여권을 분실한 교수가 타인을 도우려다 오히려 범죄자 취급을 당하며 극한 상황에 내몰리는 이야기를 그린 「실화(實話)」가 그 대표적인 예로, 세상이 우리의 예측과 통제를 벗어났을 때 벌어지는 비극을 적나라하게 보여 주고 있다.

인간과 자연

인간과 동물, 인간과 자연이 서로 조화롭게 공존하는 사회, 자연의 울타리 속에서 모든 생명체가 동등한 권리를 갖는 에코토피아를 지향해 온 토카르추크는 『기묘한 이야기들』에서도 인간과 자연의 관계, 특히 인간이 자연에 가하는 영향을 진지하게 탐구한다.

「녹색 아이들」에서 작가는 인간과 자연 사이, 그 틈새에 위치한 새로운 생명체 "녹색 아이들"과 그들이 자연과 어우러져 살아가는 삶의 방식을 아찔하리만치 아름답게 묘사하고 있다. 이 생명체들은 알몸을 달빛에 노출시켜 영양분을 섭취하고, 동물들을 사냥하는 대신 숲의 열매나 버섯 따위로 양분을 섭취하기에 동물들과 친구처럼 지낸다. 어떤 일을 처리해야만 할 때는 서로에게 조언을 구하고 함께 결정한다. 또한 아이가 태어나면 모두가 부모가 되어 함께 그 아이를 돌본다. 소멸에 대한 세속적인 공포를 초월하여 스스로를 '과일'이라 여기고 죽음을 맞는 순간, 자신의 몸뚱이를 숲속의 새와 동물들의 먹잇감으로 기꺼이 내놓는다.(「녹색 아이들」, 41~44쪽.) 그들이 일군 사회에는 지배 계급과 피지배 계급의 구분도 없고, 정치나 종교 시스템도 없다. 토카르추크가 창조한 이 놀랍고도 신비로운 종족은 우리에게 인간 중심주의를 벗어난 전일적 각성을 촉구한다.

「트란스푸기움」은 다른 존재로 변모하길 갈망하는 인간의 모습을 통해 인간이 생태계에서 차지하는 위치를 되돌아보고, 지금껏 인간이 자연을 지배하며 살아온 방식에 대해 각성을 유도한다. "진화론적인 관점에서 보면, 우리는 여전히 침팬지이자 고슴도치이고 낙엽송"이라고 토카르추크는 역설한다. 우리에게는 이모든 본성이 내재되어 있으므로 언제든지 그 본성을 끄집어낼 수있다는 것이다(「트란스푸기움」, 147쪽). 인간 본위의 인위적인 잣대를 과감히 벗어 던지고, 각 생명의 고유한 본성과 존재 방식을있는 그대로 포용하라는 당부로 읽힌다. 인터뷰에서 토카르추크는 인간과 자연의 합일을 시도한 이 작품에 대해 각별한 애정을피력하면서, 여러 차례 수정을 거듭하며 심혈을 기울여 완성했다고 고백하기도 했다.

SF 소설의 색채를 띤 「방문」은 하나의 인물에서 갈라져 나온 '에곤'이라는 변종들이 가정에서 각기 다른 역할을 기능적으로 수행하며 21세기에 새로운 형태의 가족을 이루어 나가는 이야기다. 과학 기술의 끝없는 진보에 우려의 시선을 보내면서도 디스토피아적인 암울한 비전을 보여 주는 데 그치지 않고, 인간적인 것들과 비인간적인 것들 사이의 경계를 유연하게 지우며, 그들이 상호 작용하는 새로운 방식을 모색한 작품이다.

타자에 대한 연민

이 책에서 토카르추크는 개인적, 사회적 소외라는 주제를 반복적으로 다룬다. 대부분의 등장인물이 자의든 타의든 고립된 상태에 처해 있으며, 그들이 마주하는 기이한 사건들 또한 심리적 강박과 사회와의 단절을 은유적으로 보여 준다. 이러한 소외감은 오늘날 전 세계가 겪고 있는 단절과 불안, 두려움과도 밀접하게 맞닿아 있다.

아내가 세상을 떠난 뒤 혼자 살게 된 한 노인이 육신의 노화와 정신의 쇠퇴를 체감하며, 익숙했던 대상이 점점 낯설어지고, 평범한 일상에서 기묘함을 느끼게 되는 서글픈 상황을 세밀하게 묘사한 「솔기」가 그 대표적인 예다.

「병조림」에서 평생 어머니에게 얹혀살며 제대로 된 직업을 가져 본 적 없는 중년 남자는 어머니의 사망 이후 그녀가 남긴 병조림을 먹으며 연명하다가 정체 모를 오래된 저장 식품을 먹은 뒤 느닷없는 죽음을 맞는다. 사내의 죽음이 어머니의 의도적인 계획으로 인한 것인지, 아니면 단순한 불운의 결과인지는 독자 스스로 판단해야 할 문제로 남겨 두었다.

토카르추크는 노벨문학상 수상 기념 기조 강연문에서 "다른 존재, 그들의 연약함과 고유한 특성, 그리고 고통이나 시간의 흐름에 대한 그 존재들의 나약한 본질에 대해 정서적으로 깊은 관심을 표명하는 다정함"(『다정한 서술자』, 364쪽)에 대해 역설하였다. 지금껏 작가가 쓴 작품들은 줄곧 중심 또는 주류에서 벗어나 소외된 존재들에게 저마다의 목소리를 부여해 왔고, 『기묘한 이야기들』 역시 나와 다른 존재에 대한 깊은 관심을 촉구한다. 그런 의미에서 열 편의 이야기에 등장하는 기묘하면서도 환상적인 요소는 장르적 스타일의 일부일 뿐만 아니라 독자에게 중심에서 밀려난 비주류, 주변부를 떠도는 소외된 존재들에 대한 깊은 연민과 공감을 불러일으키는 기능적인 도구이기도 하다.

인간을 향한 끊임없는 질문

이 책에서 토카르추크는 우리에게 계속해서 유사한 질문을 던진다. 인간이란 어떤 존재인가, 그들은 어디로 향하고 있는가, 때로 인간이 인간을 이해하기 힘든 이유는 무엇인가, 인간은 무엇 때문에 종교에 의지하는가, 과학 기술의 발달은 유한한 인간의 삶을 바꿔 놓을 수 있는가. 명쾌한 해답을 제시하는 대신 끊임없는 문제 제기를 통해 독자를 혼돈에 빠트림으로써 스스로 고민하며 실존적 사유에 자연스럽게 동참하도록 이끈다.

이 책의 등장인물은 언뜻 괴팍하고 이상한 사람들이다. 평범한 시각에서 바라보면 그들의 행동에 공감하기 힘들다. 하지만 책을 읽다 보면 어느새 그들이 정서적으로 가깝게 다가오고 나와 닮은 점을 발견하게 된다. 등장인물 중 대부분은 무력하고 나약하다. 또한 서로가 서로에게 상처를 주면서도 서로를 필요로 한다. 그런 의미에서 『기묘한 이야기들』에서 어쩌면 가장 무섭고 두려운 대상은 인간이며, 가장 기묘하고 신비로운 대상 또한 인간이다. 토카르추크는 각각의 에피소드에서 주인공들의 특별하고도 기발한 사연을 그려 내면서 그들의 내면, 깊은 속내를 애정 어린 시선으로, 그리고 타자의 입장을 헤아리는 자신만의 고유한 감각으로 세밀히 들여다본다.

「심장」에서 타인의 심장을 이식받고 새 생명을 얻은 폴란드 남자는 정체성의 혼란을 느끼며 이식 수술을 받았던 중국으로 다시 떠난다. 그곳의 사찰에서 지혜롭기로 소문난 노승(老僧)을 만난 그는 자신의 수명이 얼마나 남았는지, 그리고 자신에게 심장을 기증한 인물이 누구인지 물어보지만, 답변을 제대로 듣지 못한다. 대신 의미를 알 수 없는 중국어로 쉼 없이 나직하게 속삭이는 승려의 음성을 들으며 정신적인 평온에 이르게 되고, 더 이상 아무것도 묻지 않은 채 일상으로 복귀한다.

생(生)의 본질과 의미에 대한 형이상학적인 질문은「모든 성인의 산」으로 연결된다. 이 작품에서 주인공인 '나'는 폴란드 출신의 저명 심리학자로 스위스의 한 연구소의 초청을 받아 입양 청소년들을 대상으로 은밀하게 심리 검사를 수행하게 된다. 시한부 선고를 받은 주인공이 그곳에서 옛 순교 성인의 성유물을 발견하면서 시간의 엔트로피와 기적의 의미, 나아가 불멸과 소멸에 대한 성찰을 이어간다.

마지막 대단원을 장식하는「인간의 축일력」은 대중의 새디즘적인 성향을 충족시키기 위해 치밀하게 설계되어 '전통'이라는 명목으로 무려 삼백십이 년 동안 반복되고 조작된 잔인한 의식을 고발한다. 질서와 안정을 유지하기 위해 어느 사회든 희생양을 요구하는 냉혹한 현실, 그리고 영생과 구원을 향한 인간의 뿌리 깊은 욕망을 절묘하게 형상화했다.

이처럼 토카르추크는 우리를 예기치 못한 수많은 질문 속으로 몰아넣으며, 때로는 놀라움을 선사하고, 때로는 두려움을 자아낸다. 그렇게 평소 겪지 못했던 낯설고 불편하고 미묘한 감정을 체험하면서 우리는 마침내 경이로움에 이르게 된다.

초대장을 전달하며

현실 세계의 변방, 기묘하고 독창적인 세계에서 발송된 토카르추크의 초대장을 한국의 독자들께 전달할 수 있어 행복하다. 어느새 다섯 번째다. 이번 초대장에는 논리나 상식의 잣대를 벗어나 세상 곳곳에 도사리고 있는 괴상하고 신비로운 것들과 더불어 살아가라는 메시지가 담겨 있다. 모순과 부조리로 가득 찬 우리네 삶을 직시하고 받아들이라는 권유도 느껴진다. 그렇다. 안전하고 익숙한 세상에서 조금만 눈을 돌리면, 일상 속의 기묘함은 생각보다 훨씬 가까이에 있다.

2024년
최성은

옮긴이 최성은

한국외국어대학교 폴란드어과를 졸업하고, 폴란드 바르샤바 대학교에서 폴란드 문학박사 학위를 받았다. 거리 곳곳에서 문인의 동상과 기념관을 만날 수 있는 나라, 오랜 외세의 점령 속에서도 문학을 구심점으로 민족의 정체성을 지켜 왔고, 그래서 문학을 뜨겁게 사랑하는 나라인 폴란드를 '제2의 모국'으로 여기고 있다. 현재 한국외국어대학교 폴란드어과에서 교수로 재직 중이며, 2024년 폴란드 대통령으로부터 십자 장교 훈장을 받았다. 옮긴 책으로 올가 토카르추크의 『방랑자들』, 『태고의 시간들』, 『죽은 이들의 뼈 위로 쟁기를 끌어라』, 『다정한 서술자』를 비롯하여 『끝과 시작─쉼보르스카 시선집』과 『충분하다─쉼보르스카 유고시집』, 『쿠오 바디스』, 『코스모스』, 『헤로도토스와의 여행』, 『솔라리스』 등이 있으며, 『김소월, 윤동주, 서정주 3인 시선집』과 『흡혈귀─김영하 단편선』, 『마당을 나온 암탉』 등을 폴란드어로 번역했다.

기묘한 이야기들

1판 1쇄 펴냄	2024년 10월 25일
1판 2쇄 펴냄	2024년 12월 16일

지은이	올가 토카르추크
옮긴이	최성은
발행인	박근섭·박상준
펴낸곳	(주)민음사

출판등록	1966. 5. 19. 제16-490호
주소	(06027) 서울시 강남구 도산대로 1길 62(신사동)
	강남출판문화센터 5층
대표전화	02-515-2000 | 팩시밀리 02-515-2007
홈페이지	www.minumsa.com

잘못 만들어진 책은 구입처에서 교환해 드립니다.